Pour un baiser brûlant

L'amant disparu

SHANNON McKENNA

Pour un baiser brûlant

Traduction française de
JULIA LOPEZ-ORTEGA

PASSIONS

HARLEQUIN

Collection : PASSIONS

Titre original :
HIS PERFECT FAKE ENGAGEMENT

HARPERCOLLINS FRANCE
83-85, boulevard Vincent-Auriol, 75646 PARIS CEDEX 13
Service Lectrices — Tél. : 01 45 82 47 47 - www.harlequin.fr
ISBN 978-2-2804-7366-8 — ISSN 1950-2761

Composé et édité par HarperCollins France.
Imprimé en juin 2022 par CPI Black Print (Barcelone)
en utilisant 100% d'électricité renouvelable.
Dépôt légal : juillet 2022.

FSC www.fsc.org MIXTE Papier issu de sources responsables FSC® C159065

Pour limiter l'empreinte environnementale de ses livres, HarperCollins France s'engage à n'utiliser que du papier fabriqué à partir de bois provenant de forêts gérées durablement et de manière responsable.

- 1 -

— On m'a piégé !

L'expérience avait enseigné à Drew Maddox qu'il valait mieux garder son calme lorsqu'il affrontait son oncle au tempérament explosif, mais aujourd'hui, il n'y avait pas grand-chose à faire.

— Les dégâts sont les mêmes ! s'exclama Malcolm en envoyant voler en travers de la table de conférence une pile de journaux à scandale. Pour tout le monde, tu n'es qu'un cocaïnomane débauché. Bon sang, mais qu'est-ce que tu es allé faire dans ce genre d'endroit, pour commencer ? Qu'est-ce que tu avais en tête ?

Drew soupira. Les photos le montraient en effet allongé sur un canapé, la chemise ouverte, l'air très embrumé, alors qu'une jeune femme en minijupe de cuir et au décolleté plongeant était assise à califourchon sur lui.

— J'essayais d'aider une amie, répéta Drew. Elle avait appris que sa jeune sœur se rendait à cette fête et comme elle savait que je connaissais l'un des organisateurs, elle m'a demandé d'y passer pour veiller sur sa sœur.

— Nous sommes censés dîner avec Hendrick et Bev ce soir, reprit son oncle Malcolm furieux. Est-ce que tu as seulement pensé à l'entreprise avant de te fourrer dans ce guêpier ?

Hendrick Hill était l'associé historique de Malcolm avec qui il avait créé son cabinet d'architecture, Maddox

Hill. Drew l'appréciait malgré son caractère strict et peu enclin à la plaisanterie.

— Et voilà que chez son coiffeur, Bev tombe sur des photos de toi, ivre mort à une orgie chez Arnold Sobel…, reprit Malcolm en tapant de l'index sur la table. Comment veux-tu qu'elle ne soit pas horrifiée ?

— Ce n'était pas une orgie, mon oncle, et je n'ai jamais…

— Ne me donne pas de leçons, en prime, rétorqua Malcolm. Pour Hendrick, aucun de tes prix d'architecture ne fera le poids si tu es incapable de te comporter décemment. Il considère que tu as des responsabilités et s'il parvient à convaincre le reste du bureau, il aura assez de voix pour te virer, quoi que j'en dise !

— Je sais, reprit Drew. Je te dis que j'ai été piégé à cette fête. C'était un traquenard, ils se sont bien joués de moi.

Malcolm souffla impatiemment.

— C'est toi qui joues avec le feu. Si le bureau te licencie, nos clients vont en entendre parler, comment veux-tu qu'ils l'interprètent ? C'est éminemment humiliant.

On m'a piégé ! Il fallait qu'il arrête de le répéter en boucle, car son oncle ne l'entendait pas. La meilleure chose à faire pour le moment était sans doute de se taire et de ne pas en rajouter.

Désastre ou pas, il n'aurait pas pu faire autrement. Lorsque son amie Raisa avait découvert que sa sœur Leticia allait se retrouver dans une de ces soirées tristement célèbres pour leurs excès, elle redoutait à juste titre que la jeune femme ne soit la proie idéale de quelque play-boy sans foi ni loi.

Aussi lorsque Leticia avait coupé son téléphone, Raisa avait paniqué. Si Drew n'était pas intervenu, elle aurait tenté de forcer l'entrée de la fête et aurait eu maille à partir avec les équipes de sécurité de Sobel et cela pouvait très mal se finir.

Il fallait qu'il fasse quelque chose, c'était trop risqué.

Évidemment, il avait découvert par la suite que Leticia n'avait jamais mis un pied à cette fête. Raisa aussi avait été manipulée. C'était lui qui était visé depuis le départ.

Mais son oncle Malcolm ne voulait rien entendre.

— On m'a piégé ! répéta-t-il malgré lui. Ils ont mis en scène cette photo. Le photographe était là précisément pour prendre ces photos de moi.

— Et s'il y a quelque chose qui me met plus hors de moi encore que la dépravation d'un inconscient trop gâté, c'est bien qu'il n'assume pas ses propres fautes ! rétorqua son oncle. Toi, piégé ? Mais tu es un ancien marine, bon sang ! Et tu as réussi à te faire piéger par une gamine à demi nue ?

Ava, sa sœur cadette, finit par intervenir.

— Oncle Malcolm, essaie de réfléchir un moment, cela ne ressemble pas à Drew. Qu'il soit un rebelle à la manque, je suis d'accord, mais il ne s'en est jamais caché. Là, cela ressemble vraiment à une manipulation. Les filles étaient embusquées…

— Moi ce que je vois c'est une orgie !

— C'est ce qu'on essaye de te montrer, mon oncle, insista Ava. Ne te laisse pas abuser !

— Tout ce que je vois, c'est que ton frère se moque bien de la réputation et de l'avenir de l'entreprise à laquelle j'ai dévoué le travail d'une vie ! Si Hendrick décide qu'il doit partir, je ne pourrai rien faire. Je te conseille d'ailleurs de remettre bien vite ton CV à jour, parce qu'à compter d'aujourd'hui, tu es en disponibilité. Parle à Hendrick les yeux dans les yeux, en homme, et il te dira ce qu'il pense faire, mais pour ma part, je jette l'éponge, j'en ai assez de tes bêtises.

Malcolm quitta la pièce de façon sonore, faisant résonner sa canne sur le sol. Il tenta de claquer la porte pour souligner son effet, mais le valet hydraulique fit son office et amortit l'impact.

Drew se pencha sur la table, frottant ses tempes douloureuses.

— Je n'irai pas au dîner avec Hendrick ce soir, dit-il d'un ton las. Personne n'a besoin de moi pour annoncer quoi que ce soit et je crois que j'ai atteint mon quota d'humiliation pour la journée.

— Non, ne fais pas cela, ce serait une reconnaissance de culpabilité, souligna Ava. Il faut que tu viennes et j'ai peut-être une idée.

Drew leva un regard désabusé en direction de sa sœur.

— Si une phrase pouvait m'angoisser encore davantage, c'est bien celle-là dans ta bouche !

— Ne fais pas la poule mouillée, lança Ava, les sourcils froncés. Nous avons besoin de toi ici comme directeur. Tu es l'avenir de Maddox Hill, le nouveau regard de l'architecture. Personne n'a ta vision, ni ton palmarès. C'est toi qui as remporté le Prix international de l'architecture durable et celui de l'Institut américain des architectes.

— Inutile de refaire mon CV, Ava, je sais bien ce que j'ai fait.

— Mais tu sais bien que tu es le seul à avoir cette sensibilité écologique et durable qui est au cœur des préoccupations de l'architecture d'aujourd'hui. Maddox Hill ne pourrait rien faire sans toi, et tout le monde va s'en rendre compte, si tu me fais confiance.

Il n'était pas surpris des propos de sa petite sœur.

Avec ses boucles blondes et ses yeux bleu cobalt, une silhouette impeccable et un charisme à couper le souffle, elle disposait aussi d'une très haute estime d'elle-même. Il fallait dire qu'elle était capable d'influencer les esprits, en particulier ceux des hommes, d'un seul regard. Il était sans doute l'un des seuls à pouvoir lui résister. C'était sa petite sœur, après tout.

Il était encore en train d'essayer de démêler les tenants et les aboutissants de cette affaire. Il risquait de tout perdre d'un seul coup, aujourd'hui, c'était évident. Quel contrôle aurait-il le cas échéant sur les projets qu'il avait élaborés au fil des ans ? Il redoutait surtout de perdre le projet Beyond Earth qu'il avait monté avec la branche robotique de la Fondation Maddox Hill.

Ce projet aurait tellement inspiré leur père, lui qui avait été son modèle jusqu'au dernier jour de sa vie.

— Je ne suis pas en train de te suggérer d'amadouer Hendrick, ni même oncle Malcolm, mais ta fiancée pourrait s'en charger et tu n'aurais plus qu'à sourire et acquiescer.

— Quelle fiancée ? demanda Drew, désarçonné. Tu veux que je me fiance d'ici le dîner ? C'est un sacré challenge, Ava, même pour un play-boy de renom tel que moi !

— J'ai déjà la candidate idéale, justement, frangin. Cette idée merveilleuse m'est venue pendant que Malcolm te sermonnait. J'ai une contre-attaque parfaite à cette histoire de dupes et il se trouve qu'elle est déjà ici.

— Qui est déjà ici ? Qu'est-ce que tu racontes, à la fin ?

— Ta future fiancée, annonça Ava.

— Tu plaisantes, j'espère ?

— Mais non, il s'agirait de fiançailles temporaires, pour quelques mois, le temps de t'éviter de te faire licencier. Tu l'as déjà rencontrée, alors que tu t'apprêtais à embarquer pour l'Irak, tu te souviens ? Tu avais fait une halte chez moi à Seattle et je t'ai présenté ma colocataire, Jenna.

— La petite rousse à lunettes ? Celle qui m'avait renversé un pichet de sangria dessus ?

— Précisément ! J'avais prévu de la retrouver pour un café avant sa présentation, mais la réaction de l'oncle Malcolm m'a obligée à reporter notre entrevue.

— Sa présentation ?

— Oui, Jenna est ingénieure en biomécanique, elle a lancé sa propre entreprise de création de prothèses bioniques. C'est un champ passionnant, on se croirait propulsé dans la science-fiction ! Et elle est en course pour le Prix Wexler dans son domaine. Elle fait une présentation préliminaire aujourd'hui devant le jury. C'est une femme brillante, efficace, attentionnée. En gros, elle est parfaite !

— Mais je ne comprends pas, reprit-il. Pourquoi ? Pourquoi ferait-elle ça pour moi ? Et qui goberait un tel stratagème, dont je ne vois pas même la finalité !

— Non seulement ils vont tous le gober, mais ils vont l'adorer, dit Ava. Ne me sous-estime pas trop, frangin, tu sais bien que je suis un petit génie !

— Mais je ne vois toujours pas l'intérêt de raconter n'importe quoi, répondit Drew. Et puis, ça ne me met pas à l'aise.

— C'est par le feu qu'on combat le feu. Tu préfères torpiller l'entreprise plutôt que de tenter quelque chose ? Quelqu'un essaie de te piéger en te faisant passer pour un prédateur de jeunes femmes vulnérables. Eh bien, je préfère ma version : le séducteur impénitent qui gagne sa rédemption par l'amour d'une femme qui aura su lui ouvrir les yeux et lui faire acquérir une conscience sociale…

— J'ai déjà une conscience sociale, merci, coupa-t-il. Je ne suis pas un robot sans cœur !

— Chut, je réfléchis à voix haute ! Un bad boy cynique qui cache un cœur tendre, secrètement prêt à fondre pour une fille intelligente et sensible, l'intello à lunettes… Et que le pouvoir de l'amour sauve in extremis.

— Un cœur tendre secrètement prêt à fondre ? répéta-t-il, incrédule.

— Laisse-toi porter par l'histoire : cette femme construit des bras bioniques pour permettre à des parents de serrer à nouveau leurs enfants dans les bras. Tu vois où je veux en venir ? Du pathos, du lien, de la bienveillance. On a tous besoin de ça.

— Je comprends cela, mais je pense toujours que tu délires complètement.

Ava saisit sa tablette sur la table et fit une rapide recherche avant de la lui tendre.

— Voilà Jenna à sa présentation, mon assistant s'est rendu à sa présentation pour effectuer cette captation. Jette un coup d'œil.

On pouvait distinguer la jeune femme sur la scène circulaire du Pavillon Curtis, l'un des gratte-ciel les plus spectaculaires de Seattle dont Drew lui-même avait dessiné les plans. Elle était charmante avec ses boucles cuivrées, une petite robe grise qui soulignait ses jolies jambes. Elle portait toujours des lunettes, mais leur forme papillon et leur couleur vert fluo les rendaient beaucoup plus pimpantes que dans son souvenir.

Drew continua son visionnage. Un zoom lui permit de détailler son visage fin, ses yeux noisette, quelques taches de rousseur et une bouche charnue ornée de délicieuses fossettes. Elle portait un rouge à lèvres rouge vif très brillant. Il activa le son de la vidéo.

Sa voix était plutôt grave et harmonieuse.

« … Des connexions nerveuses restaurées qui permettent de retrouver de véritables sensations. Tenir un pinceau, tresser les cheveux d'un enfant, dribbler avec un ballon de basket. Pour nous ce sont des gestes anodins et nous n'y voyons plus le miracle quotidien qui doit s'accomplir pour que tous nous y ayons accès. Je vous remercie. »

Les applaudissements furent enthousiastes. Il coupa le son et Ava reprit sa tablette.

— Je crains que cette jeune femme ait déjà beaucoup à faire pour sauver le monde, sans avoir besoin de participer à la mascarade que tu imagines, commenta Drew, le regard pensif. Mais tu peux m'envoyer sa vidéo, en revanche.

— Avec plaisir, dit Ava, un sourire aux lèvres en s'exécutant aussitôt. C'est fait !

Elle saisit ensuite le combiné du téléphone devant eux et appuya sur une touche.

— Madame Crane ? Est-ce que vous pourriez nous envoyer Mlle Somers, je vous prie ?

— Jenna est ici ? demanda-t-il stupéfait. Mais Ava, je n'ai pas donné mon accord…

— Ne sois pas stupide, voyons. Elle est ici, pourquoi perdre plus de temps à tergiverser ?

Il était trop tard pour répondre, car déjà on frappait à la porte.

- 2 -

Jenna emboîta le pas de la réceptionniste aux cheveux blancs jusqu'à la salle de travail conçue comme un gigantesque open-space. Un panneau vitré sur trois niveaux offrait une vue imprenable sur le paysage urbain de Seattle. De là, elles s'engagèrent dans un couloir aux boiseries lustrées, au style épuré et éclairé par un ingénieux système de lames brise-soleil en bois elles aussi. Le fameux immeuble Maddox Hill était célèbre à Seattle pour avoir été intégralement conçu à partir de matériaux écologiques et durables. Elle n'était pas surprise de découvrir que les lieux étaient aussi stupéfiants à voir de l'extérieur qu'à arpenter maintenant. Le bois conférait à l'ensemble une chaleur réconfortante que jamais l'acier ou le béton ne sauraient restituer. Un coup d'œil dans un bureau dont la porte était ouverte lui permit de constater que chaque espace disposait d'une paroi vitrée sur l'extérieur.

Elle en avait voulu à Ava d'avoir annulé leur rendez-vous juste avant sa présentation, ce matin. Elle aurait apprécié de pouvoir réviser son laïus auprès de son amie, qui avait pris l'habitude d'écouter chacune de ses interventions.

Mais en fin de compte, elle s'en était bien tirée. Et maintenant la décision était entre les mains du jury, elle n'avait plus qu'à croiser les doigts. Le Prix Wexler était plus qu'intéressant, avec un demi-million de dollars en jeu, il permettrait à ses projets de faire un pas de géant.

Peut-être qu'Ava avait souhaité lui en mettre plein la vue en la faisant venir ici, et c'était d'ailleurs une réussite. Son oncle, Malcolm Maddox, était le cofondateur du cabinet et l'immeuble en question avait été dessiné par le très sexy frère d'Ava, Drew, le plus célèbre play-boy de l'architecture contemporaine.

La réceptionniste frappa à une haute porte d'acajou.

— Entrez, lança la voix d'Ava.

La pièce était spacieuse et offrait elle aussi une vue époustouflante, d'autant plus alors que le soleil était bas sur l'horizon et semblait peindre les nuages en rose. Ava lui sourit chaleureusement alors que l'homme à côté d'elle se levait et se retournait. Jenna en eut le souffle coupé.

Drew Maddox lui-même… En chair et en os. Le frère aîné d'Ava, architecte star des magnats de la Silicon Valley, des cheikhs arabes ou des célébrités d'Hollywood. Et le sujet du dernier scandale sexuel dans la presse tabloïd.

Il se trouvait aussi être l'homme pour qui elle avait nourri le plus intense et fiévreux des désirs secrets depuis des années. Il fallait dire qu'elle avait toujours su faire les bons choix en matière d'hommes. Ha ha.

Elle n'avait pas revu Drew Maddox depuis l'épisode de la sangria renversée à l'université. Elle avait fui la scène du drame dans un état de mortification totale et n'était revenue nettoyer les dégâts qu'une fois certaine qu'il avait quitté les lieux pour de bon. Il avait sauté sur sa moto et mis les gaz dans le soleil couchant, incarnant depuis lors le plus ardent de ses fantasmes inavouables.

Il avait d'ailleurs fini par élire domicile dans son imaginaire sexuel de façon très durable. Il y était son homme à tout faire. En toutes circonstances.

Il était toujours aussi sexy qu'à l'époque. Peut-être même plus, d'ailleurs, car les onze années écoulées lui avaient conféré un peu plus de densité. Il paraissait plus solide et expérimenté, évidemment. Plus carré aussi que dans son souvenir et toujours aussi grand, bien sûr. De larges épaules, une taille fine et des jambes athlétiques faisaient qu'un pantalon à pinces et une chemise blanche étaient déjà une dangereuse tentation. Et s'il y ajoutait une cravate en soie, alors…

Il avait un très beau visage, avec une peau mate, légèrement dorée. Des cheveux noirs et des yeux vert profond, en amande, avec des cils particulièrement longs et noirs. Ses pommettes étaient nettement dessinées, son menton et sa mâchoire aussi, et il avait les lèvres pleines et sensuelles. Son regard souligné par ses épais sourcils était hypnotique. Pas surprenant que les femmes se pendent à son cou, comme en attestaient les journaux ce matin encore. Elle ne pouvait guère le leur reprocher.

Ava semblait vaguement amusée en les regardant l'un et l'autre. Jenna détacha son regard de Drew.

Elle craignait d'avoir été surprise en train de le dévorer des yeux, et voilà que le rouge lui montait maintenant aux joues… C'était là sa croix, avec sa peau claire comme du lait, elle ne pouvait rien masquer de ses émois.

— Tu te souviens peut-être de mon frère Drew ?

— Oui, bien sûr, répondit Jenna en tâchant de sourire. Je crains d'avoir renversé un pichet de sangria sur toi, il y a quelques années.

— Je m'en souviens en effet, dit-il d'une voix grave. C'était plutôt désagréable et très collant.

— J'ai parlé à Drew de ta présentation, dit Ava. Nous avons vu la vidéo d'Ernest.

Un frisson d'insécurité la traversa encore. Drew en

train de la regarder parler, c'était la dernière chose dont elle avait besoin.

— Je t'en prie, Jenna, viens t'asseoir, ajouta Ava avec un geste de la main. Drew et moi avons quelque chose à te demander.

— Très bien, dit Jenna en prenant place, toujours aussi nerveuse. Que voulez-vous savoir ?

Drew s'écarta de quelques pas et se posta devant la fenêtre, le regard absorbé par le coucher du soleil à l'horizon.

— Bien, ce n'est pas évident à expliquer, dit Ava après une œillade en direction de son frère. Il se trouve que nous avons quelques problèmes d'image et de communication à affronter en ce moment. Tu n'as sans doute pas lu la presse locale ce matin ?

— J'ai eu l'occasion de tomber sur quelques images en ligne, si c'est de cela qu'il s'agit ? dit Jenna un peu gênée. Mais je n'ai pas lu les articles, je ne prête aucun crédit à ce genre de presse.

C'était évidemment un mensonge total, puisqu'elle avait lu avidement les quatre articles et analysé chacune des photos en se demandant ce qu'un homme comme Drew Maddox pouvait bien trouver à ce genre de fille. Mais elle n'avait jamais rien compris aux hommes, c'était un fait.

Drew se tourna vers elles, l'air contrit.

— Notre oncle est très en colère, expliqua-t-il, mais le vrai problème, c'est Hendrick Hill, son associé. Il veut ma tête et il peut l'avoir, car il dispose comme notre oncle de quarante pour cent des actifs du cabinet, les vingt pour cent restants étant répartis entre les membres du bureau. Avec les photos et les articles dans la presse, il est fort probable que Hendrick parvienne à convaincre au moins la moitié d'entre eux. Dans ce cas, je serai licencié aussitôt.

— Oh ! je vois, dit Jenna. C'est terrible, mais tu es un architecte brillant et reconnu. Personne ne peut remettre en question ton talent, je suis certaine que tu retrouverais un cabinet où exercer ?

— Le plus grave, c'est que ces photos sont une manipulation, expliqua Ava. Il a été piégé.

— Ava, tu veux vraiment entrer dans les détails ? demanda-t-il en soupirant.

— Il faut qu'elle soit au clair avec les enjeux de la situation. Pour être précis, on l'a attiré dans cette fête sous de fausses raisons pour mettre en scène ces photos. Un photographe était en embuscade, prêt à le piéger depuis le départ. Nous ne savons pas encore qui tire les ficelles, mais en tous les cas le plan a bien fonctionné jusque-là. Et c'est maintenant que tu entres en scène, Jenna.

— Moi ? demanda-t-elle en regardant alternativement Drew et Ava. Comment ça ?

— Eh bien nous avons pensé…

— *Tu* as pensé, Ava, coupa Drew.

— D'accord, moi, Ava Maddox, j'ai pensé dans un éclair de génie, que l'annonce en grande pompe de fiançailles pourrait changer la donne. Cela permettrait de faire diversion et de contrecarrer l'image de play-boy sans foi ni loi qui nuit à la réputation de Drew.

— Des fiançailles en grande pompe avec moi ? demanda Jenna, l'air perdu et toujours aussi rouge. Attends, tu ne veux tout de même pas…

— Mais oui, avec toi, bien sûr ! lança Ava avec enthousiasme. Tu es la personne idéale. Intelligente, ravissante, respectée. Tu fais ton boulot, tu aides les gens de façon concrète et cet aspect humain est un vrai plus pour l'image de Drew !

Jenna ne savait pas le moins du monde quoi répondre. Elle dut pourtant faire un effort pour refermer la bouche.

— Bien évidemment, il s'agirait d'un arrangement temporaire, reprit Ava. Le temps que l'affaire s'éteigne et que Hendrick se calme un peu. J'ai pensé à toi pour cette mission, d'autant qu'il me semble que tu es célibataire en ce moment…

Jenna sentait la chaleur envahir tout son visage. Il fallait dire que l'humiliation liée à sa récente séparation d'avec son ex-fiancé, Rupert, parti avec sa jeune stagiaire blonde incendiaire, était toujours sensible.

— Je vois.

— J'ajouterais que ce serait une façon de rendre la monnaie de sa pièce à Rupert alors qu'il se marie avec une autre, non ?

— Peut-être, répondit Jenna prudemment. Je ne sais pas.

— Il te suffira d'être la cavalière de Drew, tu auras la garde-robe qui va avec, des soirées mondaines avec les plus riches investisseurs du moment qui n'attendent qu'à être convaincus pour engager des fonds dans tes projets, et c'est une opération gagnant-gagnant, tu imagines un peu ?

Jenna haussa les épaules.

— Je suis touchée que tu penses à moi, mais je crains que cela ne marche pas.

— Je comprendrais parfaitement que tu ne veuilles pas que ton entreprise soit associée à mon image en ce moment, lança Drew en faisant un geste en direction des journaux.

— Oh non, ce n'est pas ce que je voulais dire, c'est

juste que je ne vois pas comment nous formerions un couple crédible, Drew et moi.

— Pourquoi pas ? demanda Ava. Vous allez si bien ensemble et vous êtes tous les deux des personnalités remarquables, chacun dans son genre.

— Mais Ava, je ne suis pas du tout son genre de femme, voyons ! s'exclama Jenna.

— Comment ça ? demanda Drew, l'air choqué. Quel est mon genre, alors ? Je n'ai pas de genre de femme !

— Jenna, tu es unique et c'est pour cette raison précise que j'ai pensé à toi. Écoute, réfléchis un peu, tu me fais confiance, non ?

— Je ne pense vraiment pas que ce soit une bonne idée, reprit Jenna.

— Arrête d'insister, Ava, dit Drew.

— Mais bien sûr qu'il faut que j'insiste, reprit-elle. Parce que j'ai raison. Et ce serait un bénéfice pour vous deux, faites confiance à mon instinct, voyons !

Drew tira la chaise à côté d'elle pour s'asseoir. Il était si proche qu'elle percevait son parfum, un mélange d'épices, de conifères et de musc particulièrement masculin qui court-circuita ses sens.

Il se tourna vers Ava.

— Tu crois vraiment que ma réputation lui servirait à quoi que ce soit ?

— Une fois que j'aurai travaillé sur votre histoire, j'en suis certaine, reprit Ava avec conviction.

Drew se tourna alors vers Jenna.

— Et si nous faisions un essai ce soir ? proposa-t-il soudain. Ava et moi devons dîner avec notre oncle Malcolm, le cousin Harold, Hendrick et sa femme, Beverly. Tu pourrais venir avec nous, comme ma cavalière, afin de voir si tout le monde croit à notre histoire et si tu te sens à l'aise avec ce rôle ? Si ça ne le fait pas, alors nous arrêterons là, et je ne t'en voudrai pas le moins du monde.

— Vraiment ? Tu ne crains pas que ce soit vraiment… gênant ?

Il avait un sourire tellement charmeur, une bouche si sensuelle et son regard magnétique posé sur elle…

— Évidemment que ce sera gênant, dit-il, mais c'est une expérience intéressante, non ?

La façon qu'il avait eue de prononcer ces mots lui envoya des frissons tout le long de la colonne.

Drew Maddox attendait, le regard braqué sur elle, et au bout de quelques instants il leva un sourcil interrogateur.

Comme autrefois, Ava avait fini par l'entraîner dans ses embrouilles de toujours… Cette fois, cependant, c'était juste une comédie et pour la bonne cause en prime. Cela valait peut-être la peine de tenter l'aventure ?

Que risquait-elle après tout ? Elle mentirait uniquement à ces journaux qui relayaient les pires rumeurs sans rien vérifier, et puis ce petit mensonge ne ferait de mal à personne.

D'ailleurs, il n'était pas définitif non plus, elle pouvait même s'en libérer dès ce soir si cela ne lui convenait plus.

— C'est d'accord, dit-elle. Je crois qu'on peut faire un essai ce soir.

Ava applaudit en riant.

— Formidable ! lança-t-elle. Nous avons juste le temps de nous préparer. Est-ce que tu es venue en taxi ?

— Oui, mais…

— Je vais te réserver une voiture pour te raccompagner chez toi et…, commença-t-elle avant d'être interrompue par la sonnerie de son téléphone.

Après quelques mots échangés avec Ernest, elle raccrocha et leva vers eux un regard pétillant.

— Que se passe-t-il ? demanda Drew.

— On a une chance de lancer notre affaire dès maintenant de façon parfaite. Mon assistant vient de repérer trois photographes qui attendent certainement Drew en face du hall d'entrée. Il faut profiter de l'occasion et se servir d'eux pour une fois !

Jenna fronça les sourcils.

— Les paparazzis te persécutent ? demanda-t-elle.

— Parfois, oui.

— Surtout depuis ton aventure avec cette actrice, là… Bonita Ramon. Les journaux ont découvert combien Drew rapportait en termes de tirages dès qu'on parlait de lui dans la presse. Tout en lui les intéresse, sa fortune, son look, ses amis, ses maîtresses, sa vie sexuelle…

— Merci, Ava, on a compris, coupa-t-il.

— C'est ta faute aussi, à être si photogénique… Bon, mais dépêchons-nous, les paparazzis attendent !

Jenna frémit intérieurement à l'idée d'être comparée avec quelqu'un comme Bonita Ramon. Son ego mis à mal n'avait peut-être pas besoin d'être encore davantage mis au défi…

— Tu veux dire que nous allons descendre ensemble maintenant ?

— Mais si elle sort avec moi maintenant, ce sera plus compliqué de changer d'avis ensuite, non ? La nouvelle sera publique…

— On verra bien, mais là c'est un signe du destin, non ? Il suffit que vous traversiez le hall main dans la main, en vous souriant. Essayez de plaisanter, de flirter et le tour est joué ! Il n'est plus temps d'être prudents.

— Jenna, c'est toi qui vois, dit Drew en se tournant vers elle. Ne la laisse pas t'influencer.

Ava leva les mains vers elle, implorante.

— Allez, Jenn, s'il te plaît !

— Tais-toi une minute et laisse-moi penser, répondit Jenna en riant.

Il était difficile de se concentrer en présence de Drew, il fallait dire. Que pouvait-elle faire ? Suivre le mouvement et tenter l'aventure, même si cela devait échouer ? Et puis si Ava l'avait entraînée dans de nombreuses embrouilles au fil du temps, il n'y avait jamais eu de conséquences graves, et au moins s'était-elle bien amusée à chaque fois.

Elle regarda Drew, et pensa soudain à Rupert, son ex parti en lune de miel avec Kayleigh, à peine âgée de vingt-trois ans. Cette irrésistible stagiaire aux grands yeux bleus et à la moue boudeuse qui ressemblait à un personnage de dessin animé.

Après tout, sa vie sentimentale était un champ de ruines, pourquoi ne pas rendre service à son amie et en profiter pour se distraire un peu de son quotidien qui manquait sérieusement de piquant dernièrement ?

— Allez, c'est d'accord, lança-t-elle. Descendons !

— Ouiii ! jubila Ava en se levant d'un bond. Descendez immédiatement, je vais appeler une voiture pour vous, le temps que les photographes fassent quelques clichés. N'oubliez pas de sourire et de vous regarder et…

— Merci Ava, on va se débrouiller, l'interrompit Drew en s'engageant dans le couloir vers les ascenseurs.

Et sans qu'elle ait eu le temps de réaliser ce qu'il se passait, Jenna se retrouva seule avec Drew Maddox dans la cabine aux reflets d'argent qui renvoyait son image à l'infini sur chacune des parois.

Cela faisait beaucoup trop de Drew Maddox d'un coup. Et puis il y avait son parfum. Il sentait si bon. Elle avait l'impression qu'aucun détail ne lui échappait. Son pantalon ajusté, la largeur de ses épaules, la façon dont ses biceps remplissaient la manche de sa veste…

Parle, Jenna. Dis quelque chose.

— Eh bien tout ça est plutôt… intense.

— C'est certain. Avec Ava, c'est souvent le cas. Sa célèbre technique du bulldozer… Je suis désolé que tu en fasses les frais.

— J'étais déjà un peu familière du concept.

— Ah oui ? Elle t'a déjà entraînée dans des plans aussi fumeux ?

— Toutes nos années d'études… J'étais plutôt studieuse et appliquée, je travaillais dur pour intégrer toutes les notions d'ingénierie mécanique et électronique nécessaires, et Ava avait décidé qu'elle voulait me sauver de moi-même… Tu imagines un peu !

Il rit.

— Te sauver de toi-même, je vois bien l'idée. Tu as dû te retrouver dans des situations impossibles.

— Oh que oui ! Son obsession était de me sortir de ma zone de confort, disait-elle.

— C'est parfois nécessaire, mais dans notre cas, si tu ne te sens pas à l'aise avec quoi que ce soit, je peux t'assurer qu'il n'y a aucune pression : tu arrêtes aussitôt. C'est d'accord ?

Elle hocha la tête avec un sourire et le sien en réponse lui coupa les jambes.

— Bien, les portes vont s'ouvrir, c'est ta dernière chance de prendre la tangente !

Elle n'eut pas besoin de réfléchir à ce qu'elle voulait

vraiment, tant elle eut l'impression que la décision se prenait en elle de façon automatique.

Elle se hissa sur la pointe des pieds, saisit la nuque de Drew et l'attira vers elle pour un baiser.

Il se raidit un instant, avant de se laisser faire.

Ses lèvres étaient chaudes. Elle nota la douceur de ses cheveux. Sentit sa joue sous son autre main, en caressant la texture râpeuse de la repousse de sa barbe. Mais par-dessus tout, il y avait ses lèvres, douces, chaudes, pleines. Elle devina des flashs d'appareils photo, et entendit quelques sifflets.

Drew se recula vivement.

— Ouh ! Tu m'as pris par surprise, murmura-t-il.

— Désolée, répondit-elle sur le même ton. C'était une inspiration soudaine, j'ai pensé que ça serait plus naturel.

— Ne t'excuse pas, surtout. C'était l'idée et je suis prêt à remettre ça quand tu voudras !

— Bien, dit-elle alors. Est-ce qu'on avance à leur rencontre maintenant ?

Drew passa la main entre les portes de l'ascenseur qui se refermaient et ils sortirent, épaule contre épaule, sous les flashs répétés des photographes.

Souris, ma fille, aie l'air confiante et à la hauteur de ton nouveau compagnon.

Cette idée l'aida à se redresser, à bomber le torse, et à relever le menton pour affronter le monde.

Se tenant par le bras, les mains entrelacées, ils avançaient. Jenna n'aurait même pas su dire qui avait initié le mouvement, cela s'était fait. Et cela semblait si naturel.

Une personne de la sécurité vint écarter les paparazzis et annonça que leur voiture les attendait.

Drew la guida jusqu'à la Mercedes qui avançait à leur rencontre.

— Voilà ta voiture, dit-il. Nous sommes toujours d'accord pour ce soir ? Malgré la horde de zombies-paparazzis ?

Sa remarque la fit sourire jusqu'aux oreilles et elle s'énerva elle-même d'être aussi influençable.

— Je passerai te chercher à 20 h 15, dit-il, nous sommes attendus à 20 h 45 à Peccati di Gola.

— Je serai prête, répondit-elle.

— Est-ce que je peux noter mon numéro sur ton téléphone pour que tu m'envoies ton adresse ? demanda-t-il.

— Bien sûr, dit-elle en le lui tendant.

— J'en ai de la chance, dit-il en faisant sonner son téléphone après avoir entré son numéro.

Il se retourna furtivement vers les photographes qui étaient retenus par les équipes de sécurité juste devant l'entrée de l'immeuble et, bien qu'il lui ait déjà ouvert la portière, il s'avança vivement vers elle et posa ses lèvres sur les siennes.

Son baiser était plus ardent que le précédent. Elle sentit son élan vers elle, la façon dont il goûtait ses lèvres.

Waouh. C'était délicieux. Il y avait du feu dans ce baiser. Elle s'agrippa à ses épaules. Il était solide, massif.

Elle sentit la pointe de sa langue qui se frayait délicatement un passage entre ses lèvres. Son baiser contenait la promesse d'un abandon total, d'un plaisir infini. Il demandait une entière confiance à laquelle elle ressentait le besoin de répondre instinctivement.

Elle poussa un soupir de plaisir qui n'avait rien de feint.

Tout à coup, elle se raidit en prenant conscience de ce qui était en train de se passer. Il l'avait embrassée comme s'il en avait eu envie et elle avait répondu de la même façon. C'était aussi naturel que de respirer.

Elle était dans de beaux draps.

Elle s'écarta, tremblant légèrement. Elle avait l'impression qu'elle venait de perdre son masque et elle craignait qu'il ne voie clair en elle tout à coup.

Drew l'aida à prendre place dans la voiture et lui sourit de façon rassurante alors que la voiture démarrait. Comme si rien d'important ne s'était passé. Comme s'il ne venait pas de l'embrasser passionnément. Et comme si ce baiser n'avait pas causé un tremblement de terre en elle.

Elle sentait encore la brûlure sur ses lèvres.

Elle ne devait pas laisser son esprit divaguer ainsi. Pas dans cette direction. Elle n'était rien d'autre qu'un pantin dans une mascarade.

Il était dans la nature même de Drew d'être séducteur. Il se comportait certainement ainsi avec toutes les femmes qui l'approchaient. Il ne savait d'ailleurs probablement pas faire autrement.

Il allait falloir qu'elle garde cela bien présent à l'esprit dorénavant.

- 3 -

Drew écouta Jenna pendant plus d'une heure. Il commença par visionner à nouveau sa présentation pour le Prix Wexler, puis son discours sur la représentation des femmes dans les métiers des sciences, avant de retrouver une conférence TED Talk qu'elle avait réalisée quelques années plus tôt.

Tandis qu'il était en route pour rentrer chez lui, il écouta encore le podcast d'une émission scientifique à laquelle elle avait participé. Il aimait sa voix d'alto, claire et précise. Il aimait aussi la façon qu'elle avait de parler des sciences et son enthousiasme incroyable. Il pensa à ses amis marines qui avaient été blessés en Irak et en Afghanistan, perdant une jambe ou une main au combat, et songea combien ils pourraient bénéficier de ses recherches.

Il avait hâte d'arriver pour pouvoir finir le visionnage, car l'image lui manquait. Il avait aimé sentir sa force de conviction briller dans ses yeux, tout comme son intense investissement pour la cause qu'elle défendait.

Il installa la tablette dans sa chambre tandis qu'il se préparait. Sa voix lui procurait d'étranges sensations. Il aimait cela. Il se demanda comment il était possible qu'il l'ait à peine remarquée la première fois qu'il l'avait croisée…

Curieusement, le scandale de sa présence à la fête

d'Arnold Sobel avait cessé de l'obséder depuis qu'elle était entrée dans le jeu. Jusqu'à son arrivée, il était hanté par ces moments pénibles où, réveillé par une odeur entêtante, il s'était retrouvé dévêtu dans un lit inconnu. On lui avait vaporisé quelque chose au visage, une drogue certainement, qui lui retournait l'estomac et lui faisait tourner la tête. Il y avait plusieurs femmes dévêtues autour de lui.

Il avait été malade, son estomac se révoltant tout à coup et un marteau tambourinant à l'intérieur de son crâne à chacun de ses battements de cœur. Il s'était senti humilié, piégé, impuissant. Et si stupide d'avoir permis que ce genre de stratagème fonctionne.

Il n'avait parlé à personne du parfum vaporisé sur son visage, ni du moment de black-out qu'il avait vécu. Les mots restaient bloqués dans sa gorge. La honte, peut-être… Peu importait pourquoi, d'ailleurs, il était toujours incapable d'en parler.

Le fait de rencontrer Jenna lui avait permis de se défaire quelques heures de cette honte cuisante. Son baiser surprise dans l'ascenseur lui avait fait un effet immédiat qui l'avait obligé à se draper dans son imperméable pour plus de discrétion. Il l'avait embrassée à nouveau un peu plus tard pour constater que ce n'était pas seulement un effet de la surprise.

Il avait refermé son manteau à nouveau.

Ses baisers restaient inscrits, brûlants, dans son esprit. La sensation de son corps mince plaqué contre le sien, souple et confiant. Sa peau si douce qu'elle semblait un pétale de fleur sous ses doigts. La douceur de ses lèvres et son parfum, chaud, mélange de miel et d'orange… Il en voulait encore.

Il manquait quelque chose. Il sortit de son coffre un

écrin qui contenait les bijoux de sa mère. Il les avait proposés à Ava l'année dernière, mais elle avait fondu en larmes avant de quitter la pièce. Il avait donc rangé la boîte et plus jamais évoqué le sujet.

Il sortit le petit écrin de velours noir qui contenait la bague de fiançailles de leur mère. Le baiser devant les photographes avait donné le top départ, il était prêt à jouer le jeu.

S'il avait eu un peu plus de temps devant lui, il aurait sans doute choisi une autre bague, mais il savait aussi que Malcolm reconnaîtrait celle-ci, tout comme Beverly et peut-être Hendrick. Beverly avait été une amie proche de sa mère bien avant sa naissance. Elle la reconnaîtrait forcément.

Et puis, cela lui semblait juste. Jenna était le genre de femme à qui un homme pourrait offrir la bague de fiançailles de sa mère. Sa mère aurait aimé Jenna.

Il mit son manteau et glissa la bague dans sa poche. Penser à sa mère avait réveillé des sensations douloureuses.

Il savait au fond de lui qu'elle n'aurait pas approuvé qu'il se serve ainsi de Jenna. En particulier pour le tirer du guêpier où il s'était fourré tout seul.

Cette pensée désagréable était tenace. Il se dit qu'il n'était pas le seul responsable de ce fiasco. La seule chose qu'il pouvait se reprocher était d'avoir essayé d'aider une amie et de ne pas avoir eu la présence d'esprit de filer au plus vite alors que le piège se refermait sur lui. Mais il avait sa conscience pour lui.

Et puis Jenna allait elle aussi tirer des bénéfices secondaires de cette affaire. Personne n'était trompé, il s'agissait d'un simple échange de bons procédés.

L'accident qui avait pris ses parents avait eu lieu dix-huit ans plus tôt et il pouvait toujours se représenter la moue dubitative que lui adressait sa mère lorsqu'il essayait de lui mentir. Le froncement de ses sourcils et ses lèvres pincées.

Malgré cela, il sentait l'excitation croître alors qu'il se rapprochait de Greenwood. Il était impatient de retrouver Jenna et il ne pouvait pas se rappeler la dernière fois qu'il avait ressenti ce genre d'émotion.

Il se gara devant une belle maison à trois niveaux. L'appartement de Jenna se trouvait tout en haut. Un escalier extérieur le mena jusqu'à une terrasse couverte avec une balancelle. Il sonna à la porte.

Jenna lui ouvrit, un sourire aux lèvres.

— Pile à l'heure, dit-elle. J'aime la ponctualité, entre.

Il ne sut que répondre et se sentit aussitôt envahi de sensations. Elle portait une robe d'un vert forêt sombre qui soulignait sa silhouette de façon étourdissante. Il dut détacher ses yeux de son décolleté, de sa fine taille et de sa chute de reins spectaculaire. La couleur était parfaite avec ses cheveux roux cuivré qu'elle avait relevés, laissant des mèches folles dessiner un halo autour de son visage.

Ses lunettes papillon lui faisaient des yeux de chat. Elle avait choisi une paire couleur d'ambre qui rappelait ses cheveux et il y avait deux petits brillants sur les pointes qui s'accordaient avec ses boucles d'oreilles. Mais c'était son sourire qui emportait tout. Ses lèvres rubis contrastaient avec la blancheur de ses dents.

Un chat gris se glissa entre ses jambes pour se diriger vers la porte.

— Tu es superbe, dit-il. J'aime beaucoup tes lunettes à brillants ! Au fait, ton chat vient de sortir, est-ce qu'il en a le droit ?

— Oui, Smudge a une chatière pour rentrer et comme il n'a pas encore mangé, m'est avis qu'il ne tardera pas à revenir ! répondit-elle. Quant à mes lunettes à strass, je ne les porte que pour les grandes occasions, si les paparazzis veulent nous flasher, je les éblouirai !

— C'est parfait, dit-il en sortant la bague de sa poche. À propos de brillants, j'ai apporté ça, si cela ne te pose pas de problème ?

Il ouvrit l'écrin et Jenna eut un mouvement de surprise.

— Oh mon Dieu, ce sont de vraies pierres ?

— Oui, saphir et diamant. Elle a appartenu à ma mère.

Jenna leva les yeux vers lui.

— Hum… Est-ce que tu es sûr ? Je ne sais pas si nous pouvons…

— C'est que Malcolm, Hendrick et Bev vont aussitôt la reconnaître, expliqua-t-il.

— Ah, oui, je comprends, dit-elle avec toujours un léger froncement de sourcils.

Elle prit délicatement la bague et la glissa à son doigt. Elle lui allait parfaitement. Il vit ses joues rosir.

— Elle est belle, murmura-t-elle. Je serai très prudente, j'imagine combien elle est précieuse.

Sans réfléchir, il saisit sa main et y pressa ses lèvres.

Jenna se figea et le rose de ses joues se fit rouge vif. Elle retira sa main.

— Pardon, il faut que je nourrisse mon chat avant qu'on y aille, dit-elle en filant vers sa cuisine.

Drew fit quelques pas dans son appartement. Au fond de la pièce, une baie vitrée ouvrait sur la terrasse qui donnait sur le jardin à l'arrière de la maison. Les lumières de la ville brillaient. Son séjour était séparé de la cuisine par un bar. Le coin salon était délimité par un canapé et un confortable fauteuil, tandis que le reste de la pièce était occupé par un grand bureau sur lequel se trouvait un entremêlement de câbles et de composants électroniques, ainsi que divers plans et croquis. Sur le mur des panneaux de liège accueillaient de nombreux documents et des dizaines de photos de Jenna entourée de diverses personnes. Sur l'une d'elles, il vit Jenna avec un enfant qui brandissait fièrement deux prothèses de bras, les pouces en l'air.

Elle le rejoignit alors, finissant de boutonner un long manteau en laine noire.

— C'est ici que tu fais tes recherches ? demanda-t-il.

— La plupart du temps je travaille à mon labo, mais j'aime avoir un espace de recherche ici. Lorsqu'une idée me vient, j'ai besoin d'être immédiatement opérationnelle.

— C'est impressionnant, dit-il en se penchant vers les schémas punaisés au mur.

— Ton travail l'est tout autant, dit-elle. Et toutes mes félicitations pour ton prix !

— Tu en as entendu parler ?

— J'ai lu un article, dans le *Time*. C'était un très beau dossier qu'ils t'ont consacré, d'ailleurs. Particulièrement flatteur.

— Vraiment ? Je n'ai pas fait attention.

Elle lui sourit. Il y eut quelques secondes de silence, puis Jenna lui indiqua la porte.

— Nous y allons ? demanda-t-elle. Je ne voudrais pas arriver en retard.

— Tu as raison.

Drew attendit qu'elle fût bien installée dans sa voiture avant de prendre place à son tour. Dès qu'il mit le contact, le podcast qu'il était en train d'écouter reprit où il s'était arrêté. Le volume était bien trop fort sans le bruit du moteur…

Il retira aussitôt la clé. Bon sang, cette émission avait

beau être accessible sur Internet, il avait l'impression d'avoir été surpris en train de l'espionner.

— Hou là, mais c'est moi à la radio, non ? Je me souviens de l'émission.

— Oui, je voulais juste me tenir un peu au courant de ce que tu fais, justifia-t-il.

— Oui, bien sûr, c'est normal. J'aurais dû faire de même, mais je connais sans doute un peu mieux ton travail grâce à Ava. Elle me raconte toujours ce que vous faites, les prix, les grands projets. Elle est très fière de toi, tu sais.

Il démarra et ils roulèrent en silence pendant quelques minutes.

— En fait j'ai aussi visionné ta conférence TED Talk, ton discours pour la visibilité des femmes et ta présentation de ce matin, finit-il par reconnaître.

Elle tourna vers lui un regard stupéfait.

— Tout ça ce soir ?

— Tu es une oratrice incroyable, souligna-t-il, je ne pouvais pas m'arrêter.

Elle baissa les yeux, troublée.

— Ce n'était pas gagné, pourtant. Parler en public m'a terrifiée pendant des années, mais j'ai insisté jusqu'à ce que le stress diminue. Je n'arrive pas à croire que tu aies regardé tout ça ce soir !

— C'était fascinant, dit-il. Clair, convaincant, bien structuré. Et drôle !

— Eh bien merci, c'est vraiment… encourageant, dit Jenna en se tordant les mains.

— Tu n'as pas à t'en faire pour ce soir, tu sais, ne sois pas nerveuse, dit-il en jetant un coup d'œil vers ses mains.

— Tu rigoles, j'espère ! Comment ne pas être nerveuse ?

— Après tout ce que j'ai vu ce soir, je suis certain que tout se passera au mieux.

— En me faisant passer pour quelqu'un que je ne suis pas ?

— Ce n'est pas exactement ça. Tu seras toi-même, au contraire, c'est ce qui fera que ça marchera.

— Oui, dit-elle en riant, en essayant de me faire passer pour le genre de femme qui se fiance à quelqu'un comme toi… On ne peut plus naturel… Tu sais, plus j'y pense et plus je crains que ce ne soit absolument pas crédible.

— Mais pourquoi, demanda-t-il l'air sincèrement surpris. Qu'est-ce que tu entends par « quelqu'un comme moi » ?

— Tu sais très bien ce que je veux dire, tu es un architecte mondialement renommé, tu fais partie des cercles les plus mondains. Tu es même sorti avec Bonita Ramon ! Qui croira sincèrement que ton choix se soit ensuite porté sur Jenna Somers, la plus intello des ingénieures ? Il n'y a rien qui te choque là-dedans ?

— Non, rien, dit-il. Je ne vois pas le rapport avec Bonita, d'autant que notre relation est finie.

Jenna soupira.

— Je ne sais pas trop ce que je voulais dire par là, à vrai dire…

— J'ai rencontré Bonita à une fête sur un yacht en Grèce. Elle venait de se faire plaquer par un sale type, un producteur très influent. On a passé quelques jours ensemble et on s'est tout de suite aperçus que l'on n'avait pas grand-chose à se raconter.

Bonita était surtout totalement égoïste, ne parlant de rien d'autre que d'elle-même et uniquement pour se plaindre. Elle l'avait ennuyé à mourir dès le deuxième jour.

— Et tu vas souvent à des soirées privées sur des yachts en Grèce ?

— J'ai habité en Crète un moment pour le travail, dit-il sur la défensive. Mais je ne suis certainement pas le genre de fêtard que les médias décrivent, passant d'une orgie à l'autre et abusant d'alcool et de cocaïne…

— Non, ce n'est pas du tout ce que je voulais dire. Pardon si je t'ai blessé.

— Non, c'est moi qui suis désolé, dit-il dans un soupir. Ces derniers jours ont été un peu tendus avec le scandale…

— Oublions cela, si tu veux. Nous allons jouer nos rôles et espérer que tout fonctionne selon le plan d'Ava.

Il se gara devant l'hôtel où se trouvait le restaurant et sortit avant de tendre ses clés au voiturier.

Jenna sortit de son côté avant qu'il n'ait le temps de lui ouvrir la portière. Il lui prit le bras. C'était une sensation agréable. La bague de sa mère étincelait sur sa main fine et nerveuse. Elle semblait avoir été faite pour elle.

En lui-même, il ressentit une colère assez irrationnelle. Il trouvait ridicule de devoir jouer un rôle comme celui-là pour sauver sa réputation et son travail. Avoir recours à Jenna pour sauvegarder sa crédibilité était assez humiliant.

Elle dut sentir sa frustration, car elle lui adressa un regard inquiet. Il lui offrit un sourire rassurant.

Jenna jouait le jeu par loyauté pour Ava.

Et lui, il en voulait un peu plus. Il refusait de se satisfaire des miettes, qu'il le mérite ou pas.

- 4 -

Jenna serra des mains et sourit à en avoir mal aux joues, tandis qu'Ava et Drew lui présentaient les convives. Ava était superbe dans sa robe en dentelle noire. Harold Maddox, leur cousin, était présent, très sérieux et plutôt du genre guindé avec son costume sombre. Il avait la fière allure des Maddox, sans en avoir le charisme, cependant. Malcolm, leur oncle, était déjà une tête connue pour Jenna. Son associé, Hendrick Hill, était maigre et chauve, avec des pommettes aiguës et des joues creusées. Il semblait la dévisager de ses petits yeux suspicieux enfoncés sous de broussailleux sourcils. À côté de lui, sa femme, Beverly, paraissait son exact opposé : petite, ronde et joviale, elle arborait une coupe courte avec des cheveux d'un blanc éclatant et de nombreux bijoux ainsi qu'un original caftan en soie bleu nuit. Son sourire sembla se figer l'espace d'un instant lorsque Drew présenta sa fiancée et que tous les yeux se tournèrent vers la main de Jenna sur laquelle on pouvait immédiatement repérer la fameuse bague de fiançailles.

— Fiancée, avait répété Malcolm en fronçant les sourcils. Comment se fait-il que nous ne connaissions pas cette jeune femme ? D'où sortez-vous, mademoiselle ?

— Mon oncle ! s'exclama Ava. Jenna est une très

chère amie à moi depuis longtemps, merci de lui parler avec tout le respect qu'elle mérite.

— J'attendais le bon moment pour faire les présentations, oncle Malcolm, mais ces derniers temps ont été un peu compliqués, ajouta Drew.

— C'est rien de le dire ! marmonna Harold.

Beverly les tira de ce mauvais pas en offrant son sourire radieux à Jenna avant de se lever pour la serrer chaleureusement.

— Oh mon Dieu, félicitations, très chère ! Je suis ravie pour vous !

La chaleur qui émanait d'elle serra le cœur de Jenna en lui rappelant sa mère, décédée depuis six ans.

Le dîner se passa plutôt agréablement. Jenna était assise entre Drew et Beverly, et Ava relançait toujours très joyeusement la conversation, ce qui lui permit de participer à plusieurs reprises, malgré la pression des regards de Malcolm et Hendrick rivés sur elle durant tout le repas.

Peu après les amuse-bouches, Beverly effleura la main de Jenna.

— Ah, cette bague me rappelle tellement de souvenirs, dit-elle d'une voix douce. Diana et moi étions comme deux sœurs. Nous faisions partie de la même sororité étudiante et je l'avais aussitôt remarquée. Si drôle, si brillante. D'une telle beauté. Ava est tout son portrait, d'ailleurs. Elle me manque toujours autant.

Jenna sourit et lui serra la main.

— J'aurais tant aimé la connaître.

— Oh ! elle aurait été si heureuse, souligna Beverly en s'essuyant les yeux. Mais racontez-nous plutôt comment vous avez rencontré Drew ?

Jenna se figea et la panique l'envahit. Par chance Ava avait entendu la question et vola à sa rescousse.

— Oh ! je dois reconnaître que c'est moi qui ai joué les Cupidon dans cette affaire, avec les flèches et tout !

— Quelle surprise, grommela Malcolm.

— Notre première rencontre remonte à onze ans, maintenant, expliqua Jenna. Lorsque Ava et moi étions étudiantes.

— Je m'apprêtais à partir en Irak, dit Drew.

— Il y a si longtemps que cela ? reprit Beverly, impressionnée.

— Je ne crois pas lui avoir laissé un souvenir mémorable à l'époque, pourtant, reprit Jenna. Il se trouve que j'ai commis la maladresse de lui renverser un pichet de sangria dessus... On fait mieux comme entrée en matière !

Drew prit sa main et la porta à ses lèvres en riant.

— Mes chaussures sont restées collantes pendant des jours après ça, on m'entendait arriver de loin ! Mais aujourd'hui, je me dis que ça valait la peine.

Jenna sentit une vague de chaleur la parcourir. Il était doué. Elle avait beau savoir qu'il jouait son rôle, elle se sentait pourtant réellement bien à ses côtés. Elle se dit qu'elle n'avait pas grand-chose à faire finalement pour paraître totalement sous le charme de Drew...

Le serveur leur apporta les entrées et Beverly reprit :

— Quand est-ce que vous avez repris contact après cet incident ?

Une nouvelle fois, Ava vola à son secours.

— C'était ma faute à nouveau ! répondit-elle en riant. Au printemps dernier, Jenna m'a embauchée pour quelque temps au sein des relations publiques de sa fondation alors qu'elle devait recevoir le Prix Femmes de Sciences à San Francisco. Drew était là aussi pour le contrat du Magnolia Plaza et nous avons dîné tous les trois. C'est comme ça que les choses se sont faites, comme par magie !

Jenna avait du mal à rester naturelle en écoutant l'histoire qu'Ava inventait. Elle prit sa fourchette et essaya de se concentrer sur son entrée.

— Tiens, c'est curieux parce que j'étais aussi à San Francisco pour le projet Magnolia Plaza, intervint Harold. C'est fou que je n'aie pas eu l'occasion de croiser Jenna à cette occasion… Nous sommes restés trois mois sur place, tout de même !

Ava haussa les épaules.

— Je ne vois pas ce qu'il y a de curieux, tu n'étais pas avec nous ces soirs-là, c'est tout.

— Oui, de toute évidence, dit Harold. Mais je n'ai pas eu l'impression que Drew se soit engagé dans une relation sérieuse à ce moment, souligna-t-il avec un sourire entendu en direction de Drew. Bien au contraire, si je puis dire.

— Le Prix Femmes de Sciences, c'est bien ça ? demanda Beverly qui avait dû sentir la tension. Dans quel domaine travaillez-vous, chère Jenna ?

— Je suis ingénieure en conception de neuroprothèses, répondit Jenna.

— Elle crée des membres bioniques connectés au cerveau. Cela permet aux personnes concernées de les activer elles-mêmes et d'obtenir un retour sensoriel, précisa Drew. Jenna est bien trop modeste !

— Je ne voulais pas avoir l'air trop suffisante, répondit Jenna.

— Au contraire, c'est justement le moment de l'être, car Beverly travaille pour la Fondation Bricker, il faut à tout prix qu'elle prenne connaissance de tes travaux, dit-il en souriant. Bev, je t'enverrai le lien vers son discours pour Femmes de Sciences, c'est passionnant.

Beverly porta son verre de vin à ses lèvres, son regard pétillant derrière ses fines lunettes sans monture.

— Mais oui, Drew, je t'en prie, envoie-moi cela.

— Sa conférence TED Talk donne un bon aperçu de son travail, mais le discours pour Femmes de Sciences est plus approfondi.

— Il y a aussi la présentation pour le Prix Wexler qui date de ce matin, reprit Ava en sortant son téléphone. Je t'envoie tout cela dès maintenant, Bev, comme ça, tu feras ton choix !

— Merci, j'ai hâte de découvrir tout cela, dit Beverly. Et quel bonheur de voir Drew si fier de sa promise !

Un ange passa alors que tous les regards étaient tournés vers Jenna qui se mit à transpirer.

— On voit que tu as bien fait tes devoirs, Drew, lança Malcolm froidement.

— Je suis simplement admiratif des accomplissements de ma fiancée, dit Drew. Elle change la vie des gens.

— Je n'en doute pas, marmonna Malcolm. La tienne par exemple, en sortant opportunément du bois alors que tu traverses une mauvaise passe… Je me demande ce que mijote Ava, cette fois-ci, je crois reconnaître ses manigances habiles.

Ava ouvrit grand ses yeux gris en battant des cils.

— Mon oncle, je suis vraiment blessée de ce sous-entendu.

— J'imagine que tu souffres en effet, répliqua-t-il, sarcastique.

Jenna se sentait de plus en plus mal, elle n'était pas venue pour assister à un règlement de comptes familial en direct. Elle avait besoin d'une pause. Elle se leva brusquement.

— Excusez-moi, je vous prie, je reviens sans tarder.

Elle pressa le pas vers les toilettes, soulagée de pouvoir respirer quelques instants sans sentir tous les regards braqués sur elle. Et hors de l'influence de Drew. Elle entra dans une des cabines et tâcha de retrouver une respiration calme et apaisée.

L'affaire était plus corsée que prévu. Elle détestait mentir par principe, d'autant plus à des gens qu'elle appréciait comme Beverly, par exemple. Malcolm et Hendrick, eux, n'avaient pas défroncé les sourcils depuis son arrivée, mais Beverly était sincère et chaleureuse.

Elle sortit finalement des toilettes, se lava les mains et tâcha de remettre un peu d'ordre dans ses cheveux. C'est alors que Beverly entra dans les toilettes. Elle vint prendre place au lavabo voisin.

— Ma chère, il faut que je vous dise quelque chose, commença-t-elle. Je sais que je ne devrais pas le faire, mais vous me semblez être quelqu'un de gentil, aussi je veux prendre ce risque.

— De quoi s'agit-il ? demanda Jenna.

— Je voudrais d'abord vous demander si vous connaissez vraiment Drew Maddox, même si je suis gênée de vous poser cette question, parce que je vois bien combien vous êtes amoureuse de lui.

Jenna tenta de ne rien laisser paraître. Il semblait en tout cas que son faible pour Drew ne passait pas inaperçu…

— Beverly, heu, je ne sais pas trop…, bafouilla-t-elle.

— Il est terriblement séduisant, c'est certain. Et puis brillant, talentueux, charmeur. Ava l'est aussi. Leurs parents l'étaient tous les deux, mais Jenna, je ne sais pas comment vous dire cela…

— Alors ne le dites pas, trancha Jenna. Je sais que Drew n'a pas toujours été un ange et que sa vie sentimentale est une zone de guerre, mais…

— Eh bien je suis soulagée que vous sachiez cela, mais je voulais simplement que vous soyez prévenue que…

Sa voix se cassa, et elle sembla émue, tout à coup. Comme blessée.

— C'est du dernier scandale dans les journaux que vous voulez parler ?

Beverly baissa les yeux.

— Tant mieux si vous êtes déjà au courant…

— Ce n'est pas ce qu'il paraît au premier regard, expliqua Jenna. Drew est tombé dans un piège, tout était mis en scène.

— Oh vraiment ? demanda Beverly. Vous êtes sûre ?

— Totalement, quelqu'un essaye de lui nuire.

— Eh bien si vous êtes certaine de cela, alors il ne me reste qu'à vous présenter mes excuses pour ce que je viens de faire.

— Je sais que cela partait d'une intention louable, dit Jenna. Merci de votre gentillesse, Beverly.

— Merci à vous de voir les choses ainsi. Mon mari et moi nous sommes inquiétés aussitôt qu'il vous a présentée comme sa fiancée. Nous ne voudrions pas qu'une jeune femme aussi charmante et talentueuse que vous ait à souffrir pour une mauvaise cause.

— Mon cœur est entre de bonnes mains, assura Jenna.

— Bonne chance pour tout, très chère, reprit Beverly en lui tapotant l'épaule. Les cœurs ne sont jamais en sécurité, vous savez, mais ce n'est pas ce pour quoi ils sont faits de toute façon !

- 5 -

Drew suivit Jenna du regard alors qu'elle s'esquivait aux toilettes. Beverly s'excusa peu de temps après et prit le même chemin, puis ce fut au tour de Hendrick de marmonner un prétexte inaudible avant de sortir de table lui aussi. Personne n'en fut surpris, car ce dernier ne tolérait les interactions sociales que lorsque Beverly était à ses côtés.

Restaient donc Ava, le cousin Harold et Malcolm autour de lui. Ainsi réunis en petit comité familial, personne ne contraignait plus Malcolm au respect d'un minimum de réserve, Drew se retrouvait dans la fosse aux lions.

Malcolm ne tarda pas à entrer dans le vif du sujet.

— Alors, Jenna Somers ? Pratique comme elle arrive juste quand on a besoin d'elle, non ? Et toi te voilà fiancé à une philanthrope engagée, une scientifique de haut vol, primée de surcroît, sans qu'on n'ait rien vu venir… D'autant qu'elle ne ressemble pas franchement à ton type de conquêtes habituel !

— Je n'ai pas de type, répondit Drew.

— Je te l'ai dit, intervint Ava. Jenna était ma colocataire pendant nos études, c'est ma meilleure amie et…

— Ce n'est pas à toi que je parle, jeune fille, mais à ton frère. Pourquoi est-ce que tu ne rejoins pas tes congénères dans les toilettes pour te repoudrer le nez ?

Les yeux d'Ava lancèrent des éclairs.

— Je n'évite pas les combats, mon oncle, devine un peu qui m'a appris cela.

Malcolm soupira.

— Je ne veux pas combattre avec toi, ma fille. Et je voudrais lui parler en privé, répliqua-t-il en désignant Drew du menton.

— Si tu veux le voir en privé, donne-lui rendez-vous dans ton bureau plutôt que de m'exclure d'une table publique dans un restaurant public où nous dînons en famille. Tu es odieux. Jenna est parfaite, je ne vois pas ce que vous avez à lui reprocher…

— Trop parfaite, l'interrompit Malcolm. On ne sort pas ce genre de femme d'un chapeau comme ça. Vous êtes en train de mijoter quelque chose tous les deux et je veux savoir de quoi il retourne.

— Nous ne mijotons rien du tout, répondit Ava.

— Et que pensera Jenna quand elle découvrira qu'elle a été utilisée pour servir des intérêts qui la dépassent ? demanda Malcolm.

Drew leva les yeux vers son oncle.

— Merci pour ta confiance.

— La confiance se mérite, répliqua Malcolm.

Jenna et Beverly rejoignirent la table à cet instant, semblant en grande conversation. Hendrick les suivait de près.

— Je serais ravie de les rencontrer, commentait Jenna, un large sourire aux lèvres.

— Merveilleux, répondit Beverly. Je te tiens au courant dès demain, aussitôt que j'aurai eu l'occasion d'en parler avec Jayne et Helen.

— N'oublie pas que nous avons une longue journée demain, dit Ava à Jenna. Mes équipes, avec Drew en renfort, seront demain à la fondation de Jenna pour un reportage sur ses nouvelles installations.

— Moi aussi ? demanda Drew.

— Évidemment ! Rendez-vous à huit heures et demie au Ruby's Café, sur Hatton Street, à côté de chez Jenna. Mon équipe vidéo nous y retrouvera pour prendre un café avant d'attaquer le tournage.

— Qu'est-ce que tu prévois de filmer exactement ? Et combien de temps te faut-il ?

— Tu verras bien, répondit Ava. Jenna va nous montrer comment fonctionnent ses prothèses, ce sera fascinant, mais rassure-toi ce sera moins long qu'une de tes journées de travail habituel ! J'ai déjà tout organisé avec tes assistants.

— Je préfère gérer mon travail moi-même, Ava, si tu permets !

— Je voulais juste rendre service, dit-elle tout sourire.

Le café et les desserts arrivèrent à cet instant, comme si c'était Ava elle-même qui avait prévu ce timing parfait, et pendant un moment tout le monde se concentra sur les tiramisus et panna cottas. Hendrick et Beverly furent les premiers à partir.

Malcolm enfila son manteau et fit le tour de la table en boitant pour venir saluer Jenna en lui adressant un regard contrarié.

— J'espère que vous savez ce que vous faites, jeune femme. Vous semblez vraiment être quelqu'un de bien, mais vous allez avoir du fil à retordre avec lui…

— Nous verrons bien, répondit-elle. Ne me sous-estimez pas trop, monsieur Maddox. Et lui non plus.

L'espace d'un quart de seconde, il eut l'air sur le point de sourire.

— Bonne nuit, conclut Malcolm. Harold, ma canne ! Accompagne-moi à la voiture.

Harold prit le bras de son père et Drew, Ava et Jenna les regardèrent s'éloigner.

Une fois qu'ils furent sortis, Ava se jeta au cou de Jenna.

— Ma chérie, tu as été géniale ! Moi la première, j'aurais été persuadée que vous étiez follement épris l'un de l'autre si je n'avais pas connaissance du stratagème. Bev a été totalement charmée et Hendrick la suivra sans discuter.

Jenna se redressa.

— Elle est vraiment adorable.

— Tout comme toi ! Cela ne m'étonne pas que vous ayez accroché. Quant à l'intervention de Drew pour souligner que Jenna ne rendait pas justice à son travail, c'était génial !

Drew se sentit irrité par la remarque de sa sœur, sans bien savoir pourquoi.

— Je n'ai pas eu besoin de jouer, j'ai simplement dit ce que je pensais.

— Exactement, et c'est pour ça que mon plan marche à merveille, ne me dites pas le contraire.

— Nous ne disons pas le contraire mais c'est tout de même compliqué. Je ne suis pas à l'aise à l'idée de mentir à quelqu'un comme Bev.

— Je comprends, mais à situation désespérée, mesures désespérées, non ? Dans tous les cas, je vous donne rendez-vous demain matin chez Ruby pour le café. Bonne nuit, les amoureux !

Drew et Jenna restèrent comme figés après le départ précipité d'Ava.

— Alors, est-ce que Bev est elle aussi venue te

mettre en garde lorsque tu étais aux toilettes ? demanda finalement Drew.

— Elle s'inquiétait pour moi, reconnut Jenna. Pauvre jeune femme sans défense que je suis… Elle craignait que je ne sois la proie des promesses mensongères d'un séducteur patenté.

Il ferma les yeux.

— Je regrette qu'elle pense cela de moi.

— Je lui ai dit que tu avais été piégé. Je ne sais pas si elle y croit, mais elle craignait que je ne sois pas au courant. En tous les cas, cela signifie que notre jeu d'acteurs était plutôt convaincant.

Elle baissa les yeux, les joues rouges.

— Oui, j'imagine, dit-il en espérant en vain qu'elle relève le regard vers lui. Je me demandais si tu voudrais aller boire un verre quelque part, pour souffler un peu après cette soirée éprouvante ?

Elle finit par redresser la tête et il ressentit ce qu'il espérait, la vague de chaleur qui le parcourait lorsque leurs yeux se rencontraient. Ses grands yeux noisette étaient parcourus de fils verts et dorés et comme cerclés de brun.

Elle sembla hésiter, se mordillant fugacement la lèvre inférieure alors qu'elle virait au rouge pivoine.

— À vrai dire, la journée a été très longue et assez éprouvante. Je crois que nous ferions bien de rentrer dormir en prévision de celle de demain qui risque de ne pas être plus reposante, d'après ce que j'ai compris.

Il inspira profondément.

— Oui, je comprends. Je vais te raccompagner.

— Oh ! je peux appeler un taxi, inutile de…

— Non non, j'insiste !

Jenna finit par se laisser convaincre. Une fois dans

sa voiture, un silence embarrassé s'installa. Il lui jetait de fréquents regards. Notant la finesse de son profil, un reflet sur ses lunettes. Le miroitement de la bague à sa main. Il se sentait aussi nerveux qu'un adolescent à son premier rendez-vous.

— Ava me stresse lorsqu'elle improvise comme ça, dit-il finalement. Je dois reconnaître pourtant qu'elle a sûrement sauvé le dîner en inventant cette histoire de rencontre à San Francisco. J'aurais dû penser à élaborer une version officielle avec toi avant…

— Je n'y ai pas pensé non plus. Heureusement qu'elle est pleine de ressources, je ne suis pas très douée en improvisation.

Il s'arrêta en bas de chez elle, se gara et coupa le contact.

— Je suis content que tu aies rencontré Bev en tout cas, elle a beaucoup de réseau et devrait pouvoir t'être utile.

— Oui, je suis ravie d'avoir fait sa connaissance, répondit-elle en souriant. Merci de m'avoir raccompagnée, bonne nuit, Drew.

— Attends, je vais monter avec toi.

— Oh non, ce n'est pas nécessaire.

— S'il te plaît, je préfère m'assurer que tu es bien rentrée.

— D'accord, répondit-elle en soupirant.

Drew la suivit dans l'escalier et attendit sous le porche le temps qu'elle retrouve sa clé dans son sac.

— Je ne suis pas si longue d'habitude, si tu veux tout savoir, j'ai généralement ma clé en main, prête à me défendre d'un coup dans les yeux.

Elle ouvrit finalement sa porte, puis se tourna pour le saluer. Le silence entre eux semblait chargé de possibilités.

Au bout de quelques secondes tendues, Jenna recula d'un pas, lui ouvrant un passage pour entrer chez elle.

Elle referma derrière lui, accrocha la clé à sa place au mur, posa son sac sur une étagère et attendit. Quelques secondes s'écoulèrent. Puis quelques autres.

— Tu voulais me dire quelque chose ? demanda-t-elle dans un souffle.

Oui. Mais les mots l'avaient abandonné, cédant le pas à quelque chose de plus puissant, de plus ardent, de plus urgent.

Jenna eut un petit mouvement de surprise lorsqu'il tendit la main et lui retira ses lunettes. Il effleura sa mâchoire, ses pommettes, du bout des doigts. Puis la peau si fine à la base de son cou, derrière son oreille. Elle posa doucement ses mains chaudes sur les siennes, entremêlant leurs doigts avant de porter ses paumes à ses joues.

Les sensations de leurs baisers à la sortie de Maddox Hill lui revenaient par vagues.

Elle tendit les bras et l'enlaça doucement. Il saisit la base de sa nuque, la masse épaisse de ses boucles sous ses doigts. Il sentait leur parfum.

Des alertes s'allumaient dans sa tête sans cesse. Il ne devrait pas faire cela, c'était irresponsable, il allait tout faire échouer.

Mais les voix finirent par s'évanouir. Et l'instant d'après, il était en train de l'embrasser follement.

Comme s'il avait attendu ce moment depuis toujours.

- 6 -

Encore une fois, il parvenait à court-circuiter sa raison pour toucher en elle quelque chose de plus fort, de plus intime. C'était cette partie d'elle qui se moquait des conséquences et voulait simplement profiter de l'instant présent dans les bras de cet homme à la fois si fort et si délicat qui enchantait ses lèvres de ses caresses précises et enivrantes. Elle en voulait plus.

Tout à coup, il la souleva de terre et elle s'agrippa, l'entourant de ses jambes tandis qu'il la plaquait contre la porte. Elle sentait le contact de son sexe tendu contre son entrejambe et le désir que cela éveillait en elle était inédit. Elle se cambra contre lui dans un soupir. Malgré les couches de vêtements qui les séparaient, le contact entre eux était électrique. Elle sentait ses mains sur elle et avait l'impression qu'un simple effleurement suffisait à l'enflammer.

Oubliant toute réserve, elle le serra plus fort encore, se pressant contre lui. Lorsqu'il saisit le tissu élastique de son décolleté et tenta de l'écarter de ses seins, elle se cambra encore davantage, plaquant son visage contre sa poitrine. La sensation de ses lèvres était incroyable, tandis qu'il embrassait ses seins au travers de la dentelle de son soutien-gorge. Chacun de ses lents et langoureux mouvements autour de ses tétons semblait allumer une flamme exquise sur toute la surface de sa peau. Elle frémissait d'anticipation tandis que son corps s'embrasait encore et encore. Incapable de résister plus longtemps, elle plaqua son sexe contre son érection vigoureuse…

Elle ondula contre lui jusqu'à l'explosion absolue du plaisir. Des pulsations infinies de vagues de chaleur en elle. Palpitante brûlure, aveuglantes sensations, si pures et vives qu'elle n'en revenait pas. Jamais elle n'avait ressenti cela. Ni même imaginé le ressentir.

Lentement, elle recouvra ses esprits. Elle avait si chaud.

Drew l'embrassa dans le cou, remontant jusqu'à son oreille qu'il effleura doucement. Des baisers doux, tendres, qui promettaient bien d'autres émois. Elle sentait toujours son sexe tendu contre le sien, mais il gardait le contrôle, semblant prêt à patienter jusqu'à ce qu'elle donne le signal.

Il lui fallut quelques minutes pour retrouver une respiration normale et le courage de rouvrir les yeux pour croiser son regard alors que la conscience de ce qui venait de se passer s'emparait d'elle. La vérité nue.

Elle ne devait pas s'embarquer là-dedans, elle le savait. Se faire quitter sans ménagement par Rupert l'avait déjà laissée avec un cœur meurtri. Drew jouait juste un jeu.

Et pourtant, elle ne pouvait pas mettre un terme à ces sensations.

— Waouh, murmura-t-elle. Comment est-ce possible ?

— Découvrons-le ensemble, demanda-t-il d'une voix de velours qui titillait tous ses sens à la fois. Tu n'as qu'un mot à dire.

Elle se représentait avec Drew dans son lit, tous les deux nus et enlacés. Elle avait déjà imaginé cela des dizaines de fois, puisqu'il avait occupé ses fantasmes depuis qu'elle l'avait rencontré.

Pourtant, elle redoutait d'aller plus loin avec lui. Il

était certain qu'elle n'était qu'une parmi tant d'autres à ses yeux, tandis qu'elle avait tendance à surinvestir ses relations dès que les choses devenaient intimes. Comment se sortir de la tête un homme pour qui elle avait un tel faible depuis près d'une décennie ?

Elle voyait déjà le schéma : il allait s'amuser avec elle. Le sexe serait absolument incroyable, dévastateur. Elle n'aurait jamais rien vécu de tel…

Et aussi facilement que cela, elle s'amouracherait de lui… Et lui se sentirait gêné de l'intensité de ses sentiments et ferait aussitôt marche arrière. Elle se sentirait blessée et humiliée, et s'en voudrait à mort d'avoir été si naïve alors qu'elle savait dès le départ où cette histoire la mènerait. Pourquoi s'engager dans ce chemin ?

Non, elle refusait de souffrir ainsi, aussi forte soit la tentation.

Elle se figea.

— J'ai peur que nous ne nous soyons pas trop bien compris, dit-elle. Je suis désolée, mais lorsque j'ai accepté de jouer le jeu, le sexe ne faisait pas partie du programme. Ce n'est pas possible pour moi.

Il la laissa glisser doucement vers le sol et la déposa précautionneusement sur ses pieds.

— Évidemment, je n'ai jamais envisagé cela ainsi, dit-il, l'air grave.

Jenna rajusta son bustier sur sa poitrine.

— Je suis désolée si j'ai rendu tout ça plus compliqué…, s'excusa-t-elle.

— Comment ça ? À cause de ce que nous venons de faire ? Mais au contraire, c'était si beau. Je suis heureux d'avoir partagé ce moment avec toi et je vais en rêver toute la nuit !

— Oh non, ne fais pas ça !

Il parut surpris.

— Ne fais pas quoi ? demanda-t-il.

— Ce genre de mots doux qui doivent faire craquer toutes tes conquêtes, cela me gêne. Je ne veux pas faire partie d'un fan-club… Je ne supporterais pas bien longtemps la comparaison.

Il ne dit rien, mais elle vit à son regard que son coup avait porté.

— Je suis désolé, dit-il. J'ai sans doute mal compris quelque chose. Je vais te laisser tranquille, maintenant.

Son expression la mortifia. Son seul crime avait été de l'embrasser et de lui offrir un orgasme inouï et voilà qu'elle le punissait pour cela.

— Drew, je suis désolée, je ne voulais pas…

— Excuse-moi, fit-il en s'écartant d'elle. Je voudrais sortir, si tu permets.

Il ouvrit la porte et elle s'écarta, le laissant sortir avant de lui emboîter le pas.

— Écoute, je suis désolée de ce que je viens de dire, c'était injuste.

Drew leva la main pour l'arrêter.

— Ne te donne pas tant de peine, Jenna, merci pour ta sincérité. Bonne nuit.

Elle le regarda descendre et gagner sa voiture et elle dut résister à l'envie de le retenir.

Reviens. Je ne voulais pas dire cela. Pardonne-moi.

Mais elle n'oubliait pas non plus ses précédentes expériences, en particulier le désastre avec Rupert, qui s'était servi d'elle pour faire avancer sa carrière avant de la plaquer brutalement, à peine trois mois avant leur mariage.

Pourtant, elle était surprise de constater que ce qu'elle avait vécu comme un terrible naufrage à l'époque lui semblait déjà totalement oublié à ce jour. Toute la douleur, la honte, les regrets qu'elle avait ressentis semblaient avoir été éclipsés par ce qu'elle éprouvait à cet instant. Après quelques baisers et un peu plus…

Repousser Drew ainsi lui laissait une douleur vive, comme si elle venait de tuer dans l'œuf toute possibilité d'une histoire belle et magique, pleine de possibles.

Il fallait pourtant qu'elle le fasse, car c'était un mirage, une illusion. Il fallait qu'elle reste réaliste. Drew Maddox était sans doute capable de la faire rêver ainsi…

… Jusqu'à ce qu'il décide que ce petit jeu était fini, et que Jenna sente la terre trembler sous ses pieds.

Les nuits étaient si longues lorsqu'il ne trouvait pas le sommeil. En rentrant de mission, il avait été hanté par des flash-back liés au stress post-traumatique. À ce jour, il arrivait encore que son sommeil soit perturbé par des réveils nombreux ou des cauchemars terrifiants.

Au terme de cette nuit interminable, le regard braqué sur le plafond de sa chambre, il parvint à une décision, épuisé d'avoir passé tant de temps à tourner et retourner chacun de ses faits et gestes, chacun de ses manquements.

Une fois encore, il s'était mis en situation d'échec en laissant Ava l'entraîner où il ne voulait pas aller. S'il était vraiment honnête, sa fascination pour Jenna avait aussi pesé dans la balance. Il avait eu envie de ce rapprochement forcé.

Et maintenant, il ne pouvait oublier ses mots. Ses « conquêtes », son « fan-club » parmi lequel elle redoutait de disparaître…

Comment était-ce possible que cette réputation de

play-boy, consommateur sans scrupules, continue ainsi de lui coller à la peau ?

Après sa relation avec Bonita, il avait attiré l'attention des journaux à scandale et voilà le résultat des années plus tard… Bon, le dernier scandale en date, la fête chez Sobel, n'aidant certainement pas à lui racheter une dignité.

Cette pensée lui tordit l'estomac. Lui, un ancien marine décoré, s'était laissé abuser par une pin-up qui avait réussi à le droguer avec un parfum trafiqué ? C'était ridicule !

La meilleure façon de penser à autre chose restait d'invoquer Jenna. Sa douceur, son parfum, ses baisers, ses yeux si beaux. Mais il y avait aussi un revers à cette médaille.

Ça aussi, il l'avait raté…

Le fait est qu'il ne pouvait continuer leur petit jeu comme si de rien n'était, maintenant qu'il savait comment elle le voyait réellement. Après tout, que le bureau le licencie si c'était ce qu'ils voulaient faire. Il survivrait, même si l'idée d'être déssaisi de projets qu'il portait depuis des mois lui faisait mal au cœur.

Il savait qu'avec son CV, il n'aurait pas de mal à retrouver du travail et il était prêt à partir. New York, Toronto, Londres, Singapour. Sidney, pourquoi pas ? Il recommencerait à zéro.

Lorsque le ciel avait commencé à s'éclaircir, passant du noir d'encre au gris charbonneux du petit matin, il avait carrément renoncé à essayer de trouver le sommeil. Il prit une longue douche et se fit un café, se demandant comment il allait informer sa sœur de sa sortie de la course. Que chacun vote en son âme et conscience… Malcolm pourrait déblatérer sur son compte comme bon lui semblait et Harold pourrait jubiler tranquillement. Drew, lui, prendrait le large.

Après tout, il pouvait maintenant créer sa propre compagnie. Peut-être même que Vann et Zack le suivraient. Ils avaient servi ensemble en Irak avant qu'il ne les recrute au sein de Maddox Hill. Vann était le responsable financier du groupe et Zack était en charge de la sécurité. Tous deux étaient d'excellents professionnels.

Sa sœur serait furieuse, mais Jenna serait sans doute soulagée après leur échange houleux d'hier soir. Elle devait regretter amèrement d'avoir accepté le plan d'Ava depuis le début.

Il se rasa et se prépara, il lui restait juste assez de temps pour rédiger sa lettre de démission avant de prendre la route pour se rendre au Ruby's Café.

Ava, qui était déjà au rendez-vous avec son équipe, lui fit signe dès qu'elle le vit approcher.

— Bonjour mon frère, dit-elle, tu as remporté la timbale !

Oh non ! Il serra les dents, quelle nouvelle catastrophe avait-il déclenchée ?

— C'est grave ? demanda-t-il, l'air inquiet.

— Pourquoi penser tout de suite au pire, c'est l'inverse ! Tiens, viens prendre un café et regarde ça…

Drew s'installa à table et jeta un coup d'œil aux titres des journaux sur sa tablette. Les photos étaient parlantes et le frappèrent en plein cœur : toutes des gros plans de leurs baisers passionnés à la sortie de Maddox Hill. Particulièrement réussies. Et torrides !

Les titres lui firent serrer à nouveau les mâchoires… *L'architecte play-boy et la chercheuse sexy ! Le bad boy de l'architecture avec la chercheuse philanthrope.*

Le sulfureux fêtard de Maddox Hill s'amuse avec un nouveau genre de conquête : l'intello glamour !

Ils s'étaient vraiment surpassés.

Désabusé, il soupira. Jenna passait au mieux pour une innocente victime, au pire pour une naïve et crédule gourde.

Il aurait dû s'en douter…

— Alors ? demanda Ava en lui tendant une tasse de café fumant, le regard pétillant.

— Alors, quoi ? répondit-il d'une voix sombre. La réputation de Jenna suit la même pente que la mienne de façon fulgurante et tu voudrais que je sois heureux du résultat ?

Ava leva les yeux au ciel.

— Tu oublies que Bev est totalement conquise et que, grâce à elle, Hendrick ne lèvera pas le petit doigt contre toi. Le bureau se réunit la semaine prochaine, si nous tenons jusque-là, tu es sauvé. Tu vois que Jenna était parfaite ?

— Ava, dit-il gravement, j'ai bien réfléchi et j'ai décidé…

— Attends, ne dis rien, la voilà, notre star du jour !

Drew se retourna alors qu'Ava serrait déjà Jenna dans ses bras. Lorsqu'elle la libéra finalement, Jenna souriait et son regard papillonna jusqu'à s'arrêter sur lui.

Lorsque leurs yeux se trouvèrent, tout lui revint. Il avait l'impression de sentir son odeur, de toucher sa peau et de goûter la saveur sucrée de ses lèvres. Il pensa à ses yeux qui se fermaient sous l'effet du plaisir, la façon dont elle avait frémi et soupiré sous ses baisers.

— Bonjour, tenta-t-il, sans bien savoir ce qu'il recevrait en retour.

— Bonjour, répondit-elle d'une voix distante, en allant accrocher son manteau.

— Viens t'asseoir, lança Ava en lui tendant sa tablette. Et regarde ! Tout a fonctionné à merveille, les paparazzis ont marché. Il faut dire que vous avez joué votre rôle avec talent, vous êtes tellement chauds !

— Oh mon Dieu, lâcha Jenna en découvrant la presse. C'est vraiment impressionnant.

— Oui, n'est-ce pas ? répondit Ava, ravie. Imagine comme Rupert va s'étouffer avec ses corn-flakes ce matin !

Jenna sourit.

— Je doute qu'il suive ce genre d'actualité, dit-elle dans un haussement d'épaules.

— Oh ! tu peux me faire confiance, il va vite être au courant ! Et puis je suis certaine qu'il te suit, car il a toujours été jaloux de ta carrière.

— Qui est Rupert ? demanda Drew.

Jenna se redressa.

— Mon ex qui s'est marié avec sa stagiaire de vingt-trois ans. Ils doivent présentement se trouver sur une plage de Bali pour leur lune de miel…

— Ils se sont bien trouvés, commenta Ava. Rupert est d'un pénible rare et Kayleigh est la classique pin-up sans cervelle avec une poitrine des plus généreuses pour compenser son regard vide.

— Je devrais peut-être essayer de ressembler un peu plus à Kayleigh de mon côté, soupira Jenna. Un peu plus de poitrine, peut-être ? Retirer mes lunettes pour commencer !

— Non, lança Drew d'une voix irritée qui fit sursauter Ava et Jenna. Ne change rien, tu es parfaite et encore plus avec tes lunettes.

Bon sang, il avait l'air d'un idiot, en prime, alors qu'il n'était pas venu pour cela !

— J'ai quelque chose à vous dire, annonça-t-il aussitôt. J'ai passé la nuit à réfléchir et je suis arrivé à la conclusion que toute cette supercherie était une erreur.

— Vraiment ? demanda Jenna. Pourquoi cela ?

— Nous n'avons pas de temps pour tout ce cirque. Toi, tout particulièrement, alors que ce que tu fais est si important. Jouer la comédie devant des paparazzis est une mascarade ridicule.

Ava croisa les bras en le scrutant.

— Je ne comprends pas trop ton propos, Drew. C'est en train de marcher, cela ne demande pas grand-chose et c'est rentable pour tout le monde, pas uniquement pour toi !

— Est-ce que c'est vraiment ainsi que Jenna veut réussir à faire financer ses recherches ? demanda-t-il.

Ava haussa les épaules.

— Tu connais l'adage, lança-t-elle, il n'y a pas de mauvaise publicité !

— Tu simplifies toujours, Ava. Et tu sais très bien ce que je veux dire, sinon on ne serait pas en train de gérer un scandale de plus, souligna Drew avant de se tourner vers Jenna. Tu n'es pas une pin-up, Jenna, et c'est très bien ainsi, ne perds pas de temps à essayer d'en devenir une.

Jenna ouvrit de grands yeux.

— Alors tu vas abandonner comme ça ? lança-t-elle. Tu me plantes là ?

Drew fronça les sourcils.

— Comment ça, te planter ? Tu voudrais continuer cette farce ?

— Pour l'heure je suis peut-être une pin-up aux

yeux de ces publications, mais si tu annules tout, je vais passer pour une ratée absolue qui se fait quitter par son play-boy au bout de vingt-quatre heures. Merci bien !

— Jenna…

— Et puis Beverly sera mortifiée et tirera un trait sur nos possibilités de partenariats avec la Fondation Bricker. Non, vraiment, c'est terriblement embarrassant.

Elle croisa les bras et le fixa intensément, ce qui le troubla au plus haut point.

— Après ce que tu m'as dit hier soir, j'ai pensé que tu serais soulagée que ce petit jeu s'arrête.

— Comment ? demanda Ava. Que s'est-il passé hier soir ?

— Rien qui te regarde, Ava, répliqua-t-il. Ceci est une conversation privée.

— Attendez, vous rigolez, j'espère ? De quoi est-ce qu'il s'agit ?

— N'insiste pas, Ava, ton frère a raison, intervint Jenna.

Ava se mit à rire.

— Oh c'est pas vrai, ils sont si mignons !

— Comment ça, « mignons » ? demanda Jenna.

— Lorsque vous faites front tous les deux contre moi, c'est tellement adorable !

Tout ce qu'il voyait à cet instant, était l'étincelle dans le regard de Jenna. Elle avait redressé le menton et les épaules et semblait lui demander s'il était prêt à relever le défi avec elle.

Et il était plus que prêt. Il la fixa intensément, parcourant son corps du regard et observant comment ses joues se coloraient et ses yeux se détournaient.

Elle était toujours sensible à son regard, c'était déjà ça.

— C'est bon pour moi si tu préfères que nous continuions, dit-il. Je ne veux pas que cette affaire te nuise.

Jenna baissa les yeux vers les assiettes que le serveur venait de déposer pour le petit déjeuner. Elle lui jeta un coup d'œil en coin avant d'en choisir une.

Jambon fumé, œuf poché, fromage fondu sur un muffin anglais encore fumant.

Hmm, il avait soudain une faim de loup.

- 7 -

— Mais pourquoi faut-il que je mette du maquillage ? s'exclama Michael en évitant le pinceau de Suzan, la maquilleuse.

— C'est important pour la vidéo, sinon tu risques d'avoir l'air d'un fantôme blafard, expliqua Jenna.

— Eh bien je préfère être un fantôme ! répliqua-t-il.

— Allez, Michael, intervint Ava, cette vidéo va être vue par énormément de monde, il faut que tu sois beau !

Jenna laissa Ava intervenir. Du haut de ses treize ans, Michael Wu ne semblait pas insensible à son charme, lequel avec un peu de chance lui permettrait de convaincre l'adolescent rebelle.

Quelques instants plus tard, Jenna entendit Michael rire et découvrit en se retournant que Suzan était en train de promener son pinceau sur ses pommettes. Elle sourit. Elle adorait ce gamin.

Elle devait présenter aujourd'hui trois prothèses spécifiques qui avaient été financées par le Prix Robotics International. Michael avait perdu ses deux bras suite à une septicémie à méningocoque. L'un avait été amputé au-dessus du coude, et l'autre au-dessous, mais grâce à une chirurgie de pointe, les impulsions nerveuses avaient été rétablies. Il pouvait commander ses prothèses par la volonté et grâce aux senseurs il obtenait des informations sur la pression, la texture, la chaleur ou le froid de ce qu'il touchait. Avec un entraînement intense, il était parvenu à acquérir un contrôle du mouvement d'une précision remarquable.

Roddy Hepner et Cherise Kurtz étaient les deux autres protagonistes des vidéos prévues par Ava. Roddy était un ex-marine qui avait perdu un bras en Afghanistan. Il était installé sur un canapé en grande discussion avec Drew.

— Tu as été blessé pendant l'opération *Phantom Fury*, c'est ça ? demanda Roddy.

— Non, c'est arrivé plus tard, à Ramadi. J'ai reçu deux balles dans le dos et l'une d'elles a touché ma cinquième lombaire, ce qui m'a valu de passer plusieurs mois à Walter Reed ensuite. J'ai beaucoup de chance de pouvoir marcher, expliqua Drew. Et même d'être tout bonnement en vie.

— Oui, c'est aussi ce que je me dis, dit Roddy avant de s'interrompre en voyant Jenna approcher. Hé, Jenna, on me dit que tu es fiancée à ce type ? Tu veux me briser le cœur, ou quoi ?

Jenna éclata de rire.

— Je suis désolée pour ton cœur, dit Jenna. Les nouvelles vont vite, à ce que je vois.

— Bon, au moins tu as choisi un marine, c'est déjà ça. Il me plaît beaucoup plus que l'ancien !

Elle rit de nouveau.

— Est-ce que tu as dit à Drew que tu étais aussi musicien ?

— Oui, je lui ai expliqué que tu avais réussi à trouver une fixation pour mes baguettes qui me permet de rejouer de la batterie. Bon, maintenant, mes colocataires ont envie de me tuer ! Je ne suis pas sûr que vous aimiez le bon vieux son rock, sinon je vous aurais fait écouter ma démo.

— J'aimerais beaucoup écouter ce que tu fais, dit Drew.

— Ça me touche ! Jenna a un enregistrement, elle pourra te le faire écouter.

— Est-ce que tu joues en concert, parfois ?

— Plus beaucoup depuis que j'ai perdu mes bras, reconnut-il. À l'époque je pouvais jouer de quatre instruments différents, avec la basse, la guitare et le clavier… Maintenant, il ne me reste que la batterie et ma voix.

C'est alors qu'entra Cherise Kurtz, la troisième intervenante dans les vidéos. Son maquillage était éclatant, tout comme sa coiffure aux longues mèches roses et violettes, sur des tempes rasées. Âgée de vingt-cinq ans, Cherise travaillait comme graphiste et avait perdu son bras droit suite à un cancer osseux. Elle gardait l'espoir de pouvoir dessiner à nouveau.

Elle serra Jenna affectueusement et salua tout le monde d'un geste de sa prothèse.

— Alors comme ça te voilà fiancée, Jenna ? Pas mécontente que Rupert ait quitté le paysage !

— Oui, en effet, on ne peut rien te cacher, répondit Jenna. Et justement, voici Drew.

Cherise se tourna vers l'intéressé qu'elle détailla du regard.

— Tu as drôlement bien fait, il est beaucoup mieux !

Jenna sourit.

— N'en dis pas plus, sinon il va prendre la grosse tête ! répondit-elle.

— Je vais essayer ! En attendant, Ava te fait dire qu'elle est prête pour tourner. Et c'est moi qui commence aujourd'hui, messieurs.

Elle alla se mettre en place et Jenna lança la caméra pendant qu'on installait les capteurs et senseurs sur le bras de Cherise. Une fois le dispositif prêt, Jenna s'installa en face d'elle.

— Est-ce que tu peux plier la main et serrer ? demanda-t-elle.

Cherise s'exécuta sans difficulté.

— Toucher chacun de tes doigts avec le pouce ?

À nouveau, elle répondit à la consigne sans problème.

— C'est vraiment parfait, dit Jenna. Tu as une maîtrise de plus en plus fine.

— J'espère bien ! Je pratique plus de seize heures par jour ! Je veux retrouver ma vie d'avant !

— Est-ce que tu as un projet précis ? demanda Drew.

— J'avais postulé à plusieurs formations l'année dernière avant d'être diagnostiquée. Mais j'aimerais bien pouvoir reprendre mes études, maintenant. Je vais vous montrer mes derniers projets.

Cherise se pencha et sortit de son sac un dossier qu'elle déposa sur la table. Elle dut lutter quelques instants avec les élastiques pour pouvoir les ouvrir avec sa prothèse, mais finit par y arriver.

Elle sortit une série de croquis de prothèses de bras aux couleurs et motifs originaux.

— J'ai plein d'idées, expliqua-t-elle. Il s'agit de sortes de décalcomanies que l'on peut appliquer sur la prothèse et changer quand on le souhaite, ce qui permet d'assortir son bras à son look du moment.

— C'est vraiment impressionnant, Cherise, quelle idée géniale ! lança Jenna.

— Et tu les as dessinés avec ta prothèse ? demanda Drew.

— Oui, je suis plus lente qu'avant, forcément, mais cela s'améliore de jour en jour. J'essaie aussi d'entraîner ma main gauche.

— Il faut absolument que nous réfléchissions à une façon de proposer tes motifs à tous les porteurs de prothèse, dit Jenna.

— Ce serait formidable ! répondit Cherise.

— Est-ce que tu as pensé à envoyer ces croquis aux écoles de graphisme qui t'intéressaient ? demanda Drew. Je suis certain qu'elles seraient épatées par ton niveau d'engagement et de créativité.

— C'est vrai ? demanda-t-elle en rougissant. Merci pour ce conseil en tout cas.

Jenna sentit sa gorge se nouer en découvrant le regard ému de Cherise face à Drew. Et pourtant, cela lui fit le même effet que devant Beverly la veille. Elle avait l'impression de trahir la confiance de ces personnes qu'elle respectait profondément.

Cependant, elle avait décidé en toute connaissance de cause de renouveler son engagement factice avec lui, ce matin. Était-ce uniquement à cause d'une fierté mal placée parce qu'il avait décidé de renoncer ?

Elle l'ignorait encore et il n'y avait rien à y faire…

- 8 -

Drew regarda la captation de Roddy avec un intense intérêt, assez impressionné par la dextérité qu'il avait retrouvée au maniement de ses baguettes.

Il était totalement bluffé par ce que Jenna et son équipe réalisaient, mais aussi par sa propre sœur. Il ne l'avait jamais vue dans le feu de l'action ainsi, même s'il avait toujours eu une vague idée de ce qu'était son travail. Elle savait ce qu'elle voulait et comment l'obtenir et se montrait juste assez dirigiste pour que tout se passe au mieux.

Pourtant, il avait du mal à lui reconnaître ce genre de talent, lui qui avait toujours l'impression que son insupportable petite sœur était impossible à gérer, il craignait toujours de souffler sur les braises.

Il se tint à l'écart pendant le temps du tournage et nota au fond de la salle un jeune adolescent tout menu, avec deux prothèses de bras, entouré de deux femmes, qui devaient être sa mère et sa grand-mère. Elles se ressemblaient tellement qu'on aurait dit une même personne avec quelques années d'écart. Elles étaient fines et plutôt petites, avec des longs cheveux attachés, noirs pour l'une et blancs comme la neige pour l'autre.

Drew les salua d'un signe de tête et avança vers eux.

— Tu es Michael, j'imagine ? Tu aimes *Angel*

Ascending ? demanda-t-il en hochant la tête en direction de son T-shirt au logo de ce célèbre jeu vidéo.

Une lueur s'alluma dans les yeux du jeune homme.

— Oui, c'est un super jeu.

— Est-ce que tu as vu le film, aussi ?

— Oui, j'ai adoré ! Lars Feehan est génial.

Ils parlèrent un moment du jeu auquel ils jouaient tous les deux, même si Michael était visiblement bien plus avancé que Drew. Jenna les rejoignit et sourit en découvrant l'enthousiasme de Michael.

— Tu connais les vidéos sur YouTube pour progresser ? C'est comme ça que j'ai découvert le portail dimensionnel, expliqua Michael. Hé, salut Jenna !

— Salut Michael. Bonjour Joyce et madame Wu. Comment est-ce que ça se passe depuis les derniers ajustements pour ta prothèse ? Est-ce que tu arrives mieux à taper sur ton clavier ?

— Je ne sais pas s'il pourra répondre, vu qu'il ne fait que jouer à ses jeux vidéo, répondit Joyce en jetant un regard de reproche à son fils.

Michael leva les yeux au ciel.

— Tu exagères, maman, je me débrouille et ça marche de mieux en mieux.

— On peut faire un essai ? demanda Jenna.

Drew les suivit jusqu'à la table où le caméraman les attendait. Il observa avec intérêt tous les réglages effectués par Jenna qui lui installa les différents capteurs sur ses prothèses de couleur noir et chrome.

— Quelle classe, cette prothèse, souligna Drew.

Michael sourit jusqu'aux oreilles.

— Oui, un petit côté Terminator !

— Allez, Michael, tu peux essayer les flexions et les préhensions ? Puis touche chacun de tes doigts avec ton pouce. Parfait… Je vois que tu as vraiment travaillé dur. Maintenant pour le test sensoriel, ferme les yeux.

Michael s'exécuta et Jenna effleura divers endroits de la prothèse du doigt.

Michael annonça chaque toucher sans la moindre hésitation.

— Quels progrès depuis la dernière fois, n'est-ce pas ? souligna Jenna. Tu veux bien essayer la console de jeux ?

Michael s'installa sur la chaise en face d'un écran et débloqua la partie en touchant un pad avec le doigt de sa prothèse.

— Je peux même sentir le pad, maintenant, maman ! dit-il en se tournant vers cette dernière. Il est à la fois doux et légèrement collant.

— Oh mon chéri, c'est génial ! dit Joyce.

— Je vais essayer de vous montrer le dernier niveau, expliqua-t-il. J'ai attendu spécialement pour le faire aujourd'hui devant vos caméras parce qu'il est vraiment trop stylé !

— C'est trop gentil de ta part, s'amusa Ava.

— Voilà, c'est parti, dit-il en plaçant les doigts sur les commandes.

L'avatar de Michael apparut sur un paysage de falaise, bondissant comme une gazelle. Le jeune homme était concentré au point de retenir son souffle. Son avatar déploya des ailes immenses, qui scintillaient de mille feux et se remplissaient au gré des courants d'air.

Au terme de plusieurs minutes intenses, Michael envoya son personnage au travers d'un portail magique, qui s'illumina de lumières dorées.

— Oui, j'ai réussi ! s'exclama l'adolescent. Je suis au treizième niveau et j'ai gagné les ailes de dragon ! Je suis trop fort, maman, tu as vu ?

Des larmes se mirent à couler sur les joues de Joyce qui ne put répondre et se couvrit le visage.

Michael se tourna vers elle, inquiet.

— Maman ? Qu'est-ce qu'il se passe ?

— Ce n'est rien, mon chéri, c'est juste que ça fait longtemps que je ne t'ai pas vu aussi heureux…

Michael se leva et enlaça précautionneusement sa mère avec ses prothèses. Une de ses mains se posa sur sa tresse qu'il sembla caresser machinalement.

— Maman, je peux sentir tes cheveux ! s'exclama-t-il soudain.

Joyce sanglota de plus belle et Drew eut du mal à avaler sa salive tant sa gorge s'était nouée tout à coup. À cet instant, il sentit quelqu'un contre son épaule et se tourna pour découvrir Mme Wu, elle aussi en larmes, qui cherchait une présence réconfortante. Il lui passa la main sur le dos, que pouvait-il faire d'autre ? Par-dessus ses cheveux blancs, il croisa le regard d'Ava qui lui souriait tandis que le caméraman immortalisait cet instant.

Et puis il vit Jenna et oublia tout et tout le monde instantanément.

Elle avait les yeux emplis de larmes et lui souriait pourtant du fond du cœur. Elle retira ses lunettes pour s'essuyer les yeux.

Son sourire lui fit l'effet d'une véritable décharge électrique.

Il aurait voulu partir en quête de ce genre de sourire chaque jour, cela lui semblait être une mission dont il ne se lasserait jamais.

Cela faisait si longtemps qu'il ne s'était pas senti si bien, lui aussi… D'ailleurs s'était-il déjà senti aussi bien ?

Lorsqu'il croisa le regard de Michael, lui aussi étrangement humide, il eut soudain une idée.

— Tu joues en ligne également ?

— Oui, enfin quand maman veut bien me laisser me connecter.

— Je n'ai pas encore ton niveau, mais on pourrait peut-être jouer ensemble à l'occasion ? proposa-t-il. Évidemment, il faudra que j'adapte mes horaires, car j'ai tendance à jouer en pleine nuit en cas d'insomnie.

— Il faut qu'il soit couché à dix heures et demie, intervint sa mère.

— Maman ! C'est bon…

— Non, non, dix heures et demie, c'est noté. Je te propose ça, car je joue souvent avec Lars Feehan…

Michael ouvrit de grands yeux.

— Non, c'est pas possible, le vrai Lars Feehan du film *Angel Ascending* ?

— Lui-même. Et il est bon.

Jenna le fixa avec de grands yeux.

— Tu connais vraiment Lars Feehan ?

— Oui, j'ai fait les plans de sa maison de vacances il y a quelques années. Alors c'est d'accord pour un petit trio un de ces jours ?

— Carrément ! répondit Michael, le regard brillant. Je n'arrive pas à y croire, il est tellement cool !

— Est-ce qu'on pourrait vous filmer pour l'occasion ? demanda Ava. Il a trente millions de followers sur Twitter à ce que je vois !

— Je pense que ça peut s'arranger, répondit Drew. C'est quelqu'un de bien.

— Je n'arrive pas à croire que tu joues aux jeux vidéo avec Lars Feehan, dit Jenna. Je n'aurais jamais imaginé que des gens comme vous avaient ce genre d'occupation !

C'était pourtant le cas, lorsque les cauchemars et

les récurrences de stress l'empêchaient de trouver le sommeil. Mais cela ne regardait personne.

— Les jeux vidéo me détendent.

— Elles ne peuvent pas comprendre, dit Michael. Les gens qui ne jouent pas n'ont aucune idée de ce que c'est.

— Il a raison, intervint le caméraman.

— Bien, messieurs, en tous les cas je pense que nous avons tout ce qu'il nous faut pour aujourd'hui, dit Ava. Merci à tous pour ces images, vous avez été fabuleux.

Tout le monde se salua avec beaucoup de chaleur. Michael vint lui confier le nom de son avatar en ligne, un certain CyborgStrong8878, avant de lui serrer la main avec émotion.

Une fois que tout le monde fut reparti, Drew traîna quelques instants. Il n'était pas prêt à voir cette journée se terminer.

— Au fait, j'ai un mot à vous dire, lança Ava lorsqu'elle eut fini de ranger ses affaires avec son équipe. J'ai eu Ernest au téléphone et il vous fait savoir qu'il a réussi à vous obtenir une réservation pour deux au Piepoli à 20 heures et qu'il a laissé discrètement fuiter cette information auprès de vos paparazzis préférés.

— Encore des paparazzis ? dit Jenna. Je ne sais pas si je me sens prête à ça ce soir.

— Mais bien sûr que si ! D'autant que Suzan t'a fait un maquillage de star, tu es parfaite. Il faut battre le fer tant qu'il est chaud !

— La journée a été longue, Ava, laisse-la se reposer ! intervint Drew.

— Il faudra bien que vous dîniez pourtant ? Ce serait l'occasion de joindre l'utile à l'agréable !

— Laisse Jenna décider librement et sans pression, est-ce que c'est possible pour toi ? insista-t-il.

Jenna lui adressa un de ces sourires qui lui renversaient le cœur.

— Il paraît que les raviolis au homard de Piepoli sont à se damner, répondit-elle. Je suis prête à tenter !

— Oui ! s'exclama Ava en applaudissant. Il vous suffira d'avoir l'air heureux l'un avec l'autre tout en profitant d'un repas succulent, rien de très compliqué !

Jenna haussa les épaules.

— Oui, je suis certaine qu'on va s'en sortir, dit-elle en évitant son regard.

Drew vit le rose lui monter aux joues et il brûla de poser les mains sur son visage, d'en sentir la douce chaleur.

Elle avait été très claire sur son besoin de limites, mais il était prêt à prendre tout ce qu'elle voudrait bien lui offrir.

- 9 -

Jenna découvrit avec émerveillement la salle animée du Piepoli. Elle qui vivait depuis plus de cinq ans dans cette ville n'avait jamais pu dîner dans ce restaurant renommé. Évidemment la notoriété de Drew ouvrait quelques portes.

La journée avait été particulièrement chargée en émotions et pourtant elle avait eu envie de dîner avec Drew. Se retrouver face à lui dans ce lieu hautement romantique, à une table raffinée, éclairée à la lueur de bougies et profiter de sa présence, de sa belle voix grave.

Il s'était montré tellement généreux avec Michael. Elle n'arrivait toujours pas à croire qu'il connaissait Lars Feehan et allait mettre le jeune homme en contact avec son idole. Il lui suffisait de penser à leur rencontre de cet après-midi pour sentir les larmes lui monter aux yeux.

Elle savait pourtant qu'il n'était pas l'heure de baisser sa garde et que la tentation était redoutable. Mais ce soir, tout cela lui était égal.

Un serveur les installa près d'une fenêtre qui donnait sur la rue.

— Ne te retourne pas encore, dit Drew, nos amis sont déjà embusqués.

— J'imagine que tu es un peu habitué à cela, depuis le temps ?

— Oui, j'ai développé une certaine indifférence.

Je leur donne ce qu'ils veulent pour qu'ils me laissent tranquille, dit-il en saisissant sa main pour la porter à ses lèvres et l'embrasser tendrement.

Elle rit alors qu'un frisson délicieux parcourait tout son corps.

— Je ne sais pas comment tu parviens à rester aussi calme.

— Il y a des choses bien plus dures dans le monde, dit-il en haussant les épaules.

— Est-ce que tu veux parler de l'Irak ?

Il hocha la tête.

— Oui, par exemple. J'y ai vu des choses que je n'oublierai jamais. Il m'est arrivé de penser que je n'y survivrais pas…

— Ava m'a dit que tu as été blessé là-bas ?

— Oui. Une balle a touché une vertèbre lombaire et s'est logée tout près de ma colonne. C'est ainsi que ma carrière de marine s'est terminée. J'ai de la chance de pouvoir toujours marcher et d'être en vie. J'y pense chaque jour.

— Je veux bien te croire… C'était très douloureux, j'imagine ?

— Oui. J'ai subi trois opérations, des mois de convalescence. Cela change toutes les perspectives.

— C'est certain…

— C'est à cette époque que j'ai commencé à jouer à des jeux vidéo, une fois rentré chez moi. Ma convalescence a été longue et pénible, les jeux me changeaient les idées.

— C'est ainsi que tu as découvert le jeu de Michael ?

— Oh non, *Angel Ascending* est beaucoup plus récent. Lars me l'a fait découvrir l'année dernière au moment de la sortie de son film. C'est vraiment un type formidable, j'espère que j'aurai l'occasion de te le présenter bientôt.

— J'adore la vie de la jet-set !

— Je comprends, mais tu sais que cette blessure m'a remis les idées en place. Aussi privilégié soit-on, on n'est pas préservé de la douleur ou de la mort. C'est ce qui me fait garder les pieds sur terre, dit-il avant de se reprendre. Mais pardon, je ne voulais pas me montrer aussi grave…

— Non, au contraire, cela m'intéresse, j'ai travaillé avec de nombreux blessés de guerre.

— Oui, évidemment.

Elle serra sa main qui entourait toujours la sienne.

— Tu as vraiment été merveilleux avec Michael, aujourd'hui. Merci beaucoup. Et merci aussi pour Cherise et Roddy, ils ne sont pas près de t'oublier !

— Michael est un gamin impressionnant.

— Je suis bien d'accord, dit-elle en acquiesçant. Je l'adore, il est tellement drôle et très courageux.

— Ils m'ont tous impressionné, il faut dire. Et tout ce que tu fais est tellement stupéfiant, ces techniques miraculeuses et tout ce que cela leur ouvre comme perspectives…

Ils passèrent commande auprès du serveur qui revint leur servir du vin.

— J'ai une question personnelle, demanda Jenna. Comment se fait-il que tu aies choisi de t'engager dans l'armée ? Cela ne semble pas un choix évident pour quelqu'un comme toi.

Drew inspira en hochant la tête.

— Grande question…

— Nous avons un peu de temps, suggéra-t-elle.

— Je ne sais pas trop ce qu'Ava t'a raconté, mais

disons qu'après la mort de mes parents, j'ai salement décompensé.

— Oui, Ava a évoqué cela, en effet.

— C'était ma façon de faire face. J'en voulais à mes parents d'être morts et je me moquais bien de toutes les conséquences que mon comportement pourrait avoir. J'ai eu de la chance de n'avoir jamais blessé personne. Mon oncle Malcolm a pris les choses en main, tu vois comme il est, il m'a posé un ultimatum. Je n'ai pas eu beaucoup de choix à l'époque et c'est alors que j'ai rejoint les marines. 1re division, 1er bataillon. C'est ainsi que j'ai fini en Irak. J'y ai tout appris.

— Comme quoi ? demanda Jenna doucement.

— J'ai vu des choses terribles, que je n'oublierai jamais, mais j'ai aussi travaillé dur et appris énormément de choses qui m'ont fait grandir. Je m'y suis fait des amis chers, aussi. Deux d'entre eux travaillent pour Maddox Hill, maintenant ; Vann est aux finances, c'est un matheux ! Et Zack s'occupe du service sécurité. Ils sont mes rocs. Je leur ai confié ma vie sur le terrain et ils ne m'ont jamais laissé tomber. L'Irak valait le coup ne serait-ce que pour croiser leur chemin…

— C'est une chance d'avoir ce genre d'amis, dit-elle. Et c'est donc après ta blessure que tu as décidé de suivre la voie familiale en t'engageant dans des études d'architecture ?

— Je crois que j'ai toujours su que j'y viendrais un jour ou l'autre. J'ai grandi parmi des architectes. Mon père m'a toujours élevé comme s'il était évident que je ferais le même métier que lui. Après mon accident, j'ai eu beaucoup de temps pour me demander ce que j'allais faire de ma vie et j'ai décidé de candidater auprès d'une école d'architectes. Je me suis lancé dans mes études à corps perdu, et j'ai rattrapé le temps perdu, en quelque sorte.

— J'imagine que l'oncle Malcolm a dû être soulagé !

— Il n'en revenait pas ! plaisanta Drew. Depuis, il a un peu changé d'état d'esprit et trouve que je ne mérite pas tous les ennuis que je lui cause…

Jenna fit non de la tête.

— Mais c'est juste un accident de parcours, je suis certaine que cela ne va pas engager ta carrière à ce point.

— J'espère que tu as raison, dit-il. J'avais quelques projets auxquels j'étais vraiment attaché.

— Quel genre de projets par exemple ?

— Ils ne sont pas encore lancés, mais Maddox Hill est en course pour le programme Beyond Earth qui réfléchit aux problèmes inhérents à la construction d'habitats dans des environnements hostiles. En Irak, j'avais parfois l'impression d'être sur Mars, avec le désert, les roches et le sable à perte de vue. C'est un énorme projet mais j'ai bon espoir d'en faire partie.

— Je comprends, c'est passionnant.

— Mon père était un grand lecteur de science-fiction et il m'en lisait toujours le soir au coucher, quand j'étais petit. On s'est toujours dit qu'on bâtirait des maisons sur Mars ensemble un jour.

Jenna eut la gorge nouée au point de ne rien pouvoir répondre à cela. Fort heureusement, ses raviolis de homard arrivèrent et firent dévier un instant le cours de leur conversation. Le repas était fabuleux, les vins excellents et la compagnie de Drew, délicieuse. Le temps que le dessert et les cafés arrivent, elle se sentait flotter sur un petit nuage.

Drew jeta un rapide coup d'œil vers l'extérieur.

— Ils sont tenaces, ce soir, murmura-t-il. J'avais l'espoir qu'ils se lassent, mais ils sont tous encore là.

Jenna jeta un coup d'œil par la fenêtre, comprenant qu'elle avait complètement oublié la présence des photographes. À vrai dire, elle avait même complètement oublié qu'ils étaient ici en représentation.

— Est-ce que tu veux que je fasse quelque chose d'un peu spectaculaire pour les occuper ? Je pourrais te jeter mon verre de vin à la figure !

Il sourit.

— C'est un peu tôt dans notre relation, tout de même !

— Je peux te faire goûter une cuillère de mon dessert, alors, dit-elle en joignant le geste à la parole.

Il accepta de bon cœur.

— Hum, c'est bon !

Son sourire si sensuel remua quelque chose en elle. Elle avait l'impression de jouer avec le feu, et pourtant c'était divin… Elle avait toujours été sensible à ses charmes, mais n'avait jamais imaginé que son talent, son humanité la toucheraient autant.

Elle ne s'était pas attendue à l'apprécier autant.

Et ce n'était pas une bonne nouvelle.

- 10 -

Jamais il n'avait fait durer aussi longtemps sa tasse d'expresso à la fin d'un repas. Drew n'avait pas la moindre envie de voir cette journée se terminer.

Il avait connu de nombreuses femmes et s'était toujours employé à les connaître, les écouter, les regarder et apprécier ce qu'elles étaient. À leur faire plaisir, aussi. Pourtant, il n'avait jamais vraiment eu l'impression d'être reconnu en retour.

Il était arrivé à la conclusion que c'était de son fait si cela échouait. Comme s'il restait sur la défensive et refusait de se découvrir en quelque sorte. C'était regrettable, mais qu'y pouvait-il, après tout ?

Et pourtant, il s'était ouvert à Jenna dès le début. Grand ouvert, même. Et cette intimité nouvelle l'ébranlait au plus profond de lui-même.

Et en même temps, il aimait cela plus que tout.

Il demanda l'addition et ils sortirent ensemble. Le vent était glacial et les joues de Jenna se colorèrent aussitôt.

Ils se prirent par la main et il songea que ce geste leur était venu naturellement. En tous les cas, il ne s'était pas dit un seul instant qu'il devait lui prendre la main.

— Est-ce que les photographes nous suivent ? demanda-t-elle à mi-voix.

— Aucune idée, dit-il. Je n'ai pas regardé.

— Ah, alors tu continues de jouer le jeu au cas où ?

Sa question lui serra le cœur un instant.

— Oui, j'imagine. Je n'y ai pas vraiment pensé, non plus.

— Hé, attends, ta voiture est là-bas, non ? demanda-t-elle en se retournant.

Il se retourna. Elle avait raison, il était passé devant sans la voir. Ils firent demi-tour et Drew sortit sa clé et déverrouilla sa Jaguar noire, avant de lui ouvrir la porte.

Mais Jenna leva les mains en l'air et recula d'un pas.

— Oh non, inutile de me ramener, je vais appeler un taxi. Cela t'évitera une heure de route pour rien.

— Je ne vais pas te laisser là, tout de même ! Allez, viens, je t'en prie.

Elle soupira, mais monta dans sa voiture pour son plus grand soulagement.

Il profita de ce qu'il avait les yeux fixés sur la route pour lui poser cette question qu'il avait en tête depuis un bon moment.

— Je me trompe ou ton engagement auprès de ces gens qui ont perdu un membre va au-delà de l'implication professionnelle pour toi ? J'ai l'impression que ça te tient vraiment à cœur.

Jenna resta silencieuse un long moment. Il finit par tourner la tête vers elle pour essayer de voir à son expression si sa question la perturbait.

— C'est vrai, c'est aussi un sujet personnel, dit-elle. Mon frère, Chris, a perdu un bras des suites d'un cancer des os, comme Cherise. Il a été amputé du bras droit, juste au-dessus du coude.

— Ça n'a pas dû être facile…

— Il n'avait que dix-huit ans et j'en avais douze. Il venait de se voir attribuer une bourse académique pour pratiquer le basket. C'était un sportif accompli.

— Bon sang, c'est tellement injuste !

— Oui, cela nous a tous brisé le cœur de le voir devoir renoncer à ses rêves.

— Et qu'est-ce qu'il pense de tes prothèses aujourd'hui ? J'imagine qu'il en porte une ?

Jenna resta silencieuse et cette fois-ci, il devina en un instant ce qu'elle allait lui répondre. Il se maudit de s'être montré aussi maladroit.

— Chris est mort l'année suivant son amputation. Il était trop tard, il avait des métastases dans la colonne, dans le foie. Il a fait de la chimiothérapie mais il n'a pas survécu.

Drew laissa passer quelques instants avant de répondre :

— Je suis tellement navré…

Il aurait aimé avoir quelque chose de plus construit à lui dire, mais il n'y avait malheureusement pas de mots.

— Merci, murmura-t-elle.

Ils restèrent silencieux un long moment, mais il décida de lui poser encore une question.

— Et tes parents ?

— Mon père n'a jamais fait partie de l'équation. Il est parti peu de temps après ma naissance. Ma mère nous a élevés seule, mais elle ne s'est jamais vraiment remise du décès de Chris. Elle a lutté des années durant et un infarctus a eu raison d'elle il y a six ans, dit-elle en souriant tristement. Cela nous fait un point commun : nous sommes deux grands orphelins…

Il acquiesça.

— C'est pour cela que tu fais ce travail, n'est-ce pas ? Pour donner à d'autres ce que tu n'as pu donner à Chris ?

Jenna baissa les yeux vers ses paumes sur ses cuisses.

— J'imagine… Je ne me pose pas vraiment cette question. Chris était mon guide, mon étoile du Nord.

J'essaie de faire ce que je peux pour aider l'humanité à ma mesure…

— Tu me donnes envie de sauver le monde, moi aussi. Je me sens tellement à côté de la plaque…

Elle rit.

— Mais non, continue de faire ce que tu fais. Tes constructions sont tellement belles et tu travailles toujours dans le respect de l'environnement.

Il se sentit à la fois gêné par son compliment et ridiculement flatté.

— Merci.

Il se gara devant chez elle et coupa le contact.

La tension monta aussitôt d'un cran. Ils se retrouvaient dans cette zone incertaine où tout pouvait arriver. Chaque détail de leur étreinte de la veille semblait flotter entre eux.

— Je préfère te raccompagner jusqu'à ta porte, mais je t'assure que je ne tenterai rien. Tu as ma parole.

— Ce n'est vraiment pas nécessaire, dit-elle.

— Quoi, de te raccompagner ou de te donner ma parole ?

— Les deux ! répondit-elle en riant. Mais si tu préfères, cela me va.

Il sortit de voiture en même temps qu'elle et la suivit jusqu'en haut des marches, s'arrêtant dès qu'il vit sa porte.

Jenna sortit sa clé et se rapprocha de sa porte.

— Bonne nuit, dit-elle. Et merci pour tout. Le dîner, le retour… Et pour Michael aussi. C'était adorable de ta part d'échanger ainsi avec lui.

— Ne me remercie pas, dit-il. C'était une bonne journée pour moi aussi. La meilleure que j'aie passée depuis bien longtemps.

L'envie de la serrer était tellement forte qu'il avait l'impression qu'elle faisait vibrer l'air entre eux.

— C'était une très belle journée pour moi aussi, reconnut-elle.

Ils se fixèrent un moment. Drew savait que c'était à son tour de dire quelque chose de léger, un « bonne nuit » ou un « au revoir » avant de redescendre ce maudit escalier.

Mais sa voix restait coincée dans sa gorge et il était incapable de faire le moindre mouvement pour repartir.

Jenna fronça les sourcils.

— Drew, s'il te plaît, arrête.

Il savait très exactement ce qu'elle voulait dire, mais n'arrivait pas à faire autre chose.

— Mais je ne dis rien et je ne bouge même pas !

Il la vit porter ses mains à son visage et le couvrir en jurant.

Il tendit la main vers elle.

— Oh bon sang, Jenna.

— Non ! s'exclama-t-elle en reculant vivement et en s'essuyant les yeux. Je ne veux pas. Pardon, mais la journée a été un vrai mélange d'émotions et je suis épuisée.

— Je voudrais pouvoir t'aider.

Jenna semblait dévastée.

— Je suis désolée pour ce que je t'ai dit hier soir, mais je n'ai pas changé d'avis. Tu m'attires énormément, je suppose que tu le vois, mais je ne peux pas… C'est impossible et c'est dur.

Il se retourna avant qu'elle ne puisse voir son expression.

— Je te laisse, je n'ai pas l'ambition de te torturer ainsi.

Il descendit l'escalier quatre à quatre avec la sensation d'avoir reçu un coup de poing dans le ventre.

Pourquoi avait-il besoin d'y retourner ainsi ? Comme si

la nuit précédente n'avait pas suffi ! Il avait l'impression de l'implorer, il était pathétique.

Il n'avait jamais eu de mal à séduire des femmes, c'était généralement elles qui faisaient le premier pas d'ailleurs et il avait pris l'habitude de les laisser venir à lui, avant de les quitter en douceur. Il se trouvait plutôt doué, jusque-là.

C'était là l'ironie du sort et ça faisait mal. Il avait finalement rencontré une femme qu'il avait véritablement envie de connaître et c'était elle qui lui refermait sa porte au nez.

Si ce n'était pas aussi douloureux, il aurait pu trouver cela plutôt drôle…

- 11 -

— Je t'assure que ma robe noire et blanche fera très bien l'affaire, Ava. Je l'aime bien et elle est très jolie. Inutile de se mettre en quête d'une autre robe.

Ava prit une bouchée de sa salade en hochant la tête.

— Désolée de te contredire, Jenna, mais tu te trompes.

— Mais pourquoi dépenser de l'argent alors que mes placards sont pleins de vêtements !

— Tu argumentes juste pour argumenter ! Ta robe a fait son temps, il faut en changer, insista Ava en cherchant le regard de Drew. Tu ne crois pas que ta jolie fiancée aurait besoin d'une nouvelle robe pour la soirée au Whitebriar Club ?

— Bien sûr que si, répondit Drew d'une voix absente. Je vous laisse ma carte de crédit.

Jenna baissa les yeux vers sa salade aux fruits de mer qu'elle avait à peine touchée. Drew avait été comme ça toute la matinée. Plaisant. Poli. Mais totalement ailleurs.

Ce matin, Ava lui avait fait répondre à une interview en ligne pour une émission de radio. Elle lui menait un train d'enfer et cela ne s'arrêtait jamais. Il était prévu qu'ils se retrouvent tous les trois pour déjeuner en vitesse avant de reprendre leur marathon, mais la présence distante de Drew lui avait coupé l'appétit.

Elle avait horreur de ça. Et pourtant c'était à elle qu'elle en voulait.

— Non, pas de nouvelle robe, c'est mon dernier mot !

Ava soupira.

— Laisse tomber, Ava, dit Drew en appelant le serveur pour obtenir l'addition. Tu vois bien que ce n'est pas le moment de discuter.

— Bon, tant pis, lança Ava. Mais en revanche, j'ai une bonne nouvelle : nous avons été contactés par les producteurs d'*Angel Ascending* !

Jenna posa sa fourchette.

— Vraiment ?

— Oui, ils voudraient que Michael apparaisse dans leur prochaine campagne publicitaire !

Jenna retint son souffle, le cœur battant face à la mine triomphante d'Ava.

— Fais attention avec lui, Ava. Ce n'est qu'un enfant, il ne faut pas qu'il se fasse exploiter.

— Moi qui pensais que tu serais enthousiaste de voir combien mon travail acharné fait des merveilles pour l'image de ton entreprise… Je faisais fausse route !

— Je trouve que tu fais un travail incroyable, c'est vrai, mais à tel point que j'ai peur pour Michael.

— Ne t'inquiète pas pour lui. Joyce et moi serons là pour le défendre comme deux pitbulls. Tu ne crois pas que cela mettrait un peu de beurre dans les épinards pour lui ? Et puis ce serait parfait pour son avenir. Michael va très bien s'en sortir, il est malin et plus fort qu'il n'y paraît.

— Tu as raison, mais il a aussi besoin de retrouver une vie normale, pas forcément ce genre d'expérience stressante où on va essayer de tirer profit de son handicap pour de la visibilité.

— Je vois, parce que tu considères que ce n'est pas

ce que tu fais ? lança Ava. Et nous, est-ce que nous sommes en train de tirer profit de toi ?

Jenna faillit répondre sèchement à son amie, puis se retint. Elle fit non de la tête.

— Je suis désolée, je crois que je suis fatiguée.

— Je le sais, mais il faut que tu tiennes le coup. D'ailleurs, j'ai aussi eu des nouvelles de Roddy qui donne un concert ce week-end. Il va jouer au Wild Side à partir de ce soir.

— Oui, c'est vrai, il m'a envoyé un SMS à ce sujet, répondit Jenna. J'aimerais bien aller le voir.

— Tu veux aller au Wild Side ? demanda Drew.

— Oui, pas longtemps, mais j'aimerais y passer.

— Tu ne peux pas y aller seule, je viens avec toi. Je peux passer te chercher chez toi ou au labo, comme tu préfères.

— Drew, tu n'es pas obligé de faire ça, je suis certaine que tu as mieux à faire de ta soirée.

— Pas franchement et je serais ravi de voir Roddy jouer ce soir.

C'était la première fois que Drew la regardait dans les yeux depuis leur soirée de la semaine dernière et le simple contact de son regard était assez perturbant.

— Bien, dit-elle dans un souffle. Je te retrouverai au club, vers neuf heures et demie.

Drew récupéra sa carte de crédit des mains du serveur et se leva, leur adressant un salut de la main avant de quitter la salle.

Jenna le regarda s'éloigner et se sentit découragée, totalement triste et sans envie. Cela faisait plus d'une semaine qu'ils étaient tendus ainsi et qu'elle passait ses journées à courir partout pour essayer d'augmenter la visibilité de sa fondation. Elle était épuisée et son travail s'en ressentait, mais au fond, elle savait que le vrai problème était ailleurs…

Elle en venait à redouter les moments où elle retrouvait Drew. Le problème ne venait pas de ce qu'il faisait ou disait, mais bien de tout ce qu'il ne faisait ou ne disait pas. Il était parfaitement poli et attentif. Galant et attentionné, même. Il n'y avait rien à dire.

Il portait le masque du fiancé parfait, mais maintenant qu'elle avait entrevu l'homme qui se cachait dessous, elle était presque blessée par le masque. Être maintenue à une telle distance lui faisait l'effet d'une punition.

Non pas qu'elle le lui reproche. Non, c'était même ce qu'elle lui avait demandé. Et c'était sans doute là ce qui rendait tout cela si compliqué à gérer.

Cela faisait bien longtemps qu'il n'était pas entré dans un club. Pourtant, il ne prêta aucune attention aux stroboscopes ou aux rythmes des basses, pas plus qu'à la foule compacte. Il ignorait les regards, et n'en cherchait qu'un seul : celui de Jenna. Il arpenta la salle en quête de ses cheveux cuivrés, de ses lunettes papillon ou de son regard noisette. De ses pommettes fines. De son port élégant. De son parfum.

Évidemment, il lui serait impossible d'entendre sa voix douce et sensuelle ici, mais il tendait pourtant inutilement l'oreille.

Roddy n'était pas encore sur scène. Le premier concert se terminait et pourtant il ne voyait Jenna nulle part. Il vérifia sur son téléphone, mais aucune trace d'elle non plus.

Il traversa la salle une nouvelle fois, méticuleusement.

Là ! Un reflet dans ses cheveux avait attiré son attention.

Il se dirigea vers elle. Elle portait une veste bleue près du corps, une minijupe en laine noire avec des bottines.

Juste à côté d'elle, une crête rose et violette ne pouvait pas prêter à confusion, c'était Cherise qui lui parlait avec enthousiasme. Il s'avançait lorsqu'il la vit se jeter au cou de Jenna et lui frotter le dos de son bras artificiel qui était décoré de guirlandes lumineuses qui formaient des arabesques tout autour.

Lorsque Cherise le vit par-dessus l'épaule de Jenna, elle prononça son prénom à son oreille et cette dernière se retourna.

Il n'y avait rien à faire, son regard lui faisait toujours cet effet incroyable, et qu'il y soit préparé n'y changeait rien.

— Bonsoir, dit-il en s'arrêtant à une certaine distance.

Mais Cherise ne l'entendait pas de cette oreille et elle se jeta dans ses bras.

— Drew, tu es le meilleur !

— Moi ?

— Oui, tu m'as inspirée ! Je parlais à Jenna de ma candidature à l'institut de design DeLeon. C'est la meilleure formation en création et ils m'avaient refusée l'année dernière, mais j'ai repensé à ce que tu m'avais dit et j'ai refait mon CV en incluant toutes mes créations pour les prothèses à mon portfolio, et ils m'ont rappelée ! Le directeur m'a expliqué que tu l'avais contacté pour lui faire parvenir les vidéos de la semaine dernière ?

— Je ne savais pas que tu les connaissais, s'exclama Jenna.

— Trix DeLeon et moi étions au lycée ensemble, dit Drew. Je lui ai juste envoyé le lien…

Cherise le serra à nouveau et déposa une bise sonore sur sa joue.

— Drew, content de te voir, c'est une surprise, lança la voix de Roddy derrière lui.

— Oui, nous nous sommes décidés à la dernière minute !

— Parfait, je vais pouvoir vous jouer votre morceau, suggéra Roddy avec un clin d'œil. *Thirsting for You*, tu te souviens, Jenna ? J'ai pensé à toi car j'ai demandé à mon groupe de le répéter cet après-midi et tout le monde l'a adoré ! Bon, il est temps que je vous laisse, ça va être à moi ! Cherise, tu viens avec moi backstage ?

— Je suis une grande fan de Bose, son bassiste, expliqua-t-elle en rougissant.

Ils disparurent dans la foule en un clin d'œil et Drew et Jenna se retrouvèrent l'un en face de l'autre. Elle se pencha vers son oreille pour ne pas avoir à crier.

— Est-ce qu'on irait au bar prendre un verre ? C'est un peu plus calme qu'ici.

— Oui, bien sûr, dit-il en lui prenant le bras.

Ils trouvèrent des places assises et passèrent commande. Depuis qu'il avait décidé de garder ses distances avec Jenna, il avait un mal de chien à lancer des conversations naturelles.

— Je suis désolé que ma sœur te mette tellement sous pression, dit-il. Elle n'a jamais su quand s'arrêter, c'est son plus gros défaut et son super-pouvoir en même temps.

— Je dois lui reconnaître que ça marche, pourtant. Nous avons des retours incroyables et ce projet pour Michael avec les producteurs d'*Angel Ascending*, c'est vraiment extra, même si je me sens un peu partagée au fond de moi.

— Je suis heureux que tu voies les fruits de notre association, je craignais que ma mauvaise réputation ne te nuise.

— Non, pas du tout, je pense que cela attire l'attention, mais sans déteindre sur l'image de ma fondation, expliqua-t-elle en portant à ses lèvres son verre de margarita. Est-ce que je peux te poser une question délicate ?

— Oui, bien sûr.

— Je me demandais comment il se faisait que tu fréquentes quelqu'un comme Arnold Sobel... Sa réputation n'est vraiment plus à faire, pourtant.

— Je le connais depuis bien longtemps, dit-il, légèrement tendu à l'évocation de cette fameuse soirée. Lorsque je faisais beaucoup la fête, avant de m'engager dans l'armée, je l'avais croisé. Mais si je me suis rendu à cette soirée-là, c'était pour rendre service à quelqu'un.

— Ah oui ?

— Mon amie Raisa avait appris que sa sœur Leticia s'était rendue là-bas. Elle avait déjà connu de mauvaises expériences et Raisa s'est inquiétée. Comme elle savait que je connaissais Sobel, elle m'a demandé de passer à la soirée m'assurer que sa sœur allait bien.

— Et tu as retrouvé Leticia ?

Il fit non de la tête.

— C'est curieux, non ?

— Oui, d'autant qu'après coup Leticia m'a assuré ne pas être allée à cette fête et n'en avoir jamais entendu parler.

— Et qu'est-ce que tu as fait lorsque les photos ont été prises ? Tu es parti aussitôt ?

Il posa sa bière, l'estomac noué. Il avait encore en tête l'odeur du parfum dont on l'avait aspergé et ce souvenir lui causait des sueurs froides à chaque fois.

— Est-ce qu'on pourrait parler d'autre chose, cette histoire me stresse, dit-il tout à coup.

Jenna sembla surprise.

— Pardon, je ne voulais pas te mettre mal à l'aise, dit-elle.

Voilà, il venait encore de la heurter.

— Je suis désolé, dit-il, c'est juste que…

Depuis la salle de concert, on annonça l'arrivée du groupe de Roddy. Drew apprécia la diversion bienvenue.

— On ferait bien d'y aller.

— Attends, une seconde, dit-elle en prenant sa serviette pour frotter sa joue. Cherise t'a laissé une grosse trace de rouge à lèvres en t'embrassant.

— Et tu ne me le dis que maintenant ! s'exclama-t-il en riant.

— Désolée, fit-elle en se retenant de rire. Bien, allons écouter Roddy maintenant que tu es décent à nouveau !

Drew la suivit de près dans la foule. Si elle savait le genre de pensées qui l'animait à cet instant, ce ne serait certainement pas le mot qu'elle aurait choisi.

- 12 -

La salle était comble et le groupe se montra à la hauteur. Roddy était totalement dans son élément. Il avait de l'énergie à revendre sur les passages les plus rythmés, mais il savait aussi se montrer délicat et subtil lorsque le morceau le demandait. On avait l'impression qu'il jouait depuis des années au sein de ce groupe.

L'ambiance de la soirée et la margarita avaient fini par détendre Jenna. Elle était tellement émue de voir Roddy jouer. C'était une vraie victoire de le voir aussi à l'aise avec ses baguettes. Il avait acquis une précision et une dextérité qui rendaient justice à son talent. Et puis les nouvelles étaient bonnes pour Cherise aussi, elle allait certainement pouvoir intégrer son école de design. Le monde était toujours plein d'injustices et de malheur, mais ce soir elle retrouvait un peu d'espoir.

Le groupe termina un morceau et le chanteur prit son micro et demanda le silence.

— Salut à tous, notre batteur invité, Roddy Hepner, aimerait dédicacer une de ses créations originales à un couple d'amoureux qui est dans la salle. C'est la première fois que nous jouons ce morceau, mais certainement pas la dernière. J'aimerais que vous laissiez un peu de place au milieu de la piste pour Jenna et Drew !

Il y eut aussitôt un mouvement de foule sur la piste et sans même s'en rendre compte, ils se retrouvèrent sous un projecteur rose. Tout le monde s'écarta et leurs yeux se rencontrèrent alors que les premières notes du morceau de Roddy résonnaient. Elle adorait cette chanson qu'il lui avait fait découvrir lorsqu'il était arrivé à la fondation.

C'était une ballade poignante et le regard de Drew sur elle semblait lui raconter cette histoire. Comme s'il la buvait des yeux… Il ouvrit les bras et l'enlaça, l'attirant tout contre lui comme si c'était la chose la plus naturelle du monde.

Roddy ajuste son micro au-dessus de sa batterie et se mit à chanter. Sa voix était bouleversante, légèrement rauque, mais incroyablement profonde.

Le sable du désert dans mes chaussures
Un fil d'espoir pour me guider
Je cherche ma voie, la vérité
Mais la soif de toi, seule, perdure.

C'était trop d'émotions d'un seul coup. Elle ne pouvait résister à la musique si belle, au magnétisme de Drew. Ce regard, aussi profond qu'un océan.

Elle n'arrivait toujours pas à croire qu'un homme comme lui puisse s'intéresser à elle, elle était tellement loin de son univers qu'elle voguait tout droit au naufrage.

Et pourtant, elle ne parvenait pas à renoncer. Leurs corps semblaient produire un champ magnétique qui leur était propre et les faisait se balancer d'un même mouvement, comme s'ils étaient tous deux sur un fil, au bord du monde, dans cette apesanteur incroyable. Des lumières colorées balayaient la salle, comme un kaléidoscope enchanté, tandis que Roddy poursuivait avec le couplet suivant.

Les yeux brûlants et la gorge sèche
Mon cœur assoiffé en vain te cherche
Mais il me suffirait de la lumière de tes yeux
Pour qu'en moi le ciel à jamais soit bleu.

Drew posa la main sur sa nuque, glissant les doigts dans ses cheveux, tendrement, sans la quitter des yeux. Son regard lumineux semblait faire lever le jour. Elle avait l'impression de s'y voir si clairement, de se sentir si vivante, si vibrante. Si réelle.

Et voilà qu'ils s'embrassaient. Rien n'aurait pu arrêter cela. Elle avait l'impression de flotter, comme si le reste du monde s'était éteint tout à coup.

Leur baiser était un langage en lui-même, passionné et direct. Il leur promettait un plaisir exquis, excitant et divin.

Elle avait l'impression qu'elle n'en aurait jamais assez. Elle répondit à son baiser en essayant de lui dire ainsi tout ce qu'elle avait essayé de taire jusqu'à ce jour.

Elle sentait son trouble, son envie d'elle.

Elle se serra contre lui pour le sentir mieux et se laisser enivrer par les promesses de chaleur, de force et d'énergie qu'il lui transmettait alors que les derniers accords résonnaient.

Les applaudissements furent nourris, et des sifflements vinrent annoncer la fin de la parenthèse magique qui les avait isolés du reste de la foule.

Jenna fixait Drew, incapable de relâcher son étreinte. Il lui fallut un véritable effort de volonté pour ouvrir les mains et s'écarter et lorsqu'elle recula, elle fut cognée par un danseur.

Drew la retint d'une main douce et ferme. « Attention »,

lut-elle sur ses lèvres. Ses lèvres sensuelles qui venaient juste de l'embrasser avec une ardeur impossible à oublier.

— Il faut que je sorte, dit-elle en se libérant de son étreinte.

Il la serra pourtant et elle lut à nouveau sur ses lèvres : « Où ça ? »

— Aux toilettes, je reviens sans tarder, balbutia-t-elle.

Elle s'échappa sous le regard ahuri de Drew qui n'avait pu ignorer la panique dans ses yeux.

Jenna traversa la foule et se dirigea vers la porte.

Alors qu'elle allait l'atteindre, quelqu'un se plaça devant elle et elle lui fonça droit dedans.

— Jenna ! Désolé, je ne voulais pas t'intercepter ainsi…

Il s'agissait d'Ernest, le jeune et zélé assistant d'Ava avec ses cheveux blond platine en brosse et ses grandes lunettes rondes qui lui donnaient un air d'aviateur steampunk.

— Ernest, mais qu'est-ce que tu fais là ? demanda-t-elle.

— Comme il se doit : je viens filmer votre idylle, dit-il en lui montrant sa tablette.

Jenna sentit son cœur s'arrêter un instant.

— Bon sang… C'est Ava qui t'a demandé de venir ?

— Oui, elle voulait que j'enregistre le concert de Roddy. La chanson romantique avec votre baiser de cinéma, c'est juste du pur bonus ! Tout le monde va adorer ça.

— Oh non ! Ernest, s'il te plaît, ne poste pas la danse et le baiser ! Pour le concert de Roddy, aucun problème, mais laisse-nous en dehors de tout ça.

Ernest sembla surpris.

— Mais pourquoi donc, il me semblait que c'était justement l'idée de tout ça ?

— Je sais, mais là, c'est privé.

— Eh bien encore mieux, c'est ça que les gens veulent voir !

— Je sais, mais pas cette fois, s'il te plaît, insista-t-elle. Juste pour cette fois, je te le demande, j'ai besoin d'un peu d'air.

— Je suis désolé, dit Ernest, l'air vaguement contrit. Mais je l'ai déjà partagé sur vos chaînes YouTube à Drew et à toi…

— Mais je n'ai pas de chaîne YouTube !

— Oh mais si ! Et depuis la semaine dernière vous avez déjà 21 000 followers. Regarde, j'ai téléchargé la vidéo de la danse et du baiser il y a cinq minutes et nous avons… Waouh ! 785 visionnages. Et ça grimpe à chaque seconde ! Vous êtes de vraies stars…

— C'est bien ça le problème, se défendit-elle, je ne suis pas une star. Parfois, j'ai envie de boire un verre ou d'écouter de la musique sans que le monde entier soit au courant, bon sang !

Ernest la dévisageait, l'air perdu.

— Mais pourquoi est-ce que tu ne veux pas que l'on te voie, qu'est-ce que ça change ?

Jenna tourna les talons et sortit avant de perdre patience.

Le vent s'engouffra dans ses cheveux tandis qu'elle descendait la rue. Le froid lui brûlait les yeux et lui piquait les joues. Mais elle avait surtout l'impression qu'une main lui serrait la gorge avec force.

Comment avait-elle pu signer pour tout cela ?

Un taxi passait par là, elle le héla et monta. Une fois sa destination indiquée, elle jeta un coup d'œil à son téléphone. D'une main tremblante elle écrivit un message pour Drew.

Il fallait que je m'en aille. J'ai pris un taxi pour rentrer. Désolée.

Une réponse apparut sans tarder.

C'est pas vrai ! Pourquoi ?

J'avais besoin d'être seule. Désolée, vraiment.

Une nouvelle minute s'écoula.

QU'EST-CE QUE J'AI FAIT ?

Elle se dépêcha de répondre.

Rien du tout. C'est moi. Tu n'as rien à te reprocher. J'avais juste besoin d'espace.

Plusieurs longues minutes s'écoulèrent avant cette sobre réponse :

Compris.

En jurant, elle fouilla dans son sac en quête d'un mouchoir.

Je regrette…

C'était la troisième fois qu'elle s'excusait, mais elle ne parvenait pas à s'en empêcher.

Moi aussi.

Un moment s'écoula et il renvoya un nouveau message.

Bonne nuit. Prends soin de toi.

Voilà, maintenant, elle se sentait la dernière des ingrates de l'avoir planté là alors qu'il se montrait courtois et prévenant… Pourquoi est-ce que c'était si dur avec lui ?

Elle devait s'enfuir car elle savait déjà comment se terminerait la soirée si elle ne prenait pas ses distances. Il insisterait pour la raccompagner jusqu'en haut des marches et il la couverait de son regard incandescent en lui promettant silencieusement la lune et les étoiles et tout le reste du ciel, et elle finirait par abandonner la lutte et l'inviter chez elle.

Elle ne voyait pas comment elle serait capable de lui résister si elle franchissait le pas et faisait l'amour avec lui.

C'était un point de non-retour.

- 13 -

Jenna était absolument spectaculaire lorsqu'elle fit son apparition en haut des marches du Whitebriar Club.

Elle ne portait pas ses lunettes ce soir et il lui avait fallu quelques secondes pour la reconnaître, tant elles faisaient partie d'elle, même s'il la trouvait aussi belle avec que sans. Ce soir, elle portait une robe en mousseline de soie verte, rehaussée d'un sillon de perles iridescentes au niveau d'une épaule et de motifs pailletés au niveau du décolleté. La soie dessinait sa silhouette de façon merveilleuse, traçant des ombres, comme autant de pleins et de déliés. Visiblement, elle avait essayé de dompter ses boucles folles en un chignon sophistiqué, mais certaines d'entre elles avaient remporté la lutte et se balançaient autour de son fin visage.

Elle lui sourit, mais détourna le regard en lui prenant la main.

— Tu es sublime, dit-il.

— Merci.

— Ce n'est pas la robe noire et blanche dont tu parlais. Tu as fini par aller faire du shopping avec Ava ?

— Si tu veux savoir si c'est toi qui as payé pour cette robe, lança-t-elle avec une lueur de défi dans le regard, ce n'est pas le cas. J'avais acheté cette robe il y a plusieurs mois, dans une boutique vintage du centre-ville.

— Je ne demandais pas si j'avais payé cette robe, dit-il

sèchement. Et si cela avait été le cas, je ne trouverais rien à y redire !

Elle baissa les yeux.

— Pardon, c'était un peu agressif.

— Un peu, oui.

— Je voulais juste souligner que je ne voulais pas être la poupée de luxe d'un millionnaire en vue, même si c'est ce que clament les journaux.

— C'est plus qu'évident à mes yeux, sois tranquille.

Elle sourit et sembla finalement se détendre.

— Merci. Tu n'es pas mal non plus, dit-elle en lui jetant un regard appréciateur.

— J'ai fait de mon mieux, répondit-il. Ça te change de ne pas porter tes lunettes.

— Je mets peu mes lentilles, elles ont tendance à m'irriter les yeux.

— Les deux te vont bien.

— C'est curieux comme la plupart des hommes ne commencent à regarder une femme qu'une fois qu'elle a retiré ses lunettes.

— Pas moi. Je t'avais remarquée avant !

Le regard de Jenna s'esquiva une fois encore et elle rougit légèrement tandis qu'ils descendaient les marches vers la foule en bas.

Drew s'en voulait, il avait l'impression d'être systématiquement à côté de la plaque.

Que faire ? Plan A : se taire et l'ignorer. Plan B : l'éviter définitivement et changer de vie.

Elle rayonnait ce soir. Il sentait le contact léger de sa main sur son bras au travers de son smoking et cela suffisait à lui donner la chair de poule.

Ils ne pouvaient continuer ainsi. C'était une évidence. Il fallait que cette mascarade cesse et dès ce soir, car il se rendait malheureux. La soirée au Wild Side avait été la goutte d'eau. Après leur baiser, elle avait tout bonnement pris la fuite.

Il ne pouvait tendre éternellement l'autre joue. Il regrettait l'embarras consécutif à l'annonce officielle d'une rupture, mais au moins Jenna n'aurait plus à se contorsionner pour éviter chacune de ses attentions.

Il devait y mettre un terme ce soir. Avec un peu de chance, cela ne causerait aucun incident majeur et il aurait le temps d'annoncer la nouvelle à toutes les personnes concernées avant de rentrer chez lui et de s'employer à tourner la page.

Il avait vu Vann et Zack la veille, le temps de boire une bière et d'évoquer la perspective de sa démission. Ils ne l'avaient pas bien pris, jugeant qu'il leur faisait faux bond. Il n'avait pu leur faire comprendre qu'il s'agissait là de sa survie. Une tentative désespérée de sauvegarder ce qui lui restait de dignité.

Vann était en bas dans la foule et fixait Jenna, les sourcils froncés, semblant demander en silence : « C'est à cause d'elle ? »

Drew ne laissait rien transparaître. Lorsque Jenna et lui arrivèrent en bas, il remarqua la présence de Harold, une femme à son bras. C'était une jolie femme brune, élancée, portant une robe noire à sequins qui soulignait un décolleté des plus provocants. Elle ne le quittait pas du regard.

Bon sang, mais il la connaissait ! C'était Lydia, l'architecte qu'il avait rencontrée à San Francisco lorsqu'il travaillait sur le projet Magnolia Plaza. Ils avaient eu une aventure, mais ne s'étaient jamais rappelés depuis six mois qu'il avait quitté San Francisco.

Il n'avait jamais repensé à elle depuis.

Harold restait planté en bas des marches avec Lydia accrochée à son bras, leur bloquant volontairement le passage, semblait-il.

Et tout à coup, il se souvint. Le parfum de Lydia. Un lourd, épais nuage de son parfum.

Cette même odeur que lors de la soirée. Il sentit son estomac se nouer et une sueur froide lui mouiller le front. Son cœur battait la chamade alors que la tête lui tournait.

— Bonsoir Drew, lança Lydia. Toujours aussi beau, décidément. Je vois que tu as été occupé ces derniers temps ?

Pendant quelques instants, il ne put émettre le moindre son, luttant de toutes ses forces pour retrouver le contrôle.

— Bonsoir, Lydia. Voici Jenna Somers, ma fiancée.

— Elle est au courant, répondit Harold.

— C'est fou comme je n'avais pas la moindre idée de ce qui se tramait avec ta *fiancée* lorsque nous nous sommes vus à San Francisco au printemps dernier, souligna-t-elle d'une voix mauvaise. Tu n'avais certainement pas l'air d'un homme qui vient de rencontrer la femme de sa vie, petit cachottier !

— Si vous voulez nous excuser, nous avons des gens à voir, coupa Drew en entraînant Jenna.

— Nous aurons le temps d'en reparler, nous sommes assis à côté pour le banquet, lança Harold. Lydia pourra faire la connaissance de Jenna et parler du bon vieux temps avec toi !

Drew pressa le pas, cherchant à mettre autant de distance entre eux que possible pour respirer à nouveau. Maintenant que sa mémoire s'était réactivée, l'horrible odeur l'envahissait et il avait l'impression que tout tournait autour de lui, alors qu'une distorsion des bruits lui faisait penser qu'il venait d'être empoisonné à nouveau.

C'était sans doute un flash-back dû au stress. Comment son cerveau pouvait-il le trahir ainsi ?

Respirer doucement. Se détendre. Reprendre le contrôle.

— … ton problème ? Drew ? Qu'est-ce qu'il se passe ?

Jenna lui serrait le bras et le fixait d'un regard inquiet.

— Je vais bien, s'efforça-t-il d'articuler.

— Tu n'en as pas l'air. Tu es blafard. Qu'est-ce qu'il y a ?

Il inspira et sentit le parfum de Jenna. Une odeur de miel et de fleurs sauvages qui l'apaisa. Il respirait déjà mieux.

— Je crois que j'ai eu une sorte de réaction allergique au parfum de Lydia.

— Moi c'est à Lydia elle-même, répliqua Jenna. Elle et ton cousin m'ont paru particulièrement toxiques. Tu te sens mieux maintenant ?

— Oui, un peu mieux.

Ils se trouvaient maintenant dans la salle où les maquettes des projets architecturaux étaient exposées et la foule était toujours aussi nombreuse. Ils allaient devoir se plier au rituel des salutations et présentations, des échanges mondains et des photographies. Des architectes et des ingénieurs étaient présents, ainsi que les membres du bureau de Maddox Hill, des figures politiques locales, des hommes et des femmes d'affaires, des journalistes. Autant de gens avec qui ils devraient interagir.

Il fit de son mieux et Jenna le soutint avec efficacité, prenant le relais lorsqu'il avait un passage à vide. Il eut l'impression que cela n'allait jamais prendre fin, mais finalement on les dirigea vers la salle où le banquet aurait lieu, et commença la cérémonie des discours. Ils gagnèrent leur table, tandis que le reste des convives prenait place, et il devint difficile de trouver des volontaires pour un échange qui n'attire pas trop l'attention.

Harold et Lydia étaient déjà installés et les guettaient avec un regard glaçant. Le parfum de Lydia lui parvint, comme un nuage toxique flottant dans sa direction. Il repéra le carton à son nom juste à côté d'elle et eut un haut-le-cœur.

Jenna prit les devants en s'installant auprès de Lydia, un large sourire aux lèvres.

— Vous passez une bonne soirée, j'espère ? lança-t-elle.

— Oui, et ce n'est que le début, répliqua Harold en déshabillant Jenna du regard.

Drew aurait voulu gifler son cousin pour ce manque de respect envers elle. Il bloqua sa respiration et se pencha vers lui pour essayer d'entendre ce dont il parlait.

— … sur YouTube, ce baiser incendiaire au Wild Side.

— Oh ! ça ! fit Jenna en rougissant. C'était ridicule ! C'est Ernest qui a filmé la scène, je ne savais pas qu'il était là…

Harold porta son verre à ses lèvres.

— C'était si spontané, pourtant.

— Vous aimez à ce point vous exhiber ? demanda soudain Lydia avec un sourire carnassier. Ou bien c'est Drew qui vous inspire ? Je vous comprends, il est assez fort pour faire ce qu'il veut de n'importe quelle femme et je suis bien placée pour le savoir !

— Je vous demande pardon ? demanda Jenna d'un ton glacial. Je ne suis pas sûre de comprendre.

— Nous nous demandions simplement si vous aimiez que le monde entier vous regarde pendant que vous faisiez des choses, c'est votre truc, c'est ça ? demanda Harold.

Drew se leva d'un bond, bousculant la table et faisant tomber sa chaise derrière lui. Un verre de vin bascula et se renversa sur la table, faisant sursauter Lydia qui se leva à son tour pour éviter de tacher sa robe.

— Espèce d'idiot, regarde ce que tu fais !

Drew l'ignora, fixant son cousin.

— Qu'est-ce que tu viens de dire ? lança-t-il à son cousin.

Le sourire de ce dernier s'élargit et le silence se fit dans la salle, tous les regards étaient tournés vers eux.

— Je suis surpris que tu m'aies entendu, lança Harold. Tu devrais y aller doucement avec ce vin. Tu prends des antihistaminiques ou quelque chose de plus fort, peut-être ?

— Je t'interdis de t'adresser à Jenna de nouveau.

— J'admirais simplement ta fiancée, dit Harold d'un ton innocent. Tu diffuses votre incroyable histoire d'amour sur tous les réseaux, je ne vois pas comment je pourrais ne pas m'intéresser à la fameuse Jenna.

— Eh bien intéresse-toi à qui tu veux, mais pas à elle.

— Drew, lança Jenna à mi-voix. Garde ton calme, je t'en prie.

Harold leva une main dans sa direction.

— Allons, faut se calmer, mon grand ! lança-t-il, toujours un large sourire aux lèvres.

— Mais bon sang, qu'est-ce qu'il se passe ici ? gronda la voix furibonde de Malcolm derrière eux.

— Oh rien de bien nouveau, répondit Harold. Drew a dû un peu forcer sur les excitants et il se donne en spectacle comme d'habitude…

— Comment ? demanda Malcolm en se tournant vers Drew. Est-ce que c'est vrai ?

Drew ouvrit la bouche pour répondre, mais Lydia le devança.

— Assez, je n'en peux plus ! s'exclama-t-elle en jetant

d'une main tremblante sa serviette tachée de vin sur la table. Tu n'es vraiment qu'un sale menteur ! Tu prétends t'être fiancé à cette fille à San Francisco, pourtant tu ne m'as rien dit, pas une seule fois alors que tu couchais avec moi jusque dans ton bureau ! Espèce de sale traître !

Des « oh ! » indignés s'élevèrent dans la salle. Tout le monde semblait figé sur place.

Lydia éclata en sanglots et quitta la salle en trombe, cognant plusieurs tables au passage mais emportant, Dieu merci, son odeur vénéneuse avec elle.

Une fois qu'elle fut sortie, Malcolm se pencha vers Drew et s'éclaircit la voix.

— Juste pour que je prépare mon cœur, est-ce que tu as d'autres scandales prêts à éclater ce soir, mon neveu ?

— Pas que je sache, répliqua Drew.

Malcolm leva les yeux vers la salle et fit un geste aux serveurs.

— Dépêchez-vous de servir cette satanée viande avant que tout ne soit froid ! ordonna-t-il avant de saisir Drew par le bras. Et toi, tu viens avec moi, j'ai deux mots à te dire.

Drew soupira. D'une certaine façon, il était arrivé au fond du fond. Plus d'issue, inutile de se torturer avec des doutes ou des questions. Tout ce qu'il pouvait faire maintenant, c'était essayer d'aller de l'avant.

Cela aurait dû être un soulagement, mais lorsqu'il croisa le regard anxieux de Jenna, il eut l'impression qu'on lui volait quelque chose de précieux. Quelque chose qu'il venait à peine d'apprendre à chérir.

Il se tourna vers Harold.

— Si tu la traînes à nouveau dans la boue, je t'écrase, lança-t-il.

— Assez ! cria Malcolm. Tu te donnes en spectacle de façon ridicule, viens avec moi !

Drew se pencha vers Jenna et prit son visage entre ses mains.

— Je suis désolé, murmura-t-il. Au revoir.

Il l'embrassa, comme au ralenti, mais avec toute l'émotion qui l'envahissait à cet instant où il n'avait plus rien à perdre.

- 14 -

Jenna regarda Drew qui suivait son oncle, la tête haute et les épaules larges, comme un soldat au pas. Elle pressa les doigts à ses lèvres encore humides de leur baiser. Elle se sentait au bord des larmes, la gorge totalement nouée par le choc de ce qui venait de se produire.

Elle devait y aller, elle ne pouvait pas rester ici, impuissante. Se levant pour le suivre, elle sentit les doigts moites de Harold qui se crispaient autour de son poignet pour la retenir.

— Jenna, non ! dit-il. Laissez-les et asseyez-vous.

— Avec vous, certainement pas !

— Calmez-vous, ce n'est pas moi le sale type dans cette histoire.

Elle éclata de rire.

— Vous pensez vraiment que je vais croire ça ?

— Tout ça, ce sont des histoires de famille au long cours. Inutile d'aller vous mêler à cela, vous ne connaissez pas les détails.

— Je ne pense pas que ce soit nécessaire. Tout est parfaitement clair à mes yeux.

Et ça l'était un peu plus à chaque instant, comme si elle regardait une photographie en train d'être développée dans une chambre noire et qui prenait forme sous ses yeux. Elle repensa à l'impression que lui avait laissée Harold la première fois qu'elle l'avait croisé. Bien que bel homme, on sentait immédiatement qu'il souffrait de la comparaison avec Drew. Il ne lui arrivait pas à la cheville en termes de charisme.

Et d'après ce que lui avait dit Ava, cela se confirmait au niveau professionnel, car bien que compétent, c'était toujours son cousin qui remportait les médailles et les prix, les honneurs et les articles élogieux.

Harold avait passé toute son existence dans l'ombre de Drew et cela le rendait malade de jalousie.

— Vous avez tout prévu pour le piéger, espèce de sale traître.

Harold prit une gorgée de vin.

— Vous aimeriez bien me faire jouer le mauvais rôle dans cette affaire pour continuer à vous leurrer. Désolé de venir briser votre rêve, ma jolie.

— Ne m'appelez pas ainsi, je n'ai rien à voir avec vous. Vous êtes allé chercher cette femme à San Francisco exprès. Je parie que vous l'avez briefée pour cette grande scène.

— Je n'ai rien eu à lui dire. Tout ce qu'elle a raconté était exact. Drew se met tout seul dans ces guêpiers, il n'a pas besoin d'aide. Suffit de penser à cette orgie chez Sobel. Ce n'est franchement pas son coup d'essai, mais simplement, cette fois-ci, il a été pris sur le fait.

— Il a été piégé, dit-elle. Il était là pour aider une amie.

— C'est ce qu'il vous a dit ? lança Harold en lui jetant un regard plein de compassion. J'ai vérifié les dates de votre venue à San Francisco l'année dernière, lorsque vous êtes censés vous être rencontrés et je peux vous assurer qu'il sortait avec Lydia. Je suis désolé de vous blesser, mais je ne vois pas pourquoi il changerait d'attitude. Il vous trompait alors, et sans doute qu'il vous trompe encore.

Jenna recula d'un pas et s'essuya le bras avant qu'il ne le saisisse à nouveau. Qu'il aille au diable, elle ne lui consacrerait pas une seconde de plus de son temps.

Et puis elle avait deux ou trois choses à dire à Malcolm Maddox.

Elle traversa la salle, le menton relevé, ignorant les murmures et les regards insistants, et suivit le chemin que Drew avait emprunté quelques instants plus tôt. Une fois sortie, elle n'eut qu'à tendre l'oreille pour se laisser guider par les éclats de voix de Malcolm pour se diriger, et suivre l'escalier au fond du grand hall.

Lorsqu'elle poussa la porte d'un des salons, elle entendit très nettement les paroles de Malcolm.

— … J'en ai assez de tes coups d'éclat, tu ne peux pas te tenir deux minutes ? Même pour une soirée comme celle-ci ?

— Je n'avais pas imaginé que cette femme débarquerait…

— Tu croyais nous enfumer en dénichant ta Miss Perfection, hein ? Tu te sers d'elle comme d'un bouclier, mais je ne suis pas dupe !

— Il ne se sert pas de moi ! s'écria Jenna. C'est plutôt l'inverse, si vous voulez savoir !

Malcolm fit volte-face, le regard exorbité.

— Mademoiselle Somers, il s'agit d'une conversation privée !

— Je m'en moque ! Et puisque vous êtes en train de me casser du sucre sur le dos, Miss Perfection insiste pour participer au débat. Vous devriez avoir honte…

Malcolm Maddox la fixa un moment, la bouche ouverte, avant de se racler la gorge.

— Ce que vous pensez vous regarde.

— Eh bien maintenant, vous savez ce que je pense de vous.

— Certainement et vu la façon dont vous criez, tous les invités doivent aussi le savoir.

— Cela ne me pose pas de problème, répliqua-t-elle vivement. Je n'ai rien à cacher.

— Ce n'est pas le cas de Drew, malheureusement. Vous avez entendu ce qu'a raconté cette femme sur lui, il ne changera jamais, est-ce là ce que vous voulez vivre ?

— Il a été piégé. Vous ne voyez pas qu'il est toujours le premier à essayer d'aider des gens au point de courir des risques inconsidérés ? Il a reçu une balle dans le dos en Irak, alors qu'il risquait sa vie pour son pays. Cela ne compte pas à vos yeux ?

— Non, Jenna, inutile de…, commença Drew, l'air blessé.

— Et toi, tais-toi, répliqua-t-elle, furieuse. Tu n'es vraiment pas doué pour te défendre, alors pour une fois, tu fais profil bas et tu me laisses gérer.

— J'apprécie votre zèle, mademoiselle, dit Malcolm, mais je crains que vous ne mettiez votre nez dans des affaires familiales qui ne vous regardent pas.

— Vous pouvez bien dire ce que vous voulez, il est hors de question que j'accepte sagement de laisser quelqu'un à qui je tiens se faire humilier ainsi.

Malcolm Maddox fronça les sourcils, puis tourna le regard vers Drew.

— Tu as joué la carte du soldat blessé ? demanda-t-il à son neveu, l'air désapprobateur.

— Je joue les cartes dont je dispose, répondit Drew.

— Je ne peux pas t'en vouloir à vrai dire, elle a un sacré tempérament, reprit Malcolm en jetant un coup d'œil en direction de Jenna.

— Je ne te le fais pas dire.

— Si vous pouviez cesser de parler de moi comme si je n'étais pas là ! lança Jenna.

Malcolm éclata de rire.

— Tu ferais bien de ne pas la laisser filer, celle-ci, dit Malcolm. Mais tu ne la mérites pas. Ressaisis-toi et cesse de te donner en spectacle pour le reste de la soirée si tu en es capable.

Puis il tourna les talons et quitta la salle en s'appuyant sur sa canne.

Drew et Jenna se regardèrent en silence alors que la porte se refermait derrière lui.

— Je ne comprends plus rien, dit-elle, les yeux écarquillés.

— Je crois que tu viens de charmer l'oncle Malcolm, dit Drew. Toutes mes félicitations.

— Le charmer ? Alors que je lui exprimais tout mon mépris ?

— Nous avons tous nos contradictions, dit Drew. Mais il aime les femmes qui ont du caractère.

— Bon sang, fit-elle en se frottant les tempes. Tout cela est tellement dément.

Elle renifla et se mit en quête d'un mouchoir dans sa pochette.

— Est-ce que tu pleures ? Ça ne va pas ? demanda Drew, inquiet.

— Ce n'est rien, cela m'arrive en cas de stress, je décompense quelques instants. Inutile de t'inquiéter, ça va vite passer.

— Bien, dit-il l'air hésitant. Et au fait… merci.

— Pour quoi ?

— Pour avoir débarqué comme ça pour me soutenir. Je sais bien que tu faisais cela pour être cohérente avec ton rôle, mais en tous les cas, sincère ou pas, c'était bon à entendre, même si je crois que nous pouvons tomber les masques, maintenant.

Jenna sentit une vague de larmes déborder tout à coup.

— Bon Dieu, mais ce n'était pas de la comédie, Drew !

Voilà, elle avait fini par lâcher la vérité toute nue.

Il fronça les sourcils.

— Qu'est-ce que tu veux dire ? Que tu pensais ce que tu disais ?

— Bien sûr. De toute façon, je suis fichue depuis que je t'ai renversé ce pichet de sangria dessus. Je sais que je ne devrais pas te dire ça, mais je ne peux pas m'en empêcher, c'est toujours la même chose. Je pleure et puis je finis par dire tout ce que j'ai sur le cœur alors que les gens ne sont pas prêts à l'entendre. Enfin, c'est fait, je crois que j'ai commis assez de dégâts pour ce soir, je vais juste enfiler mon manteau et ficher le camp…

Elle accueillit l'étreinte surprise de Drew avec un petit cri. Et puis il l'embrassa.

C'était comme un choc électrique. Il semblait incapable d'attendre une seconde de plus et lorsqu'il la serra, il tremblait de tous ses membres. Puis il posa la main sur elle et elle eut l'impression qu'ils s'embrasaient tous les deux.

Jenna l'enlaça en retour et s'abandonna à son étreinte. Elle répondit à son baiser avec toute la fougue de son désir. Elle avait tant besoin de la chaleur de sa bouche. Elle se sentait soudain happée par une nouvelle dimension d'émotions et de sensations.

Drew recula et s'assit dans un fauteuil, entraînant Jenna sur ses genoux. Il embrassait ses épaules dénudées avec une fièvre désespérée, puis la bretelle brodée de perles glissa le long de son bras et les dentelles de son bustier apparurent. Il soupira et rapprocha la bouche de son décolleté, pressant les lèvres entre ses seins. Ils gémirent en même temps à cette sensation. C'était si doux, ses lèvres qui l'embrassaient, la chaleur de son souffle contre sa peau, la douceur de sa bouche au creux de ses seins. Et puis il y avait ses bras solides qui l'étreignaient et chaque parcelle de peau qu'il effleurait était parcourue de frissons délicieux.

— Oh Jenna, tu es si douce, si souple et délicieuse, murmura-t-il. Tu me tues.

Elle passa une jambe par-dessus ses genoux, le chevauchant fièrement et sentant enfin la tension de son sexe entre ses propres jambes alors qu'elle se penchait pour l'embrasser encore. Le haut de sa robe glissait. La sensation de ses mains brûlantes sur la peau nue de son dos était divine.

Un grincement sur le seuil les fit se figer un instant. Puis un murmure se répandit dans la pièce.

Malcolm, Hendrick, Beverly, Harold, Ava, Ernest, les yeux ronds comme des billes, les fixaient, alors qu'une dizaine d'autres personnes se bousculaient derrière eux pour profiter du spectacle.

— Oh mon Dieu, s'exclama Jenna en remontant précipitamment le haut de sa robe sur elle pour se recouvrir tandis que Drew se levait en la retenant.

— Dehors, tout le monde ! hurla Malcolm.

Impossible pourtant de faire reculer tout le monde ainsi. Les badauds des derniers rangs restaient figés et empêchaient toute retraite. Harold étaittotalement pétrifié. Un léger sourire se dessinait en revanche sur la bouche d'Ava, en bonne conspiratrice.

Sauf qu'il n'y avait là aucune conspiration. Il n'y en avait jamais vraiment eu.

Beverly avait un large sourire aux lèvres et se pencha vers son mari.

— Alors, Hendrick, est-ce que ça te semble assez sincère, là ? Je crois que j'ai gagné un pari !

— Allez-vous-en, tous ! reprit Malcolm.

Jenna avait finalement réussi à rajuster sa robe et elle se pencha vers Drew.

— Il a raison, je crois qu'il est temps de disparaître.

— Avec moi, alors ! répondit Drew.

Elle plongea dans son regard et sembla oublier aussitôt qu'on les observait. Le désir dans ses yeux la frappa, c'était un appel tacite, tellement puissant que rien n'aurait pu l'altérer, pas même l'embarras total provoqué par la situation.

— Oui, disparaissons ensemble.

Il lui prit la main et une étrange lueur éclaira son regard.

— Je crois que c'est ce que vous avez de mieux à faire, lança Malcolm. À croire que vous êtes l'un comme l'autre incapables de vous contrôler… Pour l'amour de Dieu, déguerpissez et laissez-moi tenter de sauver ce qui peut l'être !

— Arrête de râler, oncle Malcolm, tout le monde va adorer cette histoire, tu le sais bien ! intervint Ava en essayant de contenir un trop large sourire.

— N'en rajoute pas, Ava, dit Drew.

— Moi, en rajouter ? Mais je n'ai rien fait du tout, vous êtes seuls dans cette affaire, même s'il serait dommage de ne pas en profiter alors que tout le monde passe un si bon moment !

— Nous sommes partis ! répliqua Drew en prenant Jenna par la taille avant de se frayer un passage parmi la foule des curieux.

L'incongruité de la situation ou le charisme de Drew firent que tout le monde s'écarta pour les laisser passer. Jenna sentait ses joues la brûler tandis qu'ils avançaient, mais il lui suffit de croiser le regard glacial de Harold pour qu'un frisson gelé la parcoure. Elle sentait la colère qui émanait de lui de façon presque palpable.

On essaya de leur parler, mais elle ne parvenait pas à entendre ce que les gens lui disaient et Drew semblait les ignorer, écartant tout le monde avant de s'engager dans l'escalier.

Arrivé au vestiaire, il récupéra leurs manteaux et l'aida à se couvrir.

— Tu trembles, dit-il tandis qu'ils gagnaient la sortie. Prends mon manteau, il est plus chaud que le tien.

— Ce n'est pas le froid, dit-elle, j'ai plutôt chaud à vrai dire.

L'air frais et humide de la nuit lui rafraîchit le visage de façon agréable.

— Où est ta voiture ? demanda-t-il.

— Je suis venue en taxi.

— Parfait, répondit-il alors que le voiturier arrivait avec sa Jaguar chromée.

Il ouvrit sa portière et elle monta. Une fois qu'il fut au volant, ils restèrent un moment en silence à retenir leur souffle.

— Nom de Dieu, quel cirque !

— Oh oui ! dit-il en mettant le contact. Je suis tellement navré que tu aies dû vivre tout cela.

— Ce n'était pas ta faute mais bon, j'ai envoyé promener ton oncle, je me suis retrouvée en bustier de dentelle devant tout le bureau de direction de Maddox Hill, j'ai bien peur que cette affaire me suive le restant de mes jours.

Il éclata de rire.

— Et encore, ton bustier était toujours en place !

— Eh bien Dieu merci ! Je n'arrive pas à croire ce qui vient de se passer. Je risque de perdre toute crédibilité si ça s'ébruite.

— J'espère vraiment que je ne t'ai pas compromise, je ne voudrais surtout pas te nuire. Comment te sens-tu, maintenant, pas trop traumatisée ?

— Non, ça va, je me sens rassurée par ta présence.

Il serra sa main.

— Est-ce que tu veux bien venir chez moi ? J'habite plus près et je serais heureux de te faire découvrir ma maison.

— Avec plaisir, oui.

Et voilà, elle l'avait fait. Elle venait de lâcher toute tentative de contrôle dans cette affaire.

Quoi qu'il ait à lui offrir, elle était prête à le recevoir. Et si c'était juste son corps pour une aventure sans lendemain, eh bien elle en était d'accord. Et plutôt deux fois qu'une.

Elle s'occuperait plus tard de la déception ou du chagrin. Pour le moment, elle voulait juste tomber dans son piège, si c'en était un.

Elle venait officiellement d'accepter de faire partie de son fan-club…

- 15 -

Drew ne prononça pas un mot de tout le trajet. La présence de Jenna, le fait de la ramener chez lui… Il avait l'impression que sa poitrine était prête à éclater. C'est à peine s'il parvenait à respirer, alors parler… Il n'avait jamais ressenti cela. Plus jeune, dans tout ce qui avait trait à la séduction, il avait toujours fait semblant d'être confiant et totalement détendu. Et à force de feindre, c'était devenu sa réalité.

Ce n'était plus le cas. Pas avec Jenna. Il n'arrivait pas à feindre. Rien n'était jamais acquis avec elle. Les enjeux semblaient trop importants.

Il reprenait sa main dès qu'il le pouvait et chaque fois qu'il devait la lâcher pour conduire, il ressentait un point au cœur. Il avait besoin de la toucher pour s'assurer qu'elle était bien réelle.

Et il était nerveux. Il ne voulait pas gâcher cette chance. Il s'engagea dans l'entrée qui menait à sa propriété sur le lac Washington, puis rentra sa voiture au garage.

— C'est toi qui as dessiné cette maison ?

— Comment as-tu deviné ?

— Je reconnais ton style. Et puis elle est si différente de toutes les autres maisons autour du lac. Il s'en dégage une telle harmonie.

Il se sentit ridiculement flatté par ses mots et le fait qu'elle comprenne ce qu'il avait voulu faire en dessinant sa maison. Mais il avait tout de même l'impression d'essayer de l'impressionner, comme un gamin qui montre son plus beau dessin à la maîtresse.

— Viens, entre.

Il lui tendit la main et ils prirent une allée dans le jardin qui menait vers l'entrée principale. Une fois qu'ils furent entrés, Jenna découvrit un grand hall, puis elle fit quelques pas dans le séjour. Un long mur vitré donnait sur le lac. Les lumières de l'autre rive se reflétaient sur les flots, comme de minuscules vaguelettes lumineuses. Des baies vitrées ouvraient sur un patio. La terrasse qui entourait la maison était prolongée à une extrémité par une allée de bois qui avançait dans le jardin et parmi les arbres jusqu'à un ponton où se trouvait amarré son bateau. Encore une activité qu'il n'avait plus le loisir de pratiquer…

— Demain je te ferai visiter, proposa-t-il. Il y aura plus de lumière.

Mais pour le moment, je brûle de te toucher.

Drew la suivait du regard tandis qu'elle déambulait dans la pièce. Quelles étaient les règles élémentaires de politesse dans ce cas de figure ?

— Est-ce que je peux te débarrasser de ton manteau ? demanda-t-il en ouvrant un panneau coulissant de l'entrée.

Elle vint jusqu'à lui et fit un quart de tour en retirant son manteau avant de le lui tendre. Il sentit son parfum, soudain. Si doux. Sa peau semblait si fine. Son cou lui donnait envie d'y enfouir son visage.

Il avala sa salive à grand-peine.

— Est-ce que je peux t'offrir quelque chose à boire ? J'ai du whisky, du brandy, je peux ouvrir une bouteille de vin ou te préparer un cocktail. Comme tu préfères.

Elle eut un demi-sourire.

— Je ne préfère pas, murmura-t-elle. Je ne me sens déjà pas tout à fait moi-même.

— Je peux allumer un feu !

— Alors qu'il fait déjà si chaud ?

Ces mots dits sur un ton enjôleur déclenchèrent un véritable incendie en lui.

— Tu n'as pas tort.

— Je crois que je suis trop impatiente pour ce genre d'activités, dit-elle. Cela fait des semaines que tu me tentes.

Il éclata de rire.

— Moi, je te tente ? Alors que je rampe à tes pieds depuis le premier jour ! J'ai tout essayé…

— Ah bon, et qu'est-ce que tu fais, là, à me proposer un verre, un feu… Bientôt tu vas me montrer tes carnets de croquis ou ta collection de papillons !

Elle faisait mine de le provoquer de façon piquante, mais d'une certaine manière elle le maintenait un peu à distance. Il la devinait tendue.

La première étape serait de l'aider à se détendre. Très, très progressivement.

Il ne répondit pas mais se plaça juste derrière elle et embrassa son épaule avant de remonter le long de son cou. Sans un mot, juste ses lèvres qui remontaient le long de sa peau. Une longue caresse et parfois la pointe de ses dents qui venait effleurer son cou. Un baiser un peu plus insistant. Ses cheveux étaient si doux et sentaient si bon. Sa peau était chaude.

Elle inclina la tête, lui offrant libre accès à son cou.

Il accepta l'offrande avec délice. Il aurait pu faire cela des heures. Des baisers fiévreux, puis plus calmes. Explorer sa gorge, ses épaules. L'aider à se détendre et à lâcher prise.

Lorsqu'il l'enlaça par-derrière, il sentit son souffle s'accélérer. Il plaça une main sur son abdomen, la paume séparée de son ventre par une fine couche de mousseline. Il aima le frisson de son corps, le son étranglé dans sa gorge lorsque sa main remonta doucement jusqu'à sa cage thoracique. Le poids de ses seins. La douceur de la peau de son décolleté. Son pouls rapide.

Jenna posa une main sur la sienne. Pas pour l'arrêter, mais pour le suivre. Elle pressait sa paume contre sa peau. Il pencha la tête et embrassa son épaule puis, du menton, il fit glisser l'attache de sa robe vers son bras. D'un côté. Puis de l'autre. Il avançait lentement, mais sûrement.

Il sentait son membre palpiter, plaqué contre les fesses de Jenna qui bougeait doucement comme pour en accueillir la caresse et l'inviter à poursuivre.

Il lui devenait de plus en plus difficile de prendre son temps. Ses mains tremblaient de désir, mais il essayait de tenir bon. Il trouva une épingle à cheveux emmêlée dans une de ses boucles et la retira patiemment avant de défaire une à une chacune des épingles, libérant un halo de mèches folles autour de son visage.

— C'est comme ça que je les préfère, dit-il. Libres et indomptées.

— Moi je vais devenir de plus en plus sauvage à ce rythme. Tes baisers me rendent folle.

— C'est bien ce que j'espère : te faire tourner la tête.

— Moi aussi je voudrais te faire cet effet-là.

— Tu n'as pas franchement à t'inquiéter, c'est ce que je ressens depuis ton premier baiser dans l'ascenseur.

Elle planta ses yeux dans les siens. Les nuances de couleurs de ses iris l'hypnotisaient. Drew se redressa et fit glisser le haut de sa robe jusqu'en dessous de ses hanches.

Elle remua la tête pour chasser les mèches de son visage, soutenant son regard avec une note de défi dans les yeux tandis qu'elle passait les mains dans son dos pour détacher son bustier.

Elle le laissa tomber au sol, redressant les épaules. S'offrant totalement à son regard. Ses joues étaient toujours aussi colorées, ses lèvres entrouvertes et son souffle court. Ses mains tremblaient légèrement.

Elle avait des seins magnifiques. Hauts et ronds, avec deux tétons rose framboise qui se dressaient vers lui. Elle avait la chair de poule, mais ne semblait pas avoir froid le moins du monde.

Il se sentait comme un animal affamé, prêt à se jeter sur elle. *Doucement. Doucement.*

Il plaça ses mains sur sa taille et la sentit frémir à son contact tandis qu'il remontait le long de ses flancs avant d'entourer ses seins.

— Tu es spectaculaire.

— Et tu n'en es qu'aux prémices du spectacle..., soupira-t-elle.

— Je ne veux pas me précipiter, dit-il. Cette première fois, nous ne la revivrons jamais, je veux que ce soit un souvenir parfait.

Elle lui renvoya un sourire charmé.

— Vraiment ? Je ne t'imaginais pas si romantique.

— Moi non plus, à vrai dire. Ce genre de pensée ne m'a jamais traversé l'esprit avant toi.

Elle ouvrit de grands yeux.

— Eh bien, murmura-t-elle, je suis honorée d'être à l'origine de cela. Mais d'après ce que je ressens, je ne vois pas comment il pourrait en être autrement. J'ai confiance en toi.

Elle se tourna pour dénouer son nœud papillon, puis poursuivit avec les boutons de sa chemise, glissant au passage une main à l'intérieur pour caresser son torse.

— Juste une chose, reprit-elle, soudain hésitante. Je n'ai pas de préservatifs et…

— J'en ai, dit-il.

— Tant mieux, fit-elle. Mais tant qu'on parle de ça, il faut que tu saches que je me suis fait tester pour à peu près tout ce qui existe à la surface de la planète il y a quelques semaines quand j'ai su que Rupert m'avait trompée. Rien à déclarer.

— Merci d'aborder le sujet. Il se trouve que moi aussi je me suis fait tester et que tout est bon de mon côté aussi.

— Hum, très bien, fit-elle en ouvrant sa chemise. Parce que dans ce cas, j'ai un implant contraceptif, et nous pouvons même envisager de nous passer de latex, si tu veux ?

S'il voulait ? Bien sûr !

— Je n'aurais pas rêvé mieux…

— Et…, reprit-elle en déposant un baiser sur son torse, tu prévois de faire ça ici dans ton entrée ? Non pas que je trouve à y redire, car c'est magnifique, mais…

À cet instant, il la souleva de terre et elle s'agrippa à son cou en poussant un cri.

— Où va-t-on comme ça ?

Il s'engagea dans un long couloir.

— Dans ma chambre si tu es toujours d'accord ?

— Oh oui !

Il poussa la porte du pied. C'était la vue qui était la plus frappante, car la pièce était sobrement meublée, mais deux immenses fenêtres donnaient sur le lac

Washington par-delà les arbres de son immense jardin. Les lueurs de l'extérieur étaient la seule source de clarté dans sa chambre.

Il déposa Jenna sur son grand lit et s'allongea, recouvrant son corps du sien.

Elle lui avait dit qu'elle lui faisait confiance et c'était là le plus merveilleux des cadeaux.

- 16 -

Elle avait l'impression de n'être plus qu'une flamme, et que tout le superflu était parti en fumée. Elle reconnaissait à peine la femme qui enlaçait Drew. Elle se sentait captive et pourtant plus merveilleusement libre que jamais.

Elle aimait la chaleur que dégageait son corps solide sur le sien. La façon dont son torse pressait ses seins. Elle aima aussi lorsqu'il baissa la tête pour embrasser le creux de son cou avant de descendre encore.

Lorsqu'il effleura ses seins des lèvres, elle bascula dans une autre dimension ; agrippant ses cheveux, elle glissa les doigts dans leur masse fournie, pressant ses cuisses l'une contre l'autre en cherchant son souffle. Elle avait envie de l'entourer de ses jambes pour l'attirer tout contre elle, mais le poids de son corps l'en empêchait, la laissant pantelante de désir, ondulant contre son corps au point que le plaisir monta tout seul, jusqu'à atteindre son paroxysme. Des sensations palpitantes infinies la saisirent, lui coupant le souffle et traversant son corps.

Lorsqu'elle rouvrit les yeux, Drew la fixait, son regard brillant.

— C'est un bon début, tu ne crois pas ? C'est si bon de te regarder jouir.

Elle eut envie de rire, mais elle se sentait comme

engourdie. Il dut le sentir car il roula sur le côté pour la laisser respirer plus librement.

— Tu peux enlever ta chemise, que je profite du spectacle complet ? demanda-t-elle lorsqu'elle retrouva son souffle.

Il s'exécuta et retira ses chaussures – et ses chaussettes au passage. Jenna se redressa à son tour pour faire de même, luttant avec les fines attaches de ses escarpins. Mais avec ses doigts qui tremblaient, c'était presque impossible.

Drew s'agenouilla au sol à ses pieds et prit sa cheville.

— Laisse-moi faire.

Elle le regarda défaire l'attache et lui retirer ses chaussures avant de glisser les mains le long de ses jambes, sur ses bas, s'arrêtant en haut de ses cuisses au niveau des dentelles élastiques qui les maintenaient.

— Il faut enlever cette robe, dit-il, mais garde tes bas, je t'en prie !

Elle se leva en se tenant à son épaule et Drew l'aida à faire glisser le fin tissu soyeux par-dessus ses hanches puis jusqu'en haut et la robe retomba finalement en silence au sol. Il soupira en posant la tête sur son ventre.

Son souffle était si chaud, si tendre. Ses lèvres se promenèrent sur sa peau, traçant un sentier de frissons terriblement érogènes.

Elle glissa les doigts dans ses cheveux, caressa ses oreilles puis descendit jusqu'à son visage. Elle aima la sensation de sa barbe râpeuse sous ses doigts.

Drew glissa les pouces dans la dentelle blanche de sa culotte et la fit glisser jusqu'au sol. Elle leva les pieds pour qu'il la retire et retint son souffle lorsqu'il posa les lèvres juste au-dessus de sa claire toison tout en enserrant ses fesses des mains. Elle se sentait totalement offerte, vibrant légèrement, comme une corde pincée.

— Que c'est bon, murmura-t-il en continuant ses baisers.

Elle aurait voulu lui répondre, mais il n'y avait pas de mots. Elle se sentait totalement vulnérable, mise à nu au cœur de sa féminité. Elle ne put que s'agripper à lui en priant pour qu'il poursuive ses caresses.

Il réagit aussitôt en pressant ses lèvres avant de glisser sa langue au creux de son sexe. Il était à la fois audacieux et précautionneux. C'était tout bonnement divin et elle se sentit totalement absorbée par le plaisir qu'il lui procurait. Elle renversa la tête en arrière. Ses jeux successifs d'effleurements, intromissions, aspirations finirent par avoir raison d'elle et un nouvel orgasme l'emporta, fulgurant.

Elle ne se souvenait même pas comment elle s'était couchée sur le lit, mais soudain, voilà que Drew était allongé sur elle et les recouvrait d'une couette épaisse.

— Ça va ? demanda-t-il.

— Mieux que jamais, dit-elle en passant la langue sur ses lèvres. sauf que tu as encore ton pantalon, dit-elle en saisissant la boucle de sa ceinture.

— Oh ! ne t'inquiète pas, dit-il en la défaisant. Cela ne va pas durer !

Une fois qu'il fut dénudé, elle avança la main et saisit son sexe tendu et enfin libéré. Il se dressait fièrement et elle savoura la sensation de son membre dans sa paume. Il lui prit la main et guida son mouvement de bas en haut. C'était si chaud et si sensuel. Elle adorait lui procurer du plaisir ainsi, se délectant de chaque frisson, chaque soupir ou gémissement de sa part.

Au bout d'un moment, il arrêta son geste et s'étendit

tout contre elle. La sensation de leurs peaux nues était délicieuse. Elle avait l'impression d'éprouver cela pour la première fois, et en même temps de retrouver quelqu'un qu'elle aurait connu depuis toujours. Leur connexion semblait intemporelle, inéluctable. Leurs corps, leurs bouches, leurs langues, leurs peaux s'aimantaient.

Ils avaient un tel besoin de se sentir l'un l'autre qu'elle avait l'impression d'un vertige, de ne plus savoir où était le haut ou le bas, où était son centre de gravité. Il était son seul repère. Elle prit conscience de sa présence sur elle à un moment, en raison de son poids sur sa poitrine, qui rendait sa respiration moins aisée. Elle l'entoura finalement de ses jambes et sentit enfin son sexe juste au creux de ses cuisses.

— Prête ? demanda-t-il.

C'était dur de répondre, elle avait du mal à articuler le moindre mot. Elle acquiesça en silence et l'attira contre elle.

Il se redressa légèrement et elle entrevit son sourire alors qu'il se glissait lentement en elle.

— C'est si bon, murmura-t-il en avançant au creux de son corps.

Elle ne pouvait toujours pas parler, mais planta ses ongles dans son dos et soupira doucement. La sensation de complétude la plus totale l'envahit une fois qu'il se trouva tout entier en elle.

Ils se mirent ensemble en mouvement, ondulant en rythme, et progressivement, comme à chaque fois qu'ils étaient ensemble, ils perdirent tout contrôle et s'aimèrent fiévreusement.

Ses va-et-vient la rendaient folle. Ses mains sur elle, sa peau contre la sienne, tout cela était magique et inouï. Elle aurait voulu que cela ne s'arrête jamais.

Elle sentait monter une vague si haute qu'elle ignorait totalement ce qui pouvait se cacher derrière. Elle n'avait jamais rien connu de pareil, elle avait l'impression qu'elle allait se consumer sur place et cela lui était bien égal, elle s'abandonna totalement à la vague.

Drew se releva sur un coude. Il regrettait déjà la sensation d'être en elle, dans la chaleur moite de son corps qui l'avait accueilli. Il espérait qu'il n'avait pas été trop brusque, alors qu'il avait été emporté par l'urgence de son désir.

Il s'étira à côté d'elle, caressant doucement son dos et la maintenant contre lui en retenant son souffle.

Il n'eut pas à attendre longtemps, car elle ouvrait déjà les paupières, avant de le fixer, le regard brumeux et les pupilles dilatées. Le sourire qu'elle lui offrit était rayonnant en revanche, et ne laissait aucun doute.

— Hmm, murmura-t-elle.

Il porta sa main à ses lèvres et l'embrassa tendrement.

— Ça va ? demanda-t-il, anxieux.

— Oh oui… je ne savais même pas qu'une telle chose était possible. Je n'ai jamais ressenti ça, dit-elle avant de froncer les sourcils. Attends, tu t'inquiétais pour moi ?

— Je voulais juste que ce soit parfait.

— « Parfait » n'est pas le mot, dit-elle. « Parfait » implique quelque chose de contrôlé et ce n'est pas ce que j'ai vécu. C'était fou, c'était sauvage. Mais tu le sais, tu y étais !

Il avait maintenant un large sourire aux lèvres.

— Et je suis toujours là, dit-il, et je ne compte aller nulle part.

Il l'embrassa et quelques secondes plus tard le désir

s'emparait à nouveau de lui, impérieux et intact. Mais il était trop tôt, encore, et il roula sur le ventre et se contenta d'effleurer son corps du bout des doigts sous les couvertures.

— Je ne comprends vraiment pas, finit-il par lancer.

— Quoi donc ?

— Ton ex, comment est-ce qu'il a pu regarder quelqu'un d'autre…

Elle eut un petit rire sarcastique.

— Il ne me voyait pas. Il était content d'être le centre de mon attention et que je lui renvoie une image de lui gratifiante, mais cela ne pouvait pas suffire et pour moi c'était épuisant.

— Il travaille dans le même domaine que toi, c'est ça ?

— Oui, il est ingénieur et il a fait partie de l'équipe qui a développé la prothèse de Cherise. Mais c'est déjà du passé pour moi. Je ne suis plus autant en colère, même si ma fierté en a pris un coup. Finalement, c'était un mal pour un bien.

— Et moi je suis heureux.

— Heureux de quoi ? demanda-t-elle en se blottissant contre lui.

Il s'ajusta pour se placer juste entre ses cuisses et elle soupira en le sentant.

— Je suis heureux que tu ne sois plus liée à lui parce que je ne voudrais pas te partager, dit-il en basculant sur le dos.

— Hmm, fit-elle en se redressant, les mains sur son torse, jusqu'à ce qu'elle puisse l'enfourcher.

Sans le quitter du regard, elle redressa les épaules et prit en main son membre tendu. Son autre main était toujours sur sa poitrine.

— Je sens ton cœur battre, dans mes deux mains.

Drew la saisit par les hanches, la soulevant pour se placer sous son corps. Elle s'ajusta doucement, ondulant lentement avant de le faire glisser en elle dans un gémissement de plaisir.

Ensemble, ils trouvèrent le rythme parfait, à tel point qu'il aurait pu jouir en elle aussitôt, mais il voulait attendre et faire durer ces instants magiques. Il la guida, ses mains sur ses hanches. À chaque fois qu'elle redescendait sur lui, elle poussait un gémissement rauque.

Puis elle accéléra le rythme, renversant la tête en arrière dans un cri de plaisir alors que lui aussi perdait pied, emporté par le même climax irrépressible.

Il eut l'impression d'une déferlante qui s'abattait sur lui. Incontrôlable.

De longues minutes passèrent dans le silence entrecoupé de leurs respirations pantelantes.

— Je savais que ce serait bon, murmura-t-elle. Mais je n'imaginais pas que ce serait à ce point. Mon imagination n'allait pas aussi loin.

— J'aurais pu dire la même chose.

Elle se redressa alors en riant.

— Je t'en prie, pas à moi, je me doute qu'avec toutes les aventures que tu as connues…

— Comment ça ?

— Je veux dire qu'avec toutes les femmes sublimes que tu as séduites…

— Et alors ? coupa-t-il. Je ne vois pas le rapport. Que j'aie connu des femmes n'implique pas que les relations ou le sexe aient été satisfaisants pour autant. Je suis quelqu'un qui a du mal à s'ouvrir ou à parler de ses émotions. Pourtant avec toi, c'est différent.

Jenna le regardait attentivement et c'était comme si

elle essayait de lire en lui. Il se sentait comme sous le feu des projecteurs pour un casting. Testé.

— Je n'ai jamais rien ressenti de tel, dit-il. Jamais. Avec personne. Je ne dis pas ça en l'air pour t'amadouer. Je te parle à cœur ouvert.

Jenna prit son visage entre ses mains, l'effleurant du bout des doigts. Elle sourit doucement et hocha la tête.

— D'accord, murmura-t-elle. Je te crois.

Il eut l'impression d'une libération physique en lui-même. Comme une chaîne arrachée. Il la serra et elle l'embrassa.

Comme si plus rien ne les retenait dorénavant.

- 17 -

Jenna émergea lentement, un peu désorientée. Elle se sentait incroyablement bien. Elle ouvrit les yeux et découvrit le lever du soleil sur le lac. Drew était derrière elle, un bras autour de son épaule et l'autre sous son oreiller.

Elle détailla son bras musclé. Elle n'arrivait pas à croire que tout cela était bien réel.

La chambre de Drew était magnifique dans les lumières matinales qui se reflétaient sur les lattes du parquet. Depuis sa fenêtre, le lac semblait être encadré par la végétation, les arbres et les massifs savamment répartis dans son jardin. Une légère brume s'élevait des eaux, formant des arabesques de fumée, tout était calme et harmonieux.

Leurs vêtements retirés à la hâte jonchaient le sol autour du lit. Elle repéra une de ses chaussures et sa robe en boule sur le sol. Sacrifiée pour la bonne cause !

Elle n'arrivait pas à croire qu'elle était là, nue, dans le lit de Drew Maddox.

Cette nuit avait été une véritable révélation pour elle. Quelque temps plus tôt, au terme d'une nouvelle déception, elle était arrivée à la conclusion que le sexe n'était pas une priorité pour elle. Elle avait du mal à comprendre qu'on puisse perdre la tête pour une activité plaisante, certes, mais loin d'être aussi incroyable qu'on voulait bien le dire. Elle n'était pas fascinée par la passion, l'amour avec un grand A et tout le tremblement qu'on vous vendait à longueur de films ou de chansons.

Et là, tout à coup, elle comprenait. Les paroles de la chanson de Roddy lui revinrent. *Mon cœur assoiffé en vain te cherche, mais il me suffirait de la lumière de tes yeux*. Son regard s'embua.

Non, impossible de se mettre déjà dans cet état ! Cela allait trop vite. Il fallait qu'elle arrive à garder la tête froide. Elle était touchée par les mots de Drew, par la connexion spéciale qu'il ressentait entre eux et elle comptait bien savourer chaque instant avec lui, mais elle ne devait pas s'engager dans cette relation à corps perdu. Sur la pointe des pieds, ce serait beaucoup plus prudent. Et les yeux grands ouverts.

Elle jeta un coup d'œil à son réveil. Elle avait dormi avec ses lentilles et ses yeux la brûlaient ce matin. Elle se rappela qu'elle avait rendez-vous pour déjeuner avec Beverly et des amies à elle de la Fondation Bricker. Elle avait à peine le temps de s'organiser.

Elle se glissa hors du lit, déplaçant délicatement le bras de Drew en tâchant de ne pas le réveiller et réunissant ses vêtements avant de se rendre dans la salle de bains.

Elle y trouva un certain désordre qu'ils avaient laissé cette nuit lorsqu'elle avait voulu prendre une douche rapide et que Drew l'avait rejointe pour un interlude des plus érotiques. Le simple souvenir de leurs ébats lui fit monter le rouge aux joues.

Elle se doucha rapidement et s'habilla avec ce qu'elle avait. Ses bas devaient s'être perdus quelque part dans le lit. Ses épingles à cheveux étaient par terre dans l'entrée et son bustier avait disparu en cours de route. Elle enfila sa robe froissée sur ses seins nus, espérant ne croiser personne ce matin le temps de se changer. C'était la première fois qu'elle rentrait chez elle dans sa tenue de la veille après avoir inopinément découché. Mieux valait tard que jamais…

Un coup d'œil dans le miroir lui confirma que son maquillage était résistant à l'eau, mais il n'avait pas apprécié les frottements divers. Elle trouva un lait hydratant appartenant à Drew et réussit à limiter les dégâts, même si rien ne parviendrait à lui enlever cet air ravi et béat du visage.

Et cette lueur d'espoir craintif dans le regard.

Lorsqu'elle revint dans la chambre, Drew dormait toujours, le drap enroulé autour de sa taille. Elle remarqua les cicatrices en bas de son dos, qu'elle n'avait pas pu voir la veille. La cicatrice en étoile de la balle et les lignes fines et droites des interventions chirurgicales ensuite. Elle serra les dents en imaginant sa douleur.

Elle avait besoin d'un taxi pour rentrer chez elle et il lui fallait remettre la main sur sa pochette qui contenait son téléphone. Elle la trouva dans le séjour, sur la table, ramassant au passage quelques épingles. Il lui fallait maintenant l'adresse de Drew pour pouvoir appeler son taxi. Elle regarda autour d'elle et repéra un magazine avec une étiquette postale dessus qui lui permit de réserver une voiture. Elle s'apprêtait à mettre ses chaussures lorsqu'elle l'entendit.

— Jenna ?

— Je suis là ! répondit-elle en se dirigeant vers la chambre.

Il était assis dans le lit, toujours drapé dans les couvertures au niveau de la taille, ce qui était préférable, car elle n'avait pas le temps d'être soumise une nouvelle fois à la tentation ce matin.

Mais bon sang, qu'il était beau !

— Tu pars déjà ? dit-il en la découvrant habillée.

— Oui, je suis désolée mais je dois y aller, répondit-elle l'air contrit. J'ai des rendez-vous…

— Tu ne peux pas les décaler ? Tu dis que tu es malade et on reste au lit toute la journée ! Je ne suis pas un chef, mais je peux te proposer des œufs au bacon avec quelques toasts dont tu me diras des nouvelles.

C'était terriblement tentant. Elle était en train de lutter avec les attaches de ses chaussures avec l'envie folle de les envoyer valser pour rester avec lui, pourtant elle s'excusa une fois encore.

— J'aimerais tellement, mais je ne peux pas, vraiment.

— Alors je vais te raccompagner, le temps de m'habiller.

— Non non, j'ai un taxi qui arrive !

Il fronça légèrement les sourcils.

— Tu n'es pas en train d'avoir des regrets ou de paniquer ? demanda-t-il.

— Mais non, dit-elle en se penchant pour l'embrasser langoureusement. Ce n'est pas contre toi, j'ai passé une nuit merveilleuse !

— Alors retrouvons-nous pour déjeuner après tes rendez-vous ?

— Mon rendez-vous est un déjeuner, hélas ! Je retrouve Bev et quelques amies à elle de la Fondation Bricker. D'ailleurs certaines d'entre elles étaient sans doute présentes hier soir dans le petit salon lorsque je me suis retrouvée en bustier sur tes genoux… Il faut donc vite que j'aille me rafraîchir et me changer, faute de pouvoir me racheter une dignité ! En prime, j'ai besoin de retirer mes lentilles de contact d'urgence.

Il sourit.

— J'aime bien quand tu portes tes lunettes.

Elle l'embrassa encore.

— Tant mieux !

— Pour dîner, alors ?

Elle flottait sur un petit nuage et ne pouvait contrôler le sourire qui lui montait aux lèvres.

— Va pour le dîner, dit-elle. Tu m'envoies un SMS pour les détails ?

— C'est ce que je ferai, dit-il. Tous les détails, d'ailleurs, si tu veux.

Ce faisant, il souleva la couverture pour lui montrer son sexe dressé dans toute sa splendeur.

Elle sourit et se mordit la lèvre.

— Ne rends pas les choses plus dures encore, dit-elle.

— Ah ça, c'est le mot, plaisanta-t-il en l'attirant vers lui pour un baiser.

Elle eut à peine le temps de s'en rendre compte qu'elle se retrouvait allongée de tout son long contre lui, folle de désir. Comment faisait-il pour qu'en un instant elle se retrouve prête à arracher tous ses vêtements pour lui sauter dessus ?

— Tu exagères ! finit-elle par articuler en se redressant.

— Ce n'est pas ma faute, comment veux-tu que je pense à autre chose quand tu me fais ce genre d'effet ?

— Mon taxi doit m'attendre, alors je vais filer ! Peut-être pourra-t-on reprendre après le dîner, si tu es toujours dans les mêmes dispositions et que tu te comportes bien ?

— Tu es si cruelle ! Mais je vais être un gentil garçon, promis !

Le taxi l'attendait dans l'allée et à la tête du chauffeur, elle devina qu'il devait l'attendre depuis un moment. Elle s'installa et sortit son téléphone qui bipait depuis un moment.

Tu me manques déjà.

Hâte de te retrouver ce soir…

Cette nuit est passée bien trop vite !

Elle eut presque envie de dire au chauffeur de faire demi-tour, mais elle se rappela qu'elle devait y aller doucement.

C'était une nuit merveilleuse.

Elle hésita à rajouter un émoji, mais que choisir ? Un sourire, un bisou, un petit cœur ? En voyant défiler les fruits et les légumes, elle rougit et décida de ne rien ajouter.

Restons calme !

Il y a ton odeur sur mon oreiller.

Il allait vraiment finir par la tuer ! Elle retourna sur le menu des émoticônes et lui envoya une simple fleur.

Garder le contrôle.

Et voilà pourtant qu'elle attendait sa réponse avec une impatience ridicule.

Lointaine et mystérieuse, comme toujours…

Elle éclata de rire et le chauffeur leva les yeux vers son rétroviseur pour la regarder.

C'est sûr ! Tout à fait moi !

Pour la peine elle rajouta trois émojis flammes et un baiser au rouge à lèvres.

Je vais courir un peu pour chasser l'impatience. Je t'écris plus tard.

Elle donnerait cher pour le voir courir. Elle l'imaginait en short peut-être et tout en sueur, les joues rouges…

Bonne idée !

Comment avait-il encore de l'énergie à revendre après lui avoir fait l'amour toute la nuit ? Pourtant, à bien y réfléchir, elle se sentait elle aussi pleine de vie, assez impatiente et incapable de tenir en place. Si elle avait été chez elle, elle aurait mis la musique à fond et dansé dans son salon.

Une fois rentrée, sans avoir croisé qui que ce soit de sa connaissance à son grand soulagement, elle fut accueillie très fraîchement par Smudge, son chat n'appréciant que moyennement son absence. Elle s'empressa de le nourrir et mit son téléphone à charger.

Dans sa chambre, elle choisit un tailleur bordeaux avec une jupe très années 1960 qui lui donnait un faux air d'Audrey Hepburn.

Elle avait fini de se maquiller lorsqu'elle entendit son téléphone biper à nouveau. Encore Drew ?

Non, cette fois, c'était Ava. Elle avait deux appels en absence et tout un tas de messages qu'elle n'avait pas entendus.

Où es-tu ? ? ?

On ne devait pas se retrouver chez Ruby pour préparer le rdv Bricker ?

Allez, Jenna, j'ai plein de choses à te dire et une journée super chargée ! !

Oh zut ! Elle avait demandé à Ava de la retrouver avant son déjeuner avec Beverly, mais cela lui avait complètement échappé entre-temps.

Désolée, suis en route, attends-moi !

Un smiley contrarié apparut en guise de réponse.

Je te commande un croissant…

Elle sourit et saisit ses clés de voiture avant de sortir précipitamment.

Par chance elle n'eut pas de mal à se garer et poussa la porte du Ruby, les joues rouges d'avoir pressé le pas. Ava était assise à sa place habituelle, occupée à lire quelque chose sur son ordinateur portable. Elle leva les yeux lorsque Jenna s'approcha et lui pointa une tasse du doigt.

— Un triple latte vanille, dit-elle. Je suis vraiment trop gentille…

— Merci, fit Jenna en s'asseyant à côté d'elle.

— Avant que l'on aborde les sujets importants, une petite question : où étais-tu cette nuit ? Je suis passée chez toi ce matin et il n'y avait personne !

Jenna s'étouffa et faillit recracher son café. Elle était incapable d'articuler le moindre mot, incapable d'inventer un pieux mensonge, incapable d'affronter le regard d'Ava.

— Je n'arrive pas à croire que vous ayez fait ça ! lança cette dernière en terminant son croissant.

Jenna pressa le dos de ses mains sur ses joues brûlantes et n'essaya même pas de démentir.

— Tu es surprise après ce qui s'est passé hier soir, au banquet ?

— J'avais encore l'espoir que vous soyez en train de…

— Jouer la comédie ? termina Jenna. Tu m'imagines vraiment me retrouver à demi dévêtue devant tout le bureau et ton oncle pour booster ma visibilité ? Je ne suis ni assez dévergondée, ni assez intéressée pour faire cela.

— Ce n'est pas ce que je voulais dire, mais alors Drew et toi, vous êtes ensemble, maintenant ?

La voix de son amie trahissait un mélange d'incrédulité et d'inquiétude. Et ces deux réactions la froissaient.

— Cela te semble improbable à ce point ?

Ava ne prit pas même la peine de répondre à sa question.

— Depuis quand est-ce que cela couvait entre vous ?

— J'imagine que c'était présent depuis le début, mais c'est hier que nous avons…

— Sauté le pas, je vois.

Un silence s'étira. La mine préoccupée d'Ava rendait Jenna folle.

— Arrête de faire cette tête ! Bon sang, est-ce que c'est si terrible que ça ?

— Non, ce n'est pas ça. Je t'adore et tu le sais, c'est juste que… Enfin, c'est juste…

Jenna en avait assez entendu.

— … Que tu ne penses pas qu'il puisse s'intéresser à moi très longtemps ? termina-t-elle froidement. Je ne fais pas le poids à côté de ses top-modèles habituels ?

Ava souffla avec dédain.

— Mais pas du tout ! Ses aventures de passage n'avaient aucune valeur à ses yeux. Il choisissait des femmes belles et disponibles, c'est tout. Mais c'est surtout quelqu'un qui n'a jamais voulu s'attacher vraiment, d'où ma surprise.

— Tu penses que nous ne sommes pas crédibles comme couple, en fait ? Crédibles pour le bureau de Maddox Hill, lorsque nous faisons semblant, mais pas pour former un vrai couple.

— Ne te mets pas dans tous tes états. Lorsque j'ai proposé ce scénario, je n'aurais jamais imaginé…

— … Qu'il pourrait s'intéresser à quelqu'un comme moi !

— Arrête de finir mes phrases ! Je n'ai pas imaginé

que cela pourrait avoir ce genre de conséquences. Je ne voulais aucunement t'exposer à une déception ou une blessure et j'ai l'impression d'avoir failli. Cela me fait peur.

Dans ce cas, elles étaient deux. Jenna se leva.

— Merci pour ta confiance, mais si tu veux bien m'excuser, j'ai une grosse journée.

— Jenna, attends ! Il faut qu'on parle de l'interview avec Drew demain.

— Non, trancha Jenna. Annule-la. Annule tout. Tu n'as qu'à dire que je suis malade ou ce que tu veux, je ne peux plus gérer tout cela. J'en ai assez de jouer la comédie. Je te remercie pour tout ce que tu as fait, tu es vraiment douée dans ta partie, mais le prix à payer est trop élevé… J'arrête.

— Jenna, une dernière chose, s'il te plaît, implora Ava.

Son amie ne lui avait jamais parlé de façon aussi solennelle.

— Oui ?

— Je t'en prie, fais attention à toi.

Ces derniers mots lui firent encore plus de peine. Elle avait passé des semaines à se répéter que jamais Drew ne pourrait s'intéresser à elle et elle se rendait compte que le monde entier pensait la même chose. Et Ava en première ligne.

Elle pressa le pas jusqu'à sa voiture. Son téléphone bipa plusieurs fois. Des messages de Drew qui répondait à une photo qu'elle lui avait envoyée, où son chat boudait ostensiblement.

Ton chat est tout à fait dans mes couleurs. Il serait du plus bel effet dans mon séjour.

Ou peut-être devrais-je dire que mon séjour serait du plus bel effet autour de ton chat.

Les larmes lui montèrent aux yeux.

Les vannes étaient ouvertes. Trop d'émotions se mêlaient en elle et voilà que sa petite remarque ouvrait la porte à la possibilité de construire quelque chose. Il venait de l'autoriser à rêver au bonheur avec lui…

Comment était-elle censée faire attention à elle lorsqu'il disait ce genre de choses ?

- 18 -

La réunion sur le projet d'Abou Dhabi s'étira une bonne heure de plus, mais Drew était de trop bonne humeur pour en être contrarié. Et s'il n'avait finalement pas besoin de démissionner ?

Il sentait un tel espoir l'envahir tout à coup. Lui qui éteignait toujours son téléphone pendant le travail l'avait laissé sur vibreur pour continuer à recevoir les messages de Jenna. Chacune des vibrations était comme une onde sensuelle qui le parcourait et l'emplissait de joie, malgré le regard glacé de son cousin juste en face de lui.

Il faudrait bien qu'il fasse quelque chose contre la haine silencieuse que semblait lui vouer Harold, mais pour le moment, cela lui était parfaitement égal. Il avait mieux à penser.

À peine sorti de la réunion, il sortit son téléphone, mais fut interrompu par Harold.

— Tiens, tu sembles de bien bonne humeur, aujourd'hui, lança-t-il.

Drew leva un regard excédé vers lui.

— Pourquoi ne devrais-je pas l'être ?

— J'imaginais qu'après ce qui s'est passé hier, tu serais un peu moins guilleret. Pas de gueule de bois ?

— Je n'ai rien bu, hier.

— Ah vraiment ? C'est l'avantage d'avoir mieux à

faire, t'envoyer en l'air avec Jenna. Mais je ne peux pas t'en vouloir, elle est tellement sexy…

Drew s'obligea à respirer plusieurs fois avant de répondre :

— Ne prononce plus jamais son prénom, ne t'approche pas d'elle ou tu vas avoir de gros problèmes.

— Ah oui, l'ex-marine va m'arranger le portrait, c'est ça ?

— Si c'est la seule chose que tu comprends…

— Les gars, on se calme, interrompit Ava qui arrivait derrière eux. Harold, je ne sais pas quel est ton problème, mais j'ai besoin de parler à Drew en tête à tête. Merci.

Harold souffla avec dédain et s'éloigna.

— Merci, il va finir par me rendre fou, dit Drew. Qu'est-ce qu'il y a ?

— Allons parler dans ton bureau, si tu veux bien, fit-elle en ouvrant la porte.

Il devina aussitôt de quoi il allait retourner.

— Qu'est-ce que tu as en tête à la fin ? lança-t-elle une fois qu'ils furent seuls.

— Je suppose que tu parles de Jenna ? Je ne vois pas où est le problème, Ava, c'est une grande fille, tu sais !

— Mais elle ne ressemble pas à tes fréquentations habituelles, les clones de Lydia…

— Pitié, tout sauf elle.

— Tu comprends très bien où je veux en venir. À quoi est-ce que tu joues avec Jenna ? C'est ma meilleure amie, au cas où tu l'aurais oublié.

— Bon, ça suffit, Ava !

— Non, ça ne suffit pas, je tiens à elle. C'est la personne la plus sincère, la plus gentille et désintéressée que je connaisse et pas un jouet dont tu peux te débarrasser quand il ne t'amuse plus.

— Qu'est-ce qui te fait penser que je joue ?

Elle se mit à rire avec amertume.

— Je ne sais pas, peut-être le fait que je te connais ? Tu te fatigues vite et tu n'es pas des plus délicats quand il s'agit de rompre, j'ai quelques antécédents à te citer si besoin. Mais je t'interdis de faire de même avec Jenna.

— Et si c'était différent, cette fois-ci ? suggéra-t-il.

— Tu es sérieux ? Remarque, mieux vaut tard que jamais !

Il se détourna et fixa la vue par la fenêtre.

— Pourquoi est-ce que je ne serais pas capable moi aussi de me rendre compte des qualités de Jenna ?

Ava soupira.

— Je ne sais pas. Je n'ai pas pensé à tout ça, c'est juste que je ne vous ai jamais imaginés ensemble parce que tu…

— Tu penses que je ne la mérite pas, termina Drew.

Ava fit non de la tête.

— Ce n'est pas ce que j'ai dit.

Mais sa voix était trop incertaine pour qu'il se laisse convaincre.

Un silence pesant s'installa.

— Bon sang, Drew, la seule chose que je te demande c'est de ne pas la manipuler, d'accord ? Je ne veux pas être responsable de cela. Je ne voudrais pas qu'elle ait à souffrir par ma faute.

Il fit quelques pas jusqu'à la porte qu'il ouvrit.

— Laisse-moi seul, je te prie.

Ava quitta son bureau, redressant le menton et serrant les mâchoires.

Drew referma la porte. Il se demandait si Jenna pensait la même chose de lui. Le monde entier semblait le juger et l'avait déjà condamné.

Ava et le reste du monde pouvaient bien aller au diable, il était capable de faire quelque chose de cette histoire. Il pouvait devenir un homme meilleur pour elle. Il le lui prouverait, même s'il fallait que cela prenne des années et peut-être toute une vie.

C'était la première fois qu'il imaginait une femme à ses côtés de façon durable.

La chanson de Roddy résonna dans sa mémoire, lui rappelant leur baiser inoubliable.

Il avait trouvé ce qu'il cherchait. Et c'était elle.

Restait à s'assurer que c'était bien lui qu'elle attendait en retour.

— Ma chère Jenna, assez parlé travail, il est temps de nous raconter un peu ce que tu prévois pour ton mariage, nous voulons tout savoir !

Jenna sourit à Beverly et ses amies de la fondation et inspira profondément.

— Nous n'avons pas encore tout arrêté, tenta-t-elle.

— Justement, nous pouvons certainement vous conseiller, suggéra Jayne Braithwaite.

— Quelle surprise ce fut d'apprendre que Drew allait finalement se marier, confia Margot Kristoff.

— Hendrick lui ressemblait un peu, lorsque je l'ai connu, dit Beverly, l'air nostalgique.

— Avec le Prix Wexler qui va avoir lieu dans quelques semaines, je serais vous, je commencerais tout de suite à écrire un petit discours et j'achèterais une robe adaptée à une demande formelle, reprit Jayne.

— Oh ! rien n'est décidé à ce point, je vous assure, dit Jenna. Et puis je ne suis pas certaine du tout d'obtenir le prix !

— Moi j'en suis certaine, on ne parle que de toi et de ta fondation, ma chérie. Tout le monde veut investir, souligna Beverly.

Jenna se sentit coupable d'avoir été si cassante avec Ava qui avait effectivement rempli sa mission au-delà de toute attente.

— C'est Ava qui a tout fait, elle est si douée, insista Jenna.

— C'est vrai, mais sans ta compétence, cela n'aurait servi à rien, elle n'a fait que braquer les spots sur toi, insista Beverly.

Jenna rougit.

— Alors est-ce que vous avez au moins fixé une date ? demanda Helen.

— Non, pas encore, vous allez trop vite décidément, mesdames.

— Par ici, la meilleure saison pour un mariage, c'est entre mai et septembre, dit Gayle. À moins d'avoir une salle.

— Mon beau-frère a un magnifique gîte appelé Paradise Point, sur la côte, ajouta Margot. Avec les falaises et les plages et même un phare à proximité. C'est Drew qui a dessiné les plans, en prime.

— Ah, je l'ignorais.

Margot brandit son portable et fit défiler une série de clichés pris lors d'un précédent mariage. Impossible d'échapper aux autres photos que chacune s'empressait de lui soumettre. Une robe magnifique, des compositions florales, des jeunes mariés émus aux larmes.

Tout cela était trop d'un coup pour Jenna qui s'efforçait pourtant de répondre un mot gentil à chacune d'entre elles. Soudain, l'émotion l'envahit. Elle plongea la main dans son sac en quête d'un mouchoir en papier, mais

Margot réagit la première et lui en tendit un. Toutes les femmes se penchèrent vers elle dans un murmure de consternation.

Beverly lui saisit la main.

— Ma chérie, est-ce que tout va bien ?

— Oui, oui, je vais bien, ces photos sont magnifiques, mais je suis un peu émotive dernièrement et un rien me fait pleurer.

— Tu es sûre que ça va, insista Beverly en lui pressant la main.

Jenna s'essuya sous les yeux.

— Oui, je vous assure. Je crois que j'ai toujours un peu peur que mon bonheur s'évanouisse du jour au lendemain. Excusez-moi.

— Nous savons toutes ce que tu ressens. Lorsqu'on aime quelqu'un, on se sent tellement vulnérable.

Jenna sourit à Beverly en lui pressant l'épaule. Voir les sourires de ces femmes lui serra le cœur. Elle avait tellement envie que cette relation soit réelle, mais elle avait bien du mal à y croire encore.

Trop tôt, trop vite. Elle savait que c'était la recette du désastre.

- 19 -

— Est-ce que tu peux m'aider avec la fermeture ?

Drew finit de boutonner sa chemise et se plaça derrière Jenna. Il les voyait dans le grand miroir qu'il avait acheté deux semaines plus tôt lorsqu'elle était venue s'installer chez lui.

Il l'admira quelques instants. Elle portait une robe de soirée en taffetas bleu nuit dont le haut près du corps s'attachait dans le dos. Le jupon était volumineux et froufroutant à souhait.

La coupe en dos nu découvrait la ligne fine de sa colonne vertébrale, sa nuque élancée et ses épaules déliées. Elle avait une peau superbe. Quant à son décolleté, il lui suffisait d'y jeter un coup d'œil pour que l'envie s'empare de lui.

Il posa les mains sur sa taille et remonta doucement le long de ses flancs avant d'entourer ses seins.

— Que tu es belle, murmura-t-il d'une voix sensuelle.

Elle battit des cils en le regardant.

— Peut-être, mais on ne peut pas se permettre d'être en retard, je te préviens !

Sa voix avait ce petit souffle qu'il lui connaissait lorsque la tentation faisait effet.

— Oh ! ils nous attendront, dit-il en déposant un baiser sur sa nuque.

Elle frissonna.

— Non, ne fais pas ça, je viens de me maquiller !

— Mais tu ne le regretteras pas, suggéra-t-il.

— Inutile d'insister, tu devras attendre ! répliqua-t-elle. Et moi aussi…

Il s'inclina, mais prit son temps pour ajuster les petites attaches qui fermaient sa robe, savourant au passage la courbe de son dos.

Il aimait le tour qu'avait pris sa vie ces derniers temps. Tellement que cela l'effrayait.

Ava avait allégé leur planning de relations publiques ces dernières semaines, ce qui faisait que Jenna et lui avaient eu un peu plus de temps tous les deux. Cela se passait tellement bien entre eux qu'elle avait progressivement passé de plus en plus de temps chez lui, jusqu'à revenir avec son chat.

Smudge semblait encore envisager Drew avec circonspection, en revanche ! Mais c'était là le seul bémol à l'installation de Jenna.

Elle ajusta son décolleté en faisant pigeonner sa poitrine. Drew commençait déjà à avoir un peu chaud.

— Tu es absolument sublime, dit-il.

Il n'arrivait pas à la quitter du regard. Le bleu profond du tissu donnait l'impression que sa peau rayonnait de l'intérieur. La coupe de sa robe soulignait sa silhouette admirablement. Ses escarpins de satin bleu étaient fins et délicats et dessinaient sa cheville avec grâce.

— Quelles lunettes tu vas mettre ? Les bleues ?

— Plutôt mes lentilles, c'est une grande occasion tout de même, le Prix Wexler…

— Tu sais que tu es ravissante avec tes lunettes ! Mais en tous les cas, quoi que tu choisisses, cette robe te va à ravir.

— Merci, je continue à penser que mon autre robe aurait été suffisante, tu sais.

— Je voulais t'offrir cette robe pour l'assortir avec quelque chose que j'ai trouvé pour toi.

Elle fronça les sourcils.

— Drew, on a déjà parlé de ça, tu sais.

— Oui oui, je sais, tu ne veux pas passer pour une femme vénale et tu ne veux plus de cadeaux dispendieux, c'est bien compris.

— Dans ce cas, de quoi s'agit-il ?

Il sortit de sa poche un pendentif en saphir entouré de diamants. Il le passa autour de son cou et la pierre se plaça naturellement au creux de sa gorge.

— Oh mon Dieu, Drew, je ne peux pas l'accepter.

— Je l'ai acheté il y a quelques semaines, je me suis dit qu'il irait si bien avec la bague. C'était la raison de mon insistance pour le bleu, même si les autres robes t'allaient aussi très bien.

— Mais on avait dit…

— Il faut parfois pouvoir briser les règles et prendre des risques si l'on ne veut pas s'enfermer dans une zone de confort trop monotone. Et puis je pense que nous sommes prêts.

— Prêts pour quoi ?

— Pour passer à l'étape suivante.

Ils se fixèrent en silence et l'air entre eux sembla se remplir de tous les possibles.

Il lui prit la main et l'embrassa jusqu'à sentir qu'elle vibrait autant que lui. Il aimait tellement cette sensation.

Elle baissa les yeux.

— Ce n'est peut-être pas le moment d'avoir ce genre de conversation, dit-elle. Est-ce qu'on pourrait la garder pour plus tard ? Après la soirée ?

Il soupira. Il était tellement impatient de connaître sa réponse.

— Mais tu porteras mon collier ? demanda-t-il.

— Tu parviens toujours à tes fins, n'est-ce pas ?

— Toujours !

— C'est d'accord pour cette fois ! dit-elle avant de partir chercher son sac à main de soirée.

Drew chercha du regard sa veste de costume et finit par la retrouver sur son lit, avec Smudge installé dessus dans un profond sommeil.

Drew se pencha pour récupérer son vêtement.

— Eh, le chat, j'ai besoin de ma veste !

Smudge se réveilla et s'étira de tout son long sur la veste avant de planter tranquillement ses griffes dans le tissu noir en le fixant de son regard doré.

Drew soupira, saisit le chat et le déposa au sol. Ce dernier souffla et miaula de mécontentement avant de quitter la pièce, l'air outré.

Sa veste était chaude, froissée et constellée de longs poils gris. Drew saisit la brosse à poils de chat qui était depuis peu toujours à portée de main dans son dressing et la passa soigneusement sur son costume.

Si ça n'était pas déjà l'étape suivante, il n'y connaissait rien.

Jenna eut l'impression d'être en pilote automatique pendant toute la première partie de la soirée tant elle avait croisé et salué de gens. À tel point qu'elle ne savait bientôt plus qui elle avait vu ou de quoi elle avait bien pu parler à chacun. Machinalement, sa main revenait se poser sur son pendentif et lorsqu'elle le sentait sous ses doigts, lui prenait l'envie de danser de joie.

Qu'entendait-il par « étape suivante » ? À part ce qu'elle s'était aussitôt imaginé et qui semblait plutôt évident... Mais elle n'osait le formuler tant elle craignait d'avoir mal compris ou projeté des désirs déconnectés des véritables intentions de Drew ? Elle était raide amoureuse et Drew semblait lui aménager chaque jour un peu plus de place dans sa vie.

C'était si plaisant... Elle dormait chez lui, leurs matinées du week-end étaient une succession ininterrompue de câlins torrides et de tasses de café au lit qui se concluait par un brunch délicieux. Le soir, ils cuisinaient ensemble puis s'enlaçaient sur le canapé ou sur sa terrasse avec vue sur le lac en sirotant un verre de brandy sous un plaid en cachemire. Il lui avait aménagé un bureau dans la maison pour qu'elle puisse travailler les week-ends et avait installé une chatière pour Smudge. Il lui avait même dessiné les plans d'un immense dressing, comme si elle avait le genre de garde-robe qui pouvait le remplir...

Mais il fallait dire que Drew s'y employait. Avec cette robe, par exemple. Elle était magnifique, mais elle ne comprenait pas le sens de ses cadeaux multiples et si précieux. La robe bleue pour aller avec le pendentif en saphir, lui-même assorti à la bague de sa mère.

Était-ce sa façon à lui de lui faire entrevoir « l'étape suivante » ?

À un moment, elle fut kidnappée par les amies de Beverly qui, toutes, voulaient lui présenter quelqu'un. Un peu plus tard, elle traversa la salle en quête de Drew. C'était généralement assez facile de le repérer, grâce à sa grande taille.

— Jenna ? appela une voix familière derrière elle.

Elle se retourna pour faire face à... Rupert !

— Mais qu'est-ce que tu fais ici ? lança-t-elle en sursautant.

— Je devine que ce n'est pas une bonne surprise pour toi, dit-il, l'air dépité.

Comme s'il avait le moindre droit de s'attendre à ce qu'elle l'accueille avec joie, songea-t-elle en s'interdisant pourtant de le formuler. Il y avait bien trop de monde, et elle n'avait pas la moindre envie de se faire remarquer à nouveau.

— Qu'est-ce que tu fais ici, Rupert ? répéta-t-elle sèchement.

— J'ai été invité. Tu n'as pas oublié que j'ai travaillé sur ces projets, n'est-ce pas ? La Fondation Wexler a invité toutes les équipes.

Il vida sa coupe de champagne d'un trait et la reposa vivement sur le plateau d'un serveur qui passait et qui faillit renverser l'ensemble du plateau. Mais Rupert ne sembla pas même le noter.

— Oui, je sais qu'ils avaient envoyé une invitation à tout le monde, mais je ne m'attendais pas à te voir ici, dit Jenna. Je te croyais à Bali. Où est Kayleigh ?

— Oui, justement, je suis rentré un peu plus tôt que prévu de Bali. C'est fini avec Kayleigh.

Jenna se garda de toute expression.

— Oh ! déjà ? dit-elle.

Il haussa les épaules.

— Est-ce que je peux te parler un instant ? demanda-t-il.

— C'est ce que nous faisons, non ?

— Je voulais dire, en privé. S'il te plaît.

Jenna regarda l'assemblée autour d'elle.

— Rupert, j'ai beaucoup de choses en cours ce soir et je crois que ce n'est ni le lieu, ni le moment.

— S'il te plaît, insista-t-il. Juste un mot, ce ne sera pas long. Tu me dois bien cela.

En fait elle ne lui devait rien du tout, mais elle ne voulait pas s'engager dans un débat sans fin et préférait en finir au plus vite. Le plus tôt serait le mieux.

Elle soupira et lui indiqua un couloir à la sortie de la salle. Il lui emboîta le pas et ils s'engagèrent dans l'escalier qui menait à la suite réservée par Maddox Hill pour leur servir de quartier général lors des préparatifs de la soirée.

— Bon, je t'écoute, nous avons assez peu de temps avant le dîner, donc je te prie d'être rapide.

— Je vois que tu es toujours aussi pragmatique. Je ne sais pas trop comment te dire cela, Jenna, mais…

— Il va falloir que tu trouves au plus vite, pourtant.

— Tu es obligée d'être aussi cassante ?

— Cela te surprend ?

Il avait l'air blessé, mais il baissa les yeux.

— Non, pas vraiment. Jenna, j'ai compris beaucoup de choses ces dernières semaines et c'est de ça que je veux te parler.

Tout ce dont elle avait besoin ce soir…

— Rupert, ce n'est vraiment pas le bon moment !

— C'était une erreur, reprit-il. Mon histoire avec Kayleigh, je veux dire. Je ne sais pas ce qu'il m'a pris, je me suis laissé emporter, mais c'était une illusion depuis le début, je ne m'étais pas rendu compte de qui elle était vraiment.

Jenna dut prendre sur elle pour ne pas lever les yeux au ciel.

— Vraiment, et qu'est-ce qui t'a fait ouvrir les yeux ?

Elle regretta sa question, elle avait oublié que Rupert n'avait aucun second degré.

— Elle m'a trompé, dit-il d'une voix brisée par l'émotion. À Bali, avec le prof de yoga.

Jenna se retint de rire ou d'évoquer un mauvais retour de karma.

— C'est dur, dit-elle. Une grande déception, j'imagine.

— Je savais que tu me comprendrais, dit-il en la couvant du regard. Jenna, je sais que je n'ai pas le droit de te dire ça après tout ce qui s'est passé, mais tu es tellement radieuse, ce soir. Je ne t'ai jamais vue si éblouissante.

Elle recula d'un pas.

— Hum. Merci.

— C'est fou, j'ai l'impression que j'avais besoin de cette ridicule aventure avec Kayleigh pour être capable de te voir vraiment, pour ce que tu es.

Jenna recula encore.

— Non, Rupert, ne fais pas cela.

— Je t'en prie, laisse-moi finir. Tu es la seule qui compte à mes yeux. Je suis désolé qu'il m'ait fallu si longtemps pour m'en rendre compte et je regrette terriblement de t'avoir abandonnée.

— Je ne sais pas si tu es au courant, mais je suis fiancée à quelqu'un d'autre, maintenant.

— Oui, mais c'est autre chose, dit-il. Je comprends que tu sois éblouie par Drew Maddox. Il est riche et célèbre, mais tu sais aussi qu'il y a de nombreuses rumeurs…

— Arrête tout de suite. Je ne suis pas intéressée par les ragots que tu pourrais colporter à propos de mon fiancé. Vraiment.

— Il te trompera !

Comment pouvait-il lui dire cela aussi sérieusement. Lui entre tous !

— Est-ce que tu entends ce que tu dis ?

— Bien sûr, répliqua-t-il.

Elle se rendit compte tout à coup que cela avait sans doute été le problème depuis le départ. Il n'écoutait que lui-même. C'était là la différence entre Drew et lui. Enfin, l'une parmi tant d'autres.

— Tu m'as trompée avec Kayleigh et tu oses me dire cela ?

— J'ai appris de mes erreurs, Jenna, et j'en souffre. Je doute que ce soit jamais son cas. D'après ce que j'ai lu, il n'est pas même capable de…

— Tais-toi, Rupert ! Je ne veux rien entendre de tes erreurs ou de tes souffrances et ne dis plus le moindre mot au sujet de Drew.

— Je regrette que ce soit si pénible à entendre, mais il faut bien que tu regardes la vérité en face, Jenna. La vérité fait mal.

— Une mâchoire cassée aussi.

La voix de Drew avait résonné derrière eux, grave et emplie d'une colère contenue.

- 20 -

— Drew ?

Jenna se retourna vers lui.

— Qu’est-ce que te veut ce type ?

— Rupert voulait me parler et j’ai préféré éviter de me donner en spectacle une fois encore.

Il serra les poings en dévisageant cet homme qui essayait de la manipuler.

Rupert sembla rétrécir lorsque Drew avança dans la pièce.

— Est-ce que tu veux bien me laisser avec lui, Jenna ? J’aimerais parler à Rupert en privé.

Rupert semblait maintenant raser les murs, comme pour se rapprocher de la porte.

— Inutile, dit-elle, tu n’as vraiment rien à lui dire.

— Je crois au contraire que j’ai beaucoup de choses à expliquer à quelqu’un qui dit du mal de moi à ma fiancée pour tenter de la récupérer.

Il ne quittait pas Rupert des yeux et ce dernier commençait à transpirer. Il semblait se liquéfier sous ses yeux.

— Non, je ne vais nulle part tant que tu auras ce genre de regard.

— Jenna, viens avec moi, lança Rupert qui avait presque gagné la porte. Nous sommes faits l’un pour l’autre… Tu mérites mieux que ce play-boy !

Jenna soupira profondément.

— Va-t'en, Rupert. Maintenant. Quitte cette soirée.

— Tu as eu ta chance et tu as perdu, lança Drew d'un ton menaçant. Maintenant, tu la laisses tranquille, sinon je te détruis.

Rupert saisit la porte et fila précipitamment.

Après un moment de silence, Jenna tourna un regard choqué vers Drew.

— Tu le *détruis* ? Tu as vraiment dit cela ?

— Et je le pense. Ce salaud essaye de te récupérer, tu veux que je fasse comme si de rien n'était ?

— Non ! Mais tu sais bien que Rupert ne compte pas, qu'il n'est en rien un rival, mais juste un imbécile égocentrique. Rien de ce qu'il dit ne doit être pris au sérieux.

Il fallut quelques secondes à Drew pour répondre.

— Et moi ? Tu me prends au sérieux ?

Jenna sembla stupéfaite de sa question. Elle le fixa un long moment.

— Oui, affirma-t-elle. Il n'y a strictement aucune comparaison entre vous.

Il soupira.

— Tu ne ressens plus rien pour lui ?

Elle éclata de rire.

— Rupert ? Oh bon Dieu, non ! Tu étais jaloux ?

— Oui, reconnut-il. J'ai eu envie de le tuer.

— Drew, je t'en prie, je n'ai jamais vraiment aimé Rupert, tu sais. Je me suis convaincue que je l'aimais parce que je n'avais jamais connu l'amour.

— Tu veux dire que maintenant c'est différent ?

Elle rougit.

— À ton avis ?

— Je n'ai pas envie de jouer aux devinettes, tu sais.

Jenna souffla et il nota que sa respiration était tremblante.

— Je n'ai jamais ressenti pour lui ce que je ressens pour toi, dit-elle.

— D'accord, mais je ne suis pas certain d'avoir vraiment saisi ce que tu ressens pour moi.

— Tu ne vas rien me laisser passer ce soir…

— Je viens de retrouver ton ex en train d'essayer de te convaincre de lui donner une deuxième chance, est-ce que tu peux me rassurer ?

Jenna s'avança et le prit dans ses bras.

— Est-ce que ça, ça te rassure ?

Ils passèrent dans une autre dimension aussitôt. Comme à chaque fois qu'ils se touchaient. Le désir surgit, immédiat et chaud. Elle le serra contre elle, se plaquant contre lui, sentant son corps palpiter au rythme de son envie et de son souffle court tandis qu'elle l'embrassait.

Elle releva la tête en sentant ses mains dans son dos. Il avait détaché les agrafes de son haut.

— Ah non ! s'exclama-t-elle en riant. Je t'interdis de me retirer le moindre vêtement alors que quelqu'un pourrait nous surprendre ! Je ne suis pas encore remise du traumatisme de la dernière fois.

Il regarda autour d'eux et l'entraîna vers la salle de bains, où il verrouilla la porte. Le marbre clair se reflétait dans les miroirs et Jenna rayonnait dans ces couleurs pastel. Elle était si belle, les pupilles dilatées, les joues roses et les lèvres entrouvertes, rougies par leur baiser. Il la souleva pour l'asseoir à côté du lavabo et repoussa les volumineux jupons de taffetas bleu jusqu'à trouver la peau de ses cuisses juste au-dessus de son porte-jarretelles.

Il la caressa doucement avant de remonter jusqu'au

creux de ses jambes, écartant au passage sa culotte de satin bleu, pour pouvoir l'embrasser librement.

La sensation était enivrante, hautement addictive. Il n'en aurait jamais assez. La façon dont son sexe s'offrait à lui, s'ouvrant comme une fleur avant de fondre sous sa langue en un plaisir frémissant. C'était irrésistible. La sentir jouir entre ses lèvres lui donnait un sentiment de toute-puissance proprement divin.

Il la maintint quelques instants alors que les spasmes du plaisir continuaient de la traverser. Il allait perdre la tête de désir. Il la voulait. Maintenant.

Il se releva, défit son pantalon et l'attira vers lui, glissant les bras sous ses genoux. Jenna s'agrippa à ses épaules alors qu'il se glissait lentement en elle.

Elle planta les ongles dans ses épaules et il sentit son membre se couler en elle. La chaleur de son corps, la douceur de son sexe qui entourait le sien, tout était si parfait qu'il eut l'impression de rêver cet instant. Jenna gémissait de plaisir, à tel point qu'elle semblait avoir oublié le reste du monde. Il accéléra le mouvement jusqu'à ce que le plaisir les emporte à nouveau tous les deux.

Il se retira à regret, reposant son front contre le sien. Ébloui, comme à chaque fois.

Il l'aida à se remettre sur pied, et à rajuster sa robe, tandis qu'il rentrait sa chemise dans son pantalon.

Son téléphone sonna alors qu'il se lavait les mains. Il prit son temps avant de lire le message.

> Quelqu'un a jeté une pierre au travers d'une baie vitrée dans la salle Azalea alors que le buffet était en train d'être installé. On déménage dans la salle Rose.

— Il s'est passé quelque chose en bas, dit-il. Il faut que je descende.

— Je vais prendre cinq minutes pour me rafraîchir et je te retrouve dans la salle de danse ?

— Oui, répondit-il en déposant un long baiser sur ses lèvres.

Il la regarda quelques instants reprendre son maquillage. Elle était si belle qu'il en avait la tête qui tournait.

Jenna lui jeta un regard en coin.

— Tu ne devais pas descendre ?

— Si, il me semble, dit-il en soupirant avant de sortir à regret.

L'espace d'un instant, il avait oublié le message de Zack. Être amoureux lui faisait perdre toute concentration.

- 21 -

Jenna prit une dizaine de minutes, le temps de se rafraîchir, se recoiffer et rajuster sa robe. Elle avait l'impression qu'elle s'était totalement dénudée devant lui. Son cœur mis à nu. Cela la rendait fébrile et effrayée.

Elle renonça à attendre que ses joues aient repris totalement une couleur normale avant de sortir... Il était sans doute très facile de deviner ce qu'elle et Drew avaient fait dans cette suite, il suffisait sans doute de regarder ses joues, ses yeux ou ses cheveux et tout était dit. Elle avait l'impression que sa vie privée était un livre ouvert pour le monde entier.

— Jenna, je pensais bien te trouver ici.

Elle sursauta et poussa un cri alors qu'une main saisissait son poignet.

— Harold ! Mais qu'est-ce que tu fais là ?

— Je voulais juste te parler, lança-t-il en la déshabillant du regard.

— Décidément, tout le monde a des choses à me dire, ce soir. Ce n'est pas le moment, lança-t-elle en essayant de retirer son bras.

Mais il ne la lâcha pas.

— Je ne te demande qu'une minute de ton temps. Tu veux bien que nous allions dans la suite ?

— Certainement pas, lança-t-elle sèchement

Harold haussa les épaules.

— Comme tu préfères, mais j'ai quelque chose à te dire et je t'assure que tu as tout intérêt à ce que ça reste privé. Tu peux me faire confiance.

Lui faire confiance ? Certainement pas !

— Ici, c'est parfait, dit-elle. Je t'écoute. Fais vite.

Les yeux de Harold passaient de ses joues à son décolleté, ses hanches, puis ses lèvres. Il semblait la détailler méthodiquement.

— Je viens de voir Drew descendre l'escalier, fier comme un coq. Pas besoin de me faire un dessin, je devine que vous vous êtes bien amusés, hein ?

— Va au diable, Harold, lança-t-elle en cherchant encore à se dégager, mais il tenait bon.

— Je fais ça pour toi ! insista-t-il en plantant ses ongles dans son poignet.

— Je me porte très bien sans ton aide !

— Crois-moi, tu me remercieras, dit-il en brandissant son écran. Est-ce que tu as vu ça ?

Ses yeux furent attirés par l'image presque malgré elle. On y voyait Drew étendu, nu, sur un grand lit, visiblement endormi et entouré de femmes nues elles aussi. Il y avait de nombreuses photos. Et de nombreuses femmes.

Sur toutes, Drew semblait inconscient.

Harold la scrutait, avide de la moindre émotion qui pourrait apparaître sur son visage à la vue de ces clichés.

— Où as-tu pris ces photos ? demanda-t-elle. Qui te les a données ?

— Qu'est-ce que Drew t'a raconté au sujet de la fête chez Sobel ?

— Rien qui te regarde, Harold !

— Je sais ce qu'il a dit à mon oncle. Qu'on l'avait piégé sur ce canapé pour prendre des photos compromettantes. Est-ce qu'il t'a précisé qu'il était resté dormir là-bas après avoir passé la nuit avec toutes ces call-girls ? On a une vidéo tournée par les caméras de sécurité qui ont filmé tous leurs ébats. Est-ce que tu es prête à ce que ces images soient divulguées ?

Elle chassa ces pensées de son esprit, la gorge nouée comme jamais.

— Je n'ai rien à te dire, laisse-moi tranquille !

— C'est un menteur, Jenna. Ne te laisse pas abuser, tu es plus maligne que ça !

Jenna saisit les doigts de Harold cramponnés à son poignet et les tordit jusqu'à se libérer. Elle recula d'un pas en frottant sa peau. Une douleur sourde battait dans son ventre.

— Je ne te crois pas.

— Les images se moquent bien de ce que tu penses, comme tous ceux qui les verront. La vidéo est déjà sur les réseaux.

— Tout ce que je vois c'est un homme inconscient avec des femmes autour de lui, dit-elle. Il m'a dit qu'il avait été piégé, cela ne me paraît pas contradictoire.

Harold secoua la tête.

— Mais qu'est-ce qu'il te faudra pour ouvrir les yeux !

— Bien plus que ce que tu es capable de fournir.

— Ta foi aveugle est touchante, mais elle est aussi pathétique. Laisse-le se tirer de ce marécage tout seul. Tu as une carrière et une réputation à protéger. Tout ça va t'éclabousser. Je dis ça pour t'aider.

— Non, répliqua-t-elle. On m'a déjà aidée et je t'assure que ça ne m'a pas fait du tout le même effet.

Harold s'éloigna enfin et Jenna resta figée, comme

changée en statue. L'euphorie venait de se changer en une horrible sueur froide. Si ces photos étaient bien sur Internet, alors les choses allaient se compliquer sérieusement pour Drew. Dès maintenant. Il fallait qu'elle le prévienne.

Et au fond d'elle, elle était aussi furieuse contre lui. Est-ce qu'il s'était moqué d'elle en lui cachant délibérément ce qui s'était passé ce soir-là ? Il n'avait jamais évoqué la nuit avec toutes ces filles…

Même si tout cela avait eu lieu avant qu'ils ne soient ensemble… Quoi qu'il en soit, si une vidéo de ses ébats sortait, il était fini, du moins pour Maddox Hill.

Elle ne pouvait pas attendre un nouveau scandale avec la sortie des sextapes de son fiancé… Elle allait encore une fois être la risée de tout le monde. Ce serait tellement humiliant.

Elle s'arrêta devant une fenêtre qui donnait sur le jardin et pressa son front contre la vitre. Était-elle destinée à vivre ce genre d'humiliations éternellement ? Qu'est-ce qui faisait d'elle la victime crédule de tous les menteurs et dissimulateurs ?

Mais dans tous les cas, elle ne voulait pas qu'il soit pris par surprise. Elle sortit son téléphone.

Où es-tu ?

Elle descendit les marches d'un pas rapide et vit Vann au téléphone. Il raccrocha dès qu'elle s'approcha de lui.

— Vann, est-ce que tu aurais vu Drew ?

— La dernière fois que je l'ai croisé, il allait voir Zack au poste de sécurité.

— Merci.

Elle vérifia son téléphone. Aucune réponse.

? ?

Elle reprit sa recherche, marchant aussi vite que ses trop hauts talons le lui permettaient. Au bout de quelques minutes, elle jura à mi-voix et s'arrêta pour les retirer, saisit les jupons froufroutants de sa robe entre ses bras et se remit en marche d'un pas rapide.

Zack la regarda d'un drôle d'œil en la voyant arriver ainsi.

— Jenna, qu'est-ce qu'il y a, tout va bien ?

— Je cherche Drew, il ne répond pas à mes SMS.

— Je l'ai vu entrer dans la salle de bal il y a quelques minutes, dit-il en pointant un écran de sécurité. On va peut-être le voir.

Jenna regarda chacun des écrans, mais ne le vit sur aucun. Bon sang…

Elle allait repartir lorsqu'un détail attira son attention du coin de l'œil. Une caméra filmait un des parkings et elle vit une grande silhouette qui marchait et puis une autre et…

N'était-ce pas Harold ? Qu'est-ce qu'il se passait ?

Une voiture s'arrêta, et une femme descendit par la portière arrière. Elle était grande et mince, avec une épaisse chevelure blonde frisée. Harold la prit par le bras, elle semblait tituber et se cogna à la voiture.

Harold l'entraîna avec lui hors du champ de la caméra vers un des petits salons. Il mijotait quelque chose, c'était certain. Elle repartit en courant du poste de sécurité, ses chaussures à la main, sans même prendre le temps d'expliquer quoi que ce soit.

Elle arriva devant la porte d'accès au salon, mais elle était fermée. Un peu plus loin, une autre porte en revanche était ouverte. Elle entra et se cacha aussitôt derrière une plante verte en voyant Harold et la femme approcher.

Ils se disputaient. Jenna se glissa dans un recoin de l'entrée et tendit l'oreille.

— Tu n'avais qu'une chose à faire, Tina, et c'était d'arriver à l'heure. Le timing est essentiel ce soir.

— Je t'ai dit que j'avais eu un problème avec le copain de Lauretta, cet idiot…

— Ça m'est égal ! Dépêche-toi !

— Je dois passer aux toilettes d'abord, dit-elle d'une voix anormalement lente. Je suis enceinte, j'ai besoin de faire pipi plus souvent et je viens de faire une heure et demie de voiture…

Ils venaient vers elle, la porte des toilettes était juste à côté. Elle entra et se faufila dans l'une des cabines, grimpant sur la cuvette pour ne pas être vue par en dessous. Elle tenait toujours ses chaussures et son jupon contre elle.

C'est à cet instant que Drew se décida à lui répondre. Quel timing !

Elle sortit son téléphone, les mains tremblantes et le mit sur silencieux avant de lancer l'enregistreur. Elle resta ensuite immobile en entendant les voix se rapprocher, le cœur battant.

La porte s'ouvrit.

— Dépêche-toi, on va tout rater, lança Harold. Je t'ai payée, nous avions un accord.

— Mais ça ne te donne pas le droit de me traiter comme ça ! Je te rappelle que j'attends ton bébé.

— Tu as signé les papiers et tu as pris l'argent, maintenant tu fais ce que tu veux avec ce bébé, ça m'est bien égal, mais ne me mêle plus à ça ! Drew te donnera beaucoup d'argent pour sauver sa peau, en prime.

— Je ne sais pas pourquoi j'ai accepté de te suivre dans cette embrouille. C'est vraiment horrible ce que tu me fais faire. Quand je lui ai envoyé le spray de kétamine, le pauvre a tout reçu en pleine figure et c'était une dose énorme, on aurait pu le tuer. Il était complètement inconscient. Maintenant prétendre que c'est lui qui m'a mise enceinte… Qu'est-ce qu'il a fait pour que tu le détestes à ce point ?

— Tina, bon sang, dépêche-toi, il est trop tard pour des regrets.

Ils finirent par sortir et la porte se referma derrière eux. Jenna reprit enfin une respiration normale. La tête lui tournait et ses jambes étaient en coton.

Les mains tremblantes, elle écouta l'enregistrement. Les voix étaient faibles mais audibles et en montant le volume, on reconnaissait parfaitement les intonations de Harold. Il était urgent que Drew et tout le monde puisse entendre cela avant que Harold n'ait le temps de mettre son plan à exécution.

Jenna sortit et entrouvrit la porte pour s'assurer que la voie était libre, puis elle reprit le couloir qui menait à la salle de bal. Elle devait les prendre de court. Elle décida de couper par les jardins pour arriver la première, avec toujours ses chaussures à la main qui battaient contre sa jambe. Arrivée à l'entrée, elle les remit et lâcha son jupon avant de lisser sa robe pour essayer de sauver un peu les apparences.

Les lumières avaient été tournées vers l'estrade en vue de la remise des prix. Vann se tourna vers elle et accourut.

— C'est le moment de l'annonce des lauréats, qu'est-ce que tu fais là ?

— Vann, c'est une urgence absolue, il faut que tu diffuses l'enregistrement sur mon téléphone à la sono générale. C'est pour Drew et c'est sa seule chance de se tirer de ce qui risque d'arriver. Il faut que tu me fasses confiance, c'est maintenant ou jamais.

Vann ouvrit de grands yeux et hocha la tête.

— Je te fais confiance, donne-le-moi.

— Les voix sont basses, il faut que tu montes le son assez fort.

— … Et le Prix Wexler en ingénierie biomécanique est remis cette année à Mlle Jenna Somers et sa fondation !

Un tonnerre d'applaudissements retentit dans la salle.

— Vas-y, lança Vann en prenant son portable, je m'occupe de ça !

Son équipe, les visages tous plus radieux les uns que les autres, l'attendait pour monter sur l'estrade, alors que les lumières se tamisaient en vue de la diffusion d'une vidéo.

- 22 -

Quelque chose ne tournait pas rond. Il avait envoyé plusieurs messages à Jenna et elle ne lui répondait pas. Elle n'était pas à la table alors que le prix n'allait plus tarder à être annoncé et il avait maintenant l'impression que tout le monde le regardait bizarrement.

Il imaginait presque monter sur scène et prendre le micro pour l'appeler, lorsqu'un murmure parcourut la salle.

Là, c'était elle. Elle avait laissé ses cheveux libres et était éblouissante, avec un air presque sauvage.

Dieu merci, elle allait bien. Il pouvait recommencer à respirer.

Il la vit saisir le bras de Vann et lui parler avec un air extrêmement concentré, puis lui tendre quelque chose. Le murmure se fit plus intense dans la salle.

— … Et le Prix Wexler en ingénierie biomécanique est remis cette année à Mlle Jenna Somers et sa fondation !

Drew tenta de se diriger vers elle, mais elle ne le voyait pas, et il ne pourrait pas l'intercepter avant qu'elle ne monte sur l'estrade.

Son équipe l'avait rejointe et elle fixait la salle, semblant passer le public en revue.

Drew se dirigea vers le pied de l'estrade pour se rapprocher d'elle, puis on lança une vidéo.

Une première photo apparut.

C'était lui à la fête d'Arnold Sobel.

Des cris contenus résonnèrent dans la salle. Drew fut saisi de vertige et les sueurs froides le reprirent aussitôt. Il sentait ce parfum à nouveau et une douleur insoutenable palpita entre ses tempes. Il chercha Jenna du regard sur l'estrade.

Elle ne regardait pas les photos sur l'écran derrière elle, elle le fixait et il ne lut pourtant ni colère ni reproche dans ses yeux. Pas même du choc. Mais comme une urgence, comme si elle attendait qu'il comprenne ou fasse quelque chose.

Il ne savait pas ce qu'il pouvait faire, il était horrifié. Les photos étaient les plus humiliantes qui soient et c'était un affront insoutenable fait à Jenna alors qu'elle venait de recevoir le prix d'excellence pour son travail. Il avait réussi à salir cela.

Il entendit la voix de son oncle Malcolm, furieux, évidemment, mais il s'en moquait. Il regardait la femme qu'il aimait en songeant qu'il était en train de la perdre.

La régie essayait vainement de couper la diffusion du diaporama, on entendit un fracas terrible et des éclats de voix. Drew vit alors Malcolm qui venait de jeter l'ordinateur au sol.

À ce moment-là, on entendit de nouveaux cris depuis le fond de la salle et une femme traversa l'assemblée, avant de se jeter sur Drew.

— Tu m'as mise enceinte ! hurla-t-elle.

Elle était assez proche pour qu'il la reconnaisse. C'était la femme blonde qui avait été prise en photo par tous les journaux lors de cette fête.

C'était elle qui l'avait aspergé de ce parfum toxique.

L'apocalypse. Des cris, des mouvements de foule et des éclats de voix partout dans la salle. C'était Malcolm qu'on entendait par-dessus tout. Jenna essayait de saisir le regard de Drew, mais Tina était maintenant en train de le secouer. Il la saisit par les mains et l'immobilisa.

— Qu'on sorte cette femme d'ici, hurlait Malcolm. Et toi, Drew, hors de ma vue !

Jenna arracha le micro des mains de l'animateur de la soirée, trop tétanisé pour faire quoi que ce soit.

— Ce n'est pas l'enfant de Drew, lança Jenna au micro. Elle a été payée pour dire ça.

Le silence se fit et Malcolm se tourna vers elle.

— Évidemment que tu prends sa défense, répliqua-t-il, tu es aveuglée par l'amour !

— J'ai une preuve et je veux que tout le monde l'entende, expliqua-t-elle. Vann, est-ce que tu peux lancer mon enregistrement ?

Il y eut quelques craquements dans les enceintes, puis on entendit nettement la voix de Harold, bientôt suivie par celle de Tina.

Le silence était maintenant total, tout le monde tendait l'oreille. Tina plaqua les mains sur sa bouche en reconnaissant sa voix et se mit à pleurer de plus belle.

Le bruit de la porte des toilettes qui se refermait sur Harold et Tina conclut l'enregistrement et un murmure stupéfait reprit dans l'assemblée.

Jenna et Drew ne pouvaient se lâcher des yeux.

— Vous avez bien reconnu Harold, lança Jenna, et justement, le voilà qui essaie de filer en douce ! Attends un peu, Harold, je crois qu'il y a quelques personnes qui aimeraient bien discuter avec toi !

— Attrapez-le ! hurla Malcolm.

Jenna rendit finalement le micro à l'animateur, qui

tenta un appel au calme. Elle s'en moquait bien, car Drew venait de sauter sur l'estrade et avançait vers elle avec un regard qui valait tout l'or du monde.

Elle le rejoignit et l'enlaça tandis qu'il la serrait tellement fort qu'il la soulevait de terre.

— Oh Jenna, c'était incroyable, murmura-t-il. Comment tu te sens ?

— Ça va, et toi ?

— On s'en moque de moi. Je suis tellement navré, Jenna. C'était ta grande soirée, tu as remporté le prix et tout a été sabordé…

Elle haussa les épaules.

— Je l'ai eu le prix, c'est ça qui compte. Et Harold est hors d'état de nuire. Tout va pour le mieux.

— Mais comment est-ce que tu as pu avoir cet enregistrement ?

— J'ai eu de la chance. J'étais au bon endroit au bon moment.

— Il faut que tu saches que ces photos ont été prises alors que j'étais inconscient et drogué, je te jure que je ne suis pas ce genre d'homme.

— Oui, dit-elle, je le sais.

Il soupira.

— Merci. Merci d'avoir cru en moi. Mon oncle a dit que j'étais renvoyé, et en fait, cela me convient. Les choses sont simples, finalement. Elles auraient pu l'être depuis le début. La seule chose qui compte pour moi, c'est de t'aimer. Je n'ai rien d'autre à offrir que moi.

Elle tremblait.

— Drew…, murmura-t-elle.

— Épouse-moi, dit-il. Pour de vrai, cette fois.

Jenna regarda alors autour d'elle et constata que tous les regards étaient braqués sur eux.

— Tu es en train de me demander en mariage devant tout le monde ?

Drew éclata de rire et elle ne put que l'imiter.

— Pardon, je crois que je me suis laissé emporter, j'avais oublié que nous n'étions pas seuls, dit-il. Prends tout ton temps pour répondre. Je veux me marier avec toi, Jenna, et passer le reste de ma vie à tes côtés.

— Oh mon Dieu, Drew…, soupira-t-elle.

— Et si on essayait de trouver un endroit à l'écart pour s'isoler tous les deux et se refaire toute cette demande depuis le début ? proposa-t-il.

Jenna ne savait plus si elle pleurait de rire ou riait aux larmes.

— On va surtout gagner du temps : bien sûr que je veux devenir ta femme !

Ils n'entendirent qu'à peine le tonnerre d'applaudissements autour d'eux, absorbés qu'ils étaient dans un baiser enflammé qui les transporta à des années-lumière de la salle.

Tout ce qui importait était qu'ils soient ensemble, avec un chemin devant eux.

Et l'amour pour l'éclairer.

Vous avez aimé *Pour un baiser brûlant* ?
Retrouvez la suite de la série « Liaisons à Seattle »
dès le mois prochain dans votre collection Passions !

KATHY DOUGLASS

L'amant disparu

Traduction française de
FLORENCE MOREAU

PASSIONS

HARLEQUIN

Titre original :
THE RANCHER'S RETURN

- 1 -

Rien n'avait changé.

Après dix années passées loin de son ranch natal, à se demander s'il reverrait un jour le lieu où il avait grandi, Donovan Cordero était de retour chez lui.

Il était surpris que rien n'ait changé. La grande maison était toujours peinte en blanc et les volets couleur anthracite. Le jardin où sa mère passait de si nombreuses heures s'étendait toujours des deux côtés de l'escalier. Ses premiers souvenirs étaient d'ailleurs attachés à ce jardin, quand il aidait sa mère à arracher les mauvaises herbes et qu'elle lui apprenait le nom des plantes et des fleurs.

Lorsqu'il avait grandi, il avait commencé à suivre son père sur leur ranch de quatre-vingt-dix hectares. Il s'était alors senti coupable de délaisser sa mère, mais quand il lui avait présenté ses excuses et lui avait proposé de rester avec elle, elle s'était contentée de rire et l'avait gentiment chassé.

Adolescent, il avait passé beaucoup de temps avec ses trois meilleurs amis, Tony Wilson, Billy Campbell et Jericho Jones, sur le ranch de ce dernier, le Double J. Peu importait l'heure à laquelle il rentrait, sa mère l'attendait toujours le sourire aux lèvres.

Et aujourd'hui, le recevrait-elle aussi les bras grands

ouverts, elle qui pendant ces dix dernières années avait pensé qu'il était mort ?

En pensant à ce qu'elle avait dû endurer, son cœur se serra. Il était parti sans prévenir et n'avait plus donné signe de vie. Mais s'il était resté, ses parents auraient été en danger de mort. Il était si jeune alors, si terrifié...

Après avoir vu Karl Rivers tuer un homme de sang-froid, auprès de qui aurait-il pu se réfugier ? Le shérif ? Ce dernier était aux côtés de Rivers et avait assisté à toute la scène !

Il se rappelait encore la peur qui l'avait pétrifié lorsque les deux hommes l'avaient repéré. Il leur avait juré qu'il ne dirait jamais rien à quiconque, et avait réellement cru qu'ils allaient le tuer, lui aussi. Mais contre toute attente, Karl Rivers avait fini par baisser son arme et lui avait dit qu'il le laissait en vie, car il avait toujours protégé son fils du harcèlement qu'il subissait de la part de ses camarades de classe, à une condition cependant : il devait immédiatement quitter la région et ne plus jamais revenir. S'il restait en ville, ou disait un seul mot de ce qu'il avait vu, non seulement Rivers le tuerait, mais il tuerait aussi ses parents et sa petite amie, Raven Reynolds. Donovan l'avait cru ; le cadavre qui gisait dans une mare de sang à ses pieds ne laissait aucun doute sur son sérieux.

Karl Rivers était un homme puissant dans l'État de Caroline du Nord. Donateur de poids aux partis politiques, tant démocrates que républicains, il était aussi le cousin du gouverneur et d'un sénateur fédéral. Ces relations impressionnaient fortement Donovan, simple fils de rancher. Aussi avait-il fui, laissant ses parents et Raven derrière lui, pour leur propre salut et le sien.

Or, il y a trois jours, il avait appris par les médias que

Karl Rivers était décédé d'une crise cardiaque. Il avait regardé avec fureur le défilé des hommes politiques à la télévision, qui avaient tous parlé de lui en termes élogieux. Personne ne saurait donc jamais quel monstre il était ? Et puis sa colère avait laissé place à un immense soulagement : il allait enfin pouvoir rentrer à la maison sans mettre en danger la vie des êtres qui lui étaient le plus chers au monde.

Aussi avait-il quitté le ranch de Della et Gabe Turner, pour qui il travaillait sous un faux nom depuis sept ans, mû par le désir irrépressible de rentrer à la maison sans perdre une minute de plus. Il avait dit au revoir aux employés du ranch qui étaient tous devenus ses amis, puis avait chargé son pick-up et mis le cap sur l'est…

Il regarda sa montre. 17 h 58. Cela faisait trois minutes qu'il attendait derrière son volant. Maintenant qu'il était de retour à la maison, il avait les genoux en coton et son cœur battait comme un fou. Il était arrivé depuis une dizaine de minutes en ville, mais avait continué à rouler afin de maîtriser la soudaine angoisse qui l'avait saisi. Il était tellement heureux, en roulant sur l'autoroute 20 qui traversait plusieurs États ! Mais après avoir franchi la frontière de la Caroline du Nord, plus il s'était rapproché du ranch familial, plus il était devenu anxieux.

Chez les Cordero, on dînait toujours à 18 heures. Sa mère en avait décidé ainsi et cette heure était sacrée. Jamais son père n'était arrivé en retard au repas, même s'il n'avait pas terminé le travail de sa journée. C'est pourquoi il était certain de voir ses parents réunis autour de la table dans quelques minutes.

La respiration courte, il sortit de son pick-up, monta en courant l'escalier du porche et s'arrêta devant la porte. Jamais durant les dix-neuf ans qu'il avait vécu dans cette maison il n'avait sonné, aussi lui semblait-il étrange de le faire à présent. Toutefois, après tout ce temps, il ne se sentait pas le droit d'entrer dans la maison comme si de rien n'était et de demander à sa mère ce qu'elle avait préparé pour le dîner.

Quand il entendit la sonnette retentir à l'intérieur, les battements de son cœur s'accélérèrent vivement… Plus le moment des retrouvailles se rapprochait, plus il était fébrile.

— Oui ?

En entendant la voix de sa mère tant aimée, il sentit les larmes lui monter aux yeux. Il regarda à travers la double porte grillagée.

— Maman ?

Elle poussa un cri. Visiblement sous le choc, elle recula en titubant. L'espace de quelques secondes, il crut qu'elle allait s'évanouir, mais avec la force qui la caractérisait, elle se rattrapa à la porte et le regarda fixement. Ses yeux se remplirent de larmes qui se mirent à couler sur ses joues.

— Donovan… Oh mon chéri… Tu es revenu… Mon petit garçon est de retour à la maison…

Alors il entra et prit sa mère en pleurs dans ses bras.

— Oui, maman, je suis de retour, je suis bien là.

— Lena, qui nous rend visite au moment du repas ?

Sans lâcher sa mère, Donovan répondit :

— C'est moi, papa.

Son père sortit de la cuisine, le considéra avec incrédulité pendant quelques instants, avant d'arborer l'expression d'un homme dont le rêve devient soudain réalité. Poussant un cri de joie, il s'élança vers l'entrée, et les enlaça tous les deux, sa mère et lui.

— Mon fils, tu es revenu ! Cela fait dix ans que j'attends ce moment, murmura-t-il, ému aux larmes.

Et pendant qu'ils s'étreignaient comme s'ils ne voulaient plus se lâcher, un sentiment de soulagement et de joie pure qu'il n'avait pas connu depuis une décennie submergea Donovan.

C'est toujours enlacés qu'ils regagnèrent le salon pour s'asseoir sur le canapé.

Donovan balaya rapidement la pièce du regard. Tout lui était si merveilleusement familier. Les meubles étaient disposés de la même façon que lorsqu'il les avait vus pour la dernière fois, et l'indéboulonnable photo de famille trônait sur la cheminée, figée dans le temps.

— Je savais que tu reviendrais un jour, dit sa mère en se tamponnant les yeux avec la manche de son chemisier blanc. Tout le monde nous disait que tu étais mort et que l'on devait faire notre deuil, mais moi, je savais bien que non. Mon cœur de mère était convaincu que tu étais en vie.

— Mon cœur de père aussi.

Donovan se mit à rire et à pleurer en même temps. Mario Cordero avait toujours insisté sur le fait qu'un père pouvait aimer son enfant d'un amour aussi fort qu'une mère.

— Et tu es pile à l'heure pour le dîner, enchaîna sa mère en se levant.

Lui prenant la main, elle l'entraîna dans la cuisine.

Sur un petit nuage, Donovan s'assit à sa place habituelle ; il était si réconfortant de constater que tout était comme dans son souvenir.

Sa mère avait préparé un rôti accompagné de légumes, un de ses plats préférés. Mais peu importait le contenu de son assiette, il se serait extasié. Au fil des années, il avait mangé à de nombreuses tables, et aucune n'était comparable à celle du ranch familial.

Pendant le dîner, tous trois discutèrent de tout et de rien, trop émus pour avoir une véritable discussion, s'essuyant souvent les yeux. Une fois le repas terminé, ils sirotèrent tranquillement un café jusqu'à ce que la question qui brûlait les lèvres de ses parents ne puisse plus être évitée.

— Pourquoi es-tu parti, Donovan ? demanda sa mère d'une voix douce.

Il s'attendait évidemment à cette question et avait préparé de nombreuses réponses qui, espérait-il, seraient satisfaisantes, sans qu'il ait besoin de reparler des causes terribles de sa fuite. Mais à présent qu'il se trouvait face à ses parents, il se rendait compte qu'il lui serait impossible de louvoyer. Après avoir vécu dans l'inquiétude pendant des années, ses parents méritaient la vérité.

— J'ai été témoin d'une scène que je n'aurais pas dû voir. Un meurtre. Et l'homme qui l'a commis m'a menacé, disant qu'il nous tuerait tous, vous, Raven et moi, si je ne quittais pas immédiatement la région pour ne plus revenir. Alors je suis parti.

— Oh non…, murmura sa mère.

— Et maintenant, tu ne cours plus de danger ? s'enquit son père.

— Je ne crois pas. Le meurtrier vient de mourir.

— Je n'ai jamais entendu parler d'un meurtre qui aurait été commis ici, à l'époque, fit remarquer son père. Pourquoi n'es-tu pas venu me le dire ? Nous serions allés voir le shérif.

Donovan secoua la tête, puis plongea son regard dans celui de son père.

— Non, papa, nous n'aurions pas pu.

Il ne fallut que quelques secondes à son père pour comprendre.

— J'ai toujours su que ce type était une vipère ! déclara-t-il, la voix empreinte de colère. Pas étonnant qu'il soit mort dans des circonstances douteuses, il y a trois ans. Je me demande bien combien de meurtres il a couverts.

— Cela n'a plus d'importance, maintenant, dit sa mère en tapotant la joue de Donovan, comme lorsqu'il était enfant. Tu es rentré et c'est tout ce qui compte.

Il savait qu'une fois l'euphorie des retrouvailles retombée, ses parents lui poseraient de nombreuses autres questions. D'ailleurs, il sentait bien que son père mourait d'envie d'en apprendre davantage, aussi lui fut-il reconnaissant de ne rien dire pour l'instant. Toutes ces émotions l'avaient littéralement épuisé.

Un court silence s'installa, puis sa mère se leva d'un bond.

— Tu dois être fatigué, mon chéri. Ta chambre t'attend toujours.

Il emboîta donc le pas à ses parents, et quand sa mère ouvrit la porte de sa chambre pour le laisser passer, il eut la sensation de pénétrer dans le passé…

Sa chambre était exactement comme il l'avait laissée, comme si les dix années qu'il venait de vivre loin de chez lui n'avaient été qu'un mirage.

— Je vais faire ton lit, dit sa mère en sortant les draps du placard où elle les rangeait.

— Non, laisse. Je m'en occupe, maman.

— Il y a si longtemps que je rêve de les mettre. Chaque fois que j'ouvrais la porte de ta chambre, je me disais qu'un jour tu reviendrais et que tu y dormirais. Laisse-moi faire, s'il te plaît. Ça me fait tellement plaisir.

Présentée ainsi, la requête ne pouvait se refuser.

Tandis que sa mère s'affairait, il inspecta sa chambre.

Son ordinateur était toujours au milieu de son bureau, une BD se trouvait juste à côté, ouverte à la page où il avait arrêté sa lecture.

— Voilà, c'est fait, dit sa mère avec un sourire radieux.

— Merci, maman.

Il l'enlaça à nouveau, puis l'entraîna gentiment vers la porte en lui disant à quel point il était heureux d'être rentré à la maison. Puis il déposa un baiser sur son front… avant qu'elle insiste pour le border !

— À demain, dit-il.

Ses parents le serrèrent une dernière fois dans leurs bras, puis il referma la porte de sa chambre.

Une fois seul, il prit un cadre dans sa bibliothèque.

Raven…

Son cœur manqua un battement au moment où ses yeux se posèrent sur le visage de la jeune fille qu'il aimait à seize ans. Avec sa peau couleur caramel, ses grands yeux sombres et sa chevelure d'un brun chaleureux, c'était une vraie beauté.

Les parents de Raven possédaient le ranch voisin, et leurs mères étaient amies. Aussi avaient-ils grandi ensemble. Cependant, à l'âge de neuf ou dix ans, poussé par ses trois meilleurs copains et leur volonté de former un groupe exclusivement masculin, il lui avait dit que les garçons et les filles ne pouvaient pas jouer ensemble, et qu'ils ne seraient donc plus amis. Ce que les petits garçons pouvaient être stupides ! pensa-t-il alors en se rappelant les larmes qui avaient alors jailli des yeux de Raven.

Et puis à seize ans, un jour qu'elle chevauchait près de la clôture qui séparait leurs propriétés, il l'avait appelée, mais elle s'était enfuie. Fasciné par sa beauté, il avait alors décidé de renouer avec elle. Deux jours plus tard, il avait eu l'audace d'aller chez elle sans prévenir. Elle n'avait pas du tout été impressionnée par sa démarche et ne lui avait pas accordé la moindre attention tout le temps qu'il avait parlé avec sa mère… jusqu'à ce qu'il lui tende un bouquet de roses blanches. Alors elle lui avait souri.

Ils étaient restés des heures sous le porche. Puis il avait accepté l'invitation à dîner de sa mère. Quand il était rentré chez lui ce soir-là, il était complètement amoureux de Raven, déterminé à l'épouser. Cette dernière n'avait pas tout de suite été convaincue de sa sincérité, et il avait dû se battre pour la conquérir. À la fin de l'été, il avait atteint son but, et ils étaient alors devenus inséparables.

Jusqu'à ce jour affreux où il avait été contraint de quitter la ville…

Était-elle mariée, à présent ? Benjamine d'une fratrie de cinq enfants, elle rêvait d'une famille nombreuse, aussi était-il fort probable qu'elle ait réalisé son rêve. Si ses parents avaient semblé figés dans le temps, attendant son retour, rien ne lui assurait que Raven les avait imités.

Tirant les rideaux de sa chambre, il regarda par la fenêtre. La pleine lune et les étoiles illuminaient ce paysage qui était resté inscrit dans sa mémoire durant toutes ces années d'exil… Il était enfin rentré chez lui.

Soudain, il éprouva la folle envie de redécouvrir le ranch et, quelques instants plus tard, il descendait l'escalier sur la pointe des pieds pour se rendre à l'écurie.

Une fois à l'intérieur, il se dirigea vers le troisième box. Zeus, son cheval, y était toujours. Ses parents le lui avaient offert pour son quinzième anniversaire. Certains enfants aimaient les chiens et les traitaient comme des membres de la famille, mais lui, c'était son cheval qu'il aimait.

Il avança la main pour lui caresser le museau. Aussitôt, Zeus se mit à hennir et commença à marteler le sol de ses sabots, tout excité. Une fois qu'il fut calmé, Donovan le sella et quitta l'écurie.

La nuit était douce, et il s'élança vers les grandes étendues d'herbe éclairée par le clair de lune. Zeus et lui avaient tant de fois parcouru ce trajet... Quand Raven et lui sortaient ensemble, ils se donnaient toujours rendez-vous à un endroit précis, le soir, sur le ranch des Cordero, à la frontière des deux domaines. C'était près d'un petit ruisseau le long duquel ils se promenaient main dans la main. Donovan avait gravé leurs initiales sur le tronc d'un arbre pour prouver à Raven à quel point il regrettait de l'avoir blessée, au temps de son club réservé uniquement aux garçons. C'était aussi la preuve qu'il l'aimerait pour toujours, lui avait-il dit. Ce n'était pas une idée très originale, mais Raven avait été émue aux larmes.

Alors qu'il se rapprochait de l'endroit en question, il entendit les sabots assourdis d'un cheval qui s'éloignait, mais le cavalier était bien trop loin pour qu'il sache si c'était une femme ou un homme.

Arrivé près du ruisseau, il descendit de cheval et marcha jusqu'à l'arbre qui portait leurs initiales ; il aurait pu l'identifier entre mille en dépit de la décennie qui s'était écoulée. Il effleura les lettres gravées d'une caresse, puis s'assit. Demain, il se rendrait au ranch de Raven pour savoir ce qu'elle était devenue. Il n'espérait pas renouer avec elle, après tout ce temps. Il voulait juste la revoir.

Tout à coup, son cheval hennit et il se leva. Il était

l'heure de rentrer. Le travail sur le ranch commençait aux aurores et il avait bien l'intention d'aider son père, comme avant. Remontant sur Zeus, il retourna vers la maison.

Raven Reynolds se glissa dans la cuisine, espérant regagner sa chambre sans croiser personne. Non qu'elle ait commis quelque délit, mais elle n'avait pas forcément envie de tomber sur sa mère et de s'expliquer sur ses allées et venues. Cette dernière aurait d'ailleurs tout de suite deviné d'où elle revenait ; elle l'avait si souvent surprise alors qu'elle rentrait tard d'un rendez-vous avec Donovan. Ils étaient si amoureux, autrefois, qu'ils avaient toujours eu du mal à se séparer, même après avoir passé un long moment ensemble à leur endroit préféré du ranch Cordero, près du ruisseau…

Et du jour au lendemain, Donovan avait disparu sans laisser la moindre trace derrière lui. Cela faisait dix ans. Tous les fermiers des environs et les habitants de Sweet Briar, la ville la plus proche, avaient ratissé la région pendant de nombreux jours, sans trouver le moindre indice. Un peu comme s'il s'était volatilisé. En dépit de tout, elle avait toujours cru au fond de son cœur qu'il était toujours vivant et reviendrait un jour. Aujourd'hui encore, elle refusait de croire à sa mort.

Elle avait cependant fini par accepter le fait qu'il était encore en vie quelque part, mais ne rentrerait jamais chez lui. Même si elle l'aimait encore très fort, il était temps pour elle de tourner la page. C'est pour cette raison qu'elle avait accepté la demande en mariage de Carson Rivers, cinq mois plus tôt. Cependant, une part d'elle-même s'accrochait encore à Donovan et à l'avenir dont ils avaient rêvé ensemble. Mais désormais, il fallait bien qu'elle admette que jamais ils ne construiraient quoi que ce soit, tous les deux ! Elle avait donc jugé nécessaire de faire ses adieux pour de bon à Donovan afin que son prochain mariage avec Carson ne se solde pas par un échec.

C'est pourquoi elle avait sellé Evening Dream, son cheval, et s'était rendue jusqu'à l'endroit où Donovan et elle se donnaient rendez-vous pour regarder le soleil se coucher et la lune se lever. Et quand les souvenirs l'avaient submergée, elle avait succombé aux larmes. Elle avait maudit l'injustice du sort, et s'était finalement libérée de tout ce qu'elle avait gardé en elle, ces dernières années. Puis, littéralement épuisée, elle était rentrée au ranch.

Par chance, elle ne croisa personne dans la cuisine et put regagner tranquillement l'étage.

Elle alla jeter un coup d'œil dans la chambre d'Elias, et constata qu'une fois encore il s'était endormi en lisant. Elle éteignit la lampe, et mit un marque-page dans le livre avant de le poser sur sa table de chevet. C'était toujours la guerre pour lui faire travailler ses mathématiques. En revanche, il lisait au moins deux livres par semaine sans que rien ne l'y oblige, ainsi que d'innombrables BD.

Embrassant son fils sur le front, elle sortit et referma la porte derrière elle.

Une fois dans sa chambre, elle se jeta sur son lit et éclata en sanglots. Et dire qu'elle pensait avoir versé toutes les larmes de son corps près de l'arbre qui portait ses initiales et celles de Donovan ! Mais cette fois, elle se promit que ce serait la dernière crise. Elle était résolue à s'engager entièrement dans sa relation avec son fiancé et à reléguer Donovan Cordero au passé.

- 2 -

— Je vais organiser une grande fête, annonça Lena, en servant trois tranches de bacon à Donovan dont l'assiette était déjà trop remplie.

Il s'était réveillé à l'aube pour prêter main-forte à son père. Sa mère était déjà levée, elle aussi, et fredonnait tout en s'affairant dans la cuisine. Si elle avait toujours préparé un solide petit déjeuner à ses deux hommes, celui-ci supplantait tous les autres en quantité et en qualité !

— Quel genre de fête ? demanda-t-il.

Et il leva la main pour que sa mère ne lui ajoute pas une tranche de jambon frit.

— Je compte inviter tous nos voisins et des gens de Sweet Briar, répondit-elle. Je veux que tout le monde sache que tu es de retour.

Sur ces mots, elle se rassit et se mit à manger.

— On pourrait peut-être faire un barbecue ce week-end, suggéra-t-elle. Qu'en penses-tu, mon chéri ?

Donovan ne répondit pas tout de suite, réfléchissant à la meilleure façon de l'en dissuader. Il comprenait tout à fait son enthousiasme, seulement il n'était pas encore prêt à revoir tout le monde. En réalité, il aurait préféré reprendre sa vie sans faire de vagues, et revoir les gens un à un, quand l'occasion se présenterait.

— Attendons un peu, répondit-il enfin. Je ne me

sens pas encore capable de revoir tout le monde d'un seul coup. J'aimerais me poser un peu, passer d'abord du temps avec vous et mes amis proches.

— Mais je suis si heureuse que tu sois rentré que j'ai envie d'informer le monde entier !

— Tu peux le dire à qui tu veux, c'est juste que je n'ai pas envie pour l'instant de côtoyer trop de monde.

Sa mère soupira, déçue.

— Lena, il a raison, laisse-le reprendre ses esprits, intervint son père. Accordons-nous du temps juste à nous. Ce qui t'en laissera pour organiser la plus grande fête que cette région ait jamais connue et que tu donneras lorsque Donovan sera prêt.

— Très bien, murmura Lena. Il est vrai qu'une grande fête ne s'improvise pas.

Donovan remercia son père d'un sourire.

Ils enchaînèrent sur un autre sujet puis, une fois le petit déjeuner terminé, Donovan et son père se levèrent. Après avoir passé dix ans à travailler durement sur le ranch d'autres personnes, Donovan était heureux de se consacrer enfin entièrement à la propriété familiale.

— À tout à l'heure pour le déjeuner ! lança-t-il à sa mère.

Il retrouva quelques anciens employés du ranch, mais découvrit aussi de nouvelles têtes. Son père rétribuait généreusement ses ouvriers et attendait d'eux un grand sérieux en retour. En travaillant pour d'autres, Donovan s'était rendu compte à quel point son père traitait bien ses employés.

Il rentra le soir bien fatigué, mais après le dîner, il ne tenait pas en place…

Au bout de quelques minutes passées à combattre

ses pulsions, il finit par renoncer : il avait besoin de voir Raven !

Saisissant ses clés et son chapeau, il informa ses parents qu'il allait faire un tour et ne rentrerait pas tard.

Il prit la route qui menait au ranch des Reynolds, le cœur battant. Raven vivait-elle encore là ? Il était fort possible qu'elle ait imité ses frères et qu'elle soit elle aussi partie. Ou, pire encore, qu'elle habite toujours là mais avec mari et enfants ! Il regrettait de ne pas s'être renseigné auprès de ses parents. Trop tard, à présent ! Si elle ne vivait plus au ranch, les Reynolds lui diraient où la trouver, voilà tout.

En dix minutes, il fut chez eux, le temps pour lui de se rappeler leur dernier rendez-vous, dix ans plus tôt, à leur endroit spécial…

Elle tenait à lui dire quelque chose, ce soir-là, et il n'arrivait pas à savoir si elle était excitée ou effrayée. Mais avant qu'elle ait le temps de lui confier son secret, il avait reçu un appel de Billy ; ce dernier était chez lui en permission et avait envie de revoir ses vieux amis. Il avait d'abord décidé de rester auprès de Raven, mais elle l'avait encouragé à aller le retrouver. Il lui avait alors promis de repasser chez elle plus tard afin qu'elle lui confie ce qu'elle avait sur le cœur. Puis il avait été le témoin involontaire d'un meurtre qui avait irrévocablement changé le cours de sa vie. S'il avait pu remonter le temps, il serait resté auprès de Raven !

Toutes les années qui avaient suivi, quand la solitude loin de chez lui était particulièrement lourde à porter, il s'était demandé ce que Raven souhaitait lui dire, ce soir-là. Il avait échafaudé toutes sortes d'hypothèses, sans jamais croire que l'une d'elles était la bonne. Il pourrait probablement le lui demander, aujourd'hui, mais dix ans avaient passé, et si ce moment était resté gravé de façon indélébile en lui, il doutait qu'elle y repense encore. Sa vie à lui s'était arrêtée quand il avait fui la ville. Pas celle de Raven.

Quand il se gara devant la grande maison des Reynolds, là où elle avait grandi, il se rendit compte que contrairement à ses parents, ils avaient fait des aménagements. La balancelle sur laquelle Raven et lui avaient passé de longues soirées avait été remplacée par un grand canapé en osier, aux motifs floraux, et il y avait un grand coffre en bois à côté.

Alors qu'il attendait que l'on vienne lui ouvrir, il s'aperçut que c'était la deuxième fois en deux jours qu'il se tenait sous un porche pour annoncer qu'il était en vie. Et brusquement, l'envie de fuir le traversa…

Non. Cela faisait dix ans qu'il n'avait pas vu Raven, il ne pouvait pas repartir si près du but. Et puis d'une façon ou d'une autre, elle finirait par apprendre son retour, et serait sous le choc. Il était donc préférable qu'il lui annonce son retour en personne. Sans compter qu'elle lui avait affreusement manqué… Au cours de toutes ces années, il avait rencontré d'autres femmes, bien sûr, mais n'avait ouvert son cœur à aucune. Vivant sous une fausse identité, il n'était pas en mesure d'avoir une relation honnête avec une femme. Et puis il n'avait pas envie de repasser par la douleur d'une nouvelle séparation. Même si, avec les années, ses sentiments pour Raven s'étaient émoussés, elle était la seule qu'il ait jamais aimée.

On lui ouvrit enfin la porte et subitement, Raven fut devant lui. Il eut alors la sensation que son cœur bégayait. Tout ce qu'il put faire, ce fut la regarder fixement.

Elle était encore plus belle que dans son souvenir.

Grande et très mince adolescente, elle était toujours svelte mais ses formes étaient plus accentuées. Ses cheveux noirs et raides lui arrivaient aux épaules, caressant sa poitrine. Toutefois, c'était son visage aux grands yeux marron, aux hautes pommettes et aux lèvres voluptueuses qui captivaient toute son attention.

— Bonjour ! Je peux vous aider ?

Et en dépit de l'air interrogateur avec lequel elle le regarda, elle lui sourit.

Il en perdit le souffle et la parole. Pendant des années, il avait imaginé ce qu'il lui dirait, lors de leurs retrouvailles, mais de toute évidence, il avait complètement sous-estimé l'émotion qui le submergerait quand il se retrouverait enfin en face d'elle. Sa vision se troubla, mais il cligna bien vite les paupières pour cacher ses larmes. Le temps avait effectué son travail, et il ne l'aimait plus comme à dix-neuf ans, même s'il existait toujours quelque chose d'indicible entre eux. Un lien qui l'avait poussé à venir la revoir alors qu'elle l'avait forcément sorti de sa vie.

— Monsieur ? Tout va bien ?

Il sursauta.

— Raven…

À cet instant, elle poussa un cri et le regarda. Le regarda vraiment, cette fois.

— Don… Donovan ?

— Oui, c'est moi.

Soudain, elle devint toute pâle et se figea. Puis elle se mit à trembler de tout son corps et, s'accrochant à la porte, elle glissa lentement à terre… Il la rattrapa avant qu'elle touche le sol. La prenant dans ses bras, il l'emporta dans le salon tout près pour la déposer sur le canapé.

Comment avait-il pu être aussi bête ? Débarquer sans

prévenir était particulièrement stupide et irréfléchi. Après être restée dix ans sans nouvelles de lui, elle avait forcément cru qu'il était mort. Il aurait dû anticiper ce genre de réaction ! Même sa mère, qui n'avait pourtant jamais renoncé à l'espoir qu'il revienne un jour, avait manqué s'évanouir en lui ouvrant la porte.

Raven avait les yeux fermés, et il vit qu'elle s'efforçait de respirer calmement. Il repoussa doucement ses cheveux qui lui voilaient le visage, puis attendit quelques instants qu'elle se remette. Au bout d'une minute, elle battit des paupières et, ouvrant les yeux, les plongea dans les siens.

— C'est vraiment toi ? murmura-t-elle en lui touchant le visage.

— Oui, c'est vraiment moi.

Après quoi elle se redressa et se leva. Elle était toujours chancelante, mais ses joues avaient repris des couleurs.

— Doucement, lui dit-il.

Quand elle s'avança vers lui et l'enlaça, il fut enveloppé par son parfum, cette odeur si familière et particulière où se mêlaient le grand air et le soleil, conjugués à un soupçon de lavande. Fermant les yeux, il savoura la douceur de l'instant. Même si leurs corps avaient changé, Raven se calait toujours parfaitement dans l'ancre de ses bras.

Au bout d'un moment, elle recula légèrement et plongea les yeux dans les siens. La joie qu'il y distingua était indéniable.

— Quand es-tu rentré ?

— Hier. À l'heure du dîner.

Elle lui toucha à nouveau le visage comme pour se convaincre qu'il était bien réel.

— Donc tu es revenu hier ?

— Oui.

— Et où étais-tu, pendant tout ce temps ?

— J'ai travaillé dans des ranchs, au Texas.

— Mais pourquoi n'as-tu jamais appelé ? N'es-tu jamais revenu ?

Elle semblait confuse, meurtrie.

Il comprenait tout à fait sa colère, le sentiment de trahison qu'elle devait éprouver. Du moins était-ce ce qu'il aurait ressenti à sa place. Il avait conscience que la conversation qui allait suivre ne serait pas aisée.

— Je suis de retour, maintenant, dit-il simplement.

Il aurait aimé trouver les mots pour effacer le chagrin qu'il lisait dans ses yeux, mais il doutait qu'ils existent. Il aurait aimé lui raconter la vérité, seulement elle paraissait si bouleversée qu'il n'était pas certain qu'elle puisse en supporter le choc – Karl Rivers avait quand même menacé de la tuer. Il lui dévoilerait la vérité quand elle se serait remise.

— Et… c'est tout ce que tu as à dire ? reprit-elle soudain avec humeur. Que tu es de retour, *maintenant* ?

Elle voulut reculer et faillit trébucher. Il la retint par le bras, et ce moment de faiblesse le renforça dans sa décision de la protéger. Visiblement, elle n'était pas en mesure de subir d'autres chocs émotionnels, tels que la raison de sa longue absence.

— Eh bien… oui, répondit-il. C'est si bon de te revoir.

Cette fois, elle s'écarta vivement de lui.

— Va-t'en, s'il te plaît. Tout de suite !

— Raven…

— As-tu la moindre idée du sang d'encre que je me suis fait ? À quel point j'étais folle de peur ? Toute la ville t'a cherché pendant des jours et des nuits. Jericho, Tony et Billy sont revenus régulièrement durant de longues semaines pour nous aider à trouver des indices. Des parents ont distribué des tracts. L'église a levé des fonds, vingt-cinq mille dollars pour récompenser celui qui donnerait des informations. M. Rivers a ajouté la même somme, si bien que le montant de la récompense s'élevait à cinquante mille dollars.

À ce nom, il se raidit. Ce salaud avait fait semblant de s'inquiéter pour lui ? Nul doute qu'il estimait que c'était la meilleure façon de rester informé des recherches menées pour le retrouver, sans compter qu'il passait en même temps pour un homme attentionné, ce qui lui permettait de poursuivre plus facilement ses activités criminelles.

— Sais-tu combien de nuits je n'ai pas dormi ? reprit Raven, dont la colère semblait s'amplifier. À quel point je me suis inquiétée pour toi ? J'ai pleuré pendant des mois ! Je devais me forcer à manger à cause de… J'étais complètement dévastée. Tout le monde me répétait que tu étais mort, mais je refusais de le croire. Je continuais à espérer que tu finirais par revenir. Puis je me suis mise à croire que tu étais blessé, c'était la seule raison qui, à mes yeux, expliquait ton silence. Mais en fait, pendant tout ce temps, tu allais bien ! Tu aurais pu rentrer, si tu l'avais voulu, mais ce n'était visiblement pas le cas.

— Ce n'est pas vrai !

Il lui était insupportable de l'entendre émettre de tels reproches alors qu'il n'avait eu qu'une obsession : rentrer. Si elle savait…

— Alors où étais-tu, Donovan ? En prison ? Dans le coma ? Retenu en otage ?

Otage, il l'avait été, mais pas dans le sens où elle l'entendait. L'amour qu'il lui portait ainsi qu'à ses parents avait rendu son retour impossible tant que Karl Rivers était en vie. Mais la mort de ce dernier l'avait libéré de sa captivité, et il était aussitôt rentré en Caroline du Nord, sans se ménager le moindre arrêt pour dormir ou manger.

— Eh bien ? insista Raven.

Il ne servait à rien de discuter ce soir, pensa-t-il. Elle était trop bouleversée et le serait plus encore s'il lui disait la vérité.

— Non, répondit-il. Ce n'était pas pour ces raisons-là.

Raven s'efforça de ne pas hurler en entendant la réponse de Donovan. Elle avait toujours cru, pendant ces longues années, qu'un solide motif expliquerait sa disparition. Il devait forcément y en avoir un ! Elle avait imaginé le pire : il était affreusement blessé, défiguré, paralysé. Parfois, elle se disait qu'il avait brusquement été frappé d'amnésie, qu'il avait oublié qui il était et où il vivait. Elle avait cherché sur Internet des histoires de gens égarés, incapables de donner leur nom ou leur adresse. La police lançait alors des appels à témoins pour les identifier. Mais elle n'avait rien trouvé concernant celui qu'elle aimait de tout son cœur et de toute son âme. Et pour cause : pendant qu'elle se consumait à petit feu, il vivait tranquillement au Texas !

Comment avait-il pu lui infliger une telle cruauté ? Et à ses parents ? Les Cordero avaient été anéantis par sa disparition et pourtant, avec elle, ils étaient les seuls qui avaient cru à son retour.

— Tes parents savaient-ils où tu étais ? s'enquit-elle.

— Non, personne ne le savait.

Essuyant d'un geste rageur des larmes qui coulaient malgré elle, elle rétorqua :

— Dans ce cas, pourquoi es-tu rentré ?

Il parut réfléchir à la réponse qu'il allait donner. Tiens, il avait changé, songea-t-elle. Le Donovan de sa jeunesse était impulsif et fantasque ; il agissait et réfléchissait après. Visiblement, sa personnalité était devenue autre, tout comme son physique, d'ailleurs. Autrefois, il était plutôt maigre et dégingandé. Aujourd'hui, sa musculature était plus développée, sa carrure impressionnante, ce qui, avec son mètre quatre-vingt-deux ou trois, lui donnait un air imposant. Sa peau était tannée par le soleil. Seuls ses yeux étaient toujours aussi clairs et perçants. Selon toute vraisemblance, il n'avait pas trop souffert, pendant ces dix dernières années.

Cette pensée lui transperça le cœur. Il aurait pu lui revenir, mais non ! Il avait préféré rester au Texas ! Elle ne lui pardonnerait jamais.

Dire qu'elle avait rêvé pendant des années de ce moment… Ce n'était pas du tout ainsi qu'elle l'avait imaginé ! Non, rien n'aurait pu la meurtrir autant que la façon dont le retour de Donovan se déroulait.

— Il est temps que tu partes, décréta-t-elle. Tout de suite.

— Je suis désolé de t'avoir blessée. J'espère que nous pourrons être à nouveau amis.

Elle et lui, amis ? Certainement pas ! Elle le détestait. Elle ne voulait plus jamais le croiser ! En ce qui la concernait, il pouvait bien disparaître à nouveau, et pour toujours, cette fois, si tel était son bon vouloir ! Pendant des années, il avait mené une existence secrète. Grand bien lui fasse ! Elle aussi pouvait avoir des secrets.

— Non, répondit-elle. Ce ne sera pas possible.

Elle tressaillit en entendant des pas dans le couloir. Et elle comprit aussitôt qu'il lui serait impossible de garder son secret.

— Maman ?

- 3 -

Donovan crut vaciller.

« Maman » ?

Raven avait donc un enfant. Et un mari, sans doute. Même s'il avait toujours souhaité qu'elle ait tourné la page pour mener la vie heureuse qu'il n'avait pas pu lui donner, la pensée qu'elle soit réellement amoureuse d'un autre homme lui coupa le souffle.

Préférant ne pas réfléchir à sa réaction paradoxale, il se retourna et aperçut un garçonnet de huit ou neuf ans, aux yeux braqués sur Raven. Et comme cette dernière ne lui répondait pas, il s'adressa directement à lui :

— Qui es-tu ?

Il ouvrit la bouche pour répondre, mais quand son regard croisa celui de l'enfant, aucun mot ne put en sortir. C'était comme s'il venait de recevoir un coup de poing en plein ventre. Les yeux du petit garçon étaient exactement de la même nuance de gris que ceux qu'il croisait chaque matin dans le miroir, quand il se rasait. Ce gris qu'il avait hérité de son père.

Il comprit aussitôt et sentit ses genoux fléchir. Ce petit garçon était son fils. Raven était donc enceinte quand il était parti. Était-ce ce qu'elle avait l'intention de lui dire, le dernier soir où ils s'étaient vus ?

— Qui c'est, maman ?

Il aurait aimé lui répondre qu'il était son père, mais

cela aurait été bien trop égoïste. Raven était sans doute mariée et l'enfant pensait que son beau-père était son vrai père.

Aussitôt il regarda sa main gauche et constata qu'elle ne portait pas d'alliance. Ce qui n'était pas une preuve ; elle avait tout à fait pu l'enlever pour travailler sur le ranch et oublier de la remettre.

— C'est Donovan Cordero, le fils de M. et Mme Cordero, et un ami à moi, répondit Raven en souriant à son fils.

— J'aime bien M. et Mme Cordero, dit le petit garçon. Tu es leur fils qui a disparu ? ajouta-t-il après avoir réfléchi un instant.

Toujours incapable de parler, Donovan se contenta de hocher la tête.

— Waouh ! Tu étais où ? Pourquoi tu n'es pas rentré chez toi avant ? Tes parents ne t'ont pas manqué ?

— Elias, ça suffit ces questions, intervint Raven. Que voulais-tu ?

Elias sourit et une fossette creusa sa joue gauche. La même que la sienne, pensa Donovan, et il eut la sensation de se revoir à l'âge de neuf ans.

— Je voulais te dire qu'il y a une fête foraine, à Sweet Briar, ce week-end, et savoir si tu voulais venir avec moi, répondit Elias.

Raven sourit.

— Si *moi* je voulais venir avec toi ? Bien joué, mon chéri, mais je ne me souviens pas de t'avoir dit que tu pouvais y aller.

— Maman ! S'il te plaît ! Tous mes copains y seront.

— Je te donnerai ma réponse quand tu auras eu ta note de maths.

— Maman…

— Je dois parler à Donovan, l'interrompit-elle. Va faire tes devoirs.

— D'accord…

Le petit garçon remonta l'escalier comme s'il portait tout le poids du monde sur ses épaules.

Quand il eut disparu, Raven et lui restèrent muets pendant quelques instants. En état de choc, il était incapable de formuler la moindre phrase cohérente ; son monde venait de basculer et il s'efforçait de le remettre sur son axe. Cette révélation, qui venait se rajouter aux émotions des derniers jours, l'avait mis littéralement KO. Deux phrases tournaient en boucle dans son cerveau : *J'ai un fils. Et il ne sait pas qui je suis.*

Il expira à fond, puis regarda Raven. Alors que devant Elias elle était parvenue à garder une certaine contenance, à présent elle était toute tremblante et semblait à bout de forces.

— Raven ?

— Quoi ? murmura-t-elle tandis que ses yeux se remplissaient de larmes.

— Elias est mon fils, n'est-ce pas ?

— Oui, répondit-elle avec douceur.

— Merci.

— Merci de quoi ?

— De l'avoir mis au monde. Rien ne t'y obligeait. J'imagine que cela n'a pas dû être facile, pour toi.

Elle darda sur lui de grands yeux surpris.

— Tu n'es pas en colère ? demanda-t-elle.

— En colère ? Mais pourquoi ?

— Parce que… Enfin je ne sais pas… Tu…

Elle laissa échapper un petit rire nerveux et se tut.

Il n'insista pas.

Bien sûr qu'il était en colère, mais pas contre elle.

C'était Karl Rivers qu'il vouait aux gémonies car, à cause de lui, il ignorait qu'il était père depuis neuf ans ! Il n'avait pas vu son fils naître, ni grandir. Il en aurait hurlé, mais il ne pouvait pas laisser libre cours à sa fureur devant Raven ; elle aurait cru que c'était dirigé contre elle.

— Es-tu mariée ?

— Pardon ?

— As-tu un mari ? D'autres enfants ?

À cet instant, elle s'approcha de lui et se planta devant lui, l'air furibond.

— Quel culot ! s'exclama-t-elle. Tu disparais sans un mot, tu me laisses enceinte, seule, complètement folle d'inquiétude. Tu restes dix ans sans donner le moindre signe de vie. Pas même un coup de fil pour dire que tu vas bien. En résumé tu n'avais que faire de ce que je vivais, et tu reviens comme si de rien n'était et tu… tu… Tu ne sais plus rien de ma vie, Donovan ! Et je ne t'en dirai rien ! Ça ne te regarde pas !

— Si, car Elias est mon fils. Et s'il y a un autre homme dans sa vie, j'ai le droit de savoir.

— Le *droit* ? s'écria-t-elle en serrant les poings.

Il ne l'avait jamais vue animée d'une telle violence, mais tant de choses pouvaient changer, en dix ans ! Par prudence, il recula d'un pas.

— Oui, le droit. Je suis le père d'Elias.

Il vit la colère flamber dans les yeux de Raven et ajouta bien vite :

— Je m'exprime sans doute de façon maladroite.

— Non, vraiment ? rétorqua-t-elle, moqueuse.

— Je suis encore sous le choc, alors pardon de ne pas trouver les mots qu'il faudrait.

Elle parut se radoucir.

— Tu n'es pas le seul. Moi aussi je pars en vrille.

— Je ne te remercierai sans doute jamais assez pour avoir mis Elias au monde, l'avoir élevé, mais il n'en reste pas moins que je suis son père. Et je veux faire partie de sa vie. Apprendre à le connaître, passer du temps avec lui.

— Tu crois que tu peux débarquer dans la vie d'Elias et faire abstraction de ta disparition ? C'est ça que tu veux dire ? Dix ans, Donovan, je suis restée *dix ans* sans la moindre nouvelle de toi !

— J'en ai bien conscience, crois-moi, mais maintenant que je suis de retour, je veux faire partie de sa vie.

— Pour combien de temps ?

— Je suis revenu pour de bon.

Raven posa la main sur son front, le souffle court, et ferma les yeux un instant avant de reprendre :

— Tu n'espères quand même pas que je vais te laisser t'installer dans la vie de mon fils ? Qui me dit que tu ne disparaîtras pas à nouveau, et cette fois, avec lui ?

— Notre fils.

— Non. *Mon* fils !

— Raven, je ne te demande pas la garde partagée. Je veux juste passer du temps avec lui, apprendre à le connaître.

Elle se mit à faire les cent pas puis revint près de lui, l'air déterminé, le regard d'acier.

— Je ne vais pas lui dire qui tu es *maintenant*. Et ça, ce n'est pas négociable, décréta-t-elle d'un ton qui n'admettait aucun commentaire.

Même s'il fut déçu de cette réponse, il comprit que ce n'était pas du tout le moment de débattre du sujet et qu'il serait par ailleurs fort peu opportun de se disputer avec Raven. Cela dit, il n'abandonnerait pas. Peut-être serait-il plus facile de faire la connaissance d'Elias sans que celui-ci connaisse sa véritable identité. Son fils pourrait en effet lui en vouloir pour son absence, et il ne souhaitait pas lui expliquer la cause réelle de sa fuite. Par conséquent, il était préférable qu'ils nouent une relation avant qu'Elias apprenne la vérité. Car si la nouvelle le bouleversait, ils auraient au moins établi un lien, et il lui serait plus facile de gérer la réaction du petit garçon.

— Très bien, dit-il.

— Autre chose, Donovan. Ne compte pas voir Elias en dehors de ma présence. Je ne transigerai pas non plus là-dessus.

Il avait tant pensé à elle pendant ces longues années d'absence. Cependant, jamais il n'avait espéré revenir et reprendre là où ils en étaient avant son départ.

— Entendu, dit-il. Quand est-ce que je peux le revoir ?

Elle poussa un soupir qui en disait long sur son agacement.

— Je ne sais pas, Donovan. Tu as complètement bouleversé ma vie il y a dix ans, et tout à coup, tu reviens et tu veux faire partie de la vie de mon fils ! Comprends au moins que j'aie besoin de réfléchir, de retrouver mes esprits !

— Tu as raison.

D'ailleurs, pour être honnête, lui aussi avait besoin de se remettre de toutes ces émotions. Revoir Raven, découvrir sa paternité. Cela faisait beaucoup. Bien sûr, tout cela était très positif, mais il devait s'accorder un peu de temps.

— Je t'appellerai dans quelques jours et on trouvera une solution pour que tu le revoies, proposa Raven.

— OK.

Ils échangèrent leurs numéros de téléphone, et Raven se dirigea vers la porte d'entrée qu'elle ouvrit en grand pour lui signifier qu'il devait partir.

Avant de franchir le seuil, il lui effleura la main, et leurs regards se croisèrent.

— Merci encore pour Elias, murmura-t-il.

Par la fenêtre, Raven regarda Donovan regagner son pick-up et quitter la propriété. Elle voulait s'assurer qu'il était bien parti avant de laisser libre cours à ses émotions. Quand ce fut le cas, elle se laissa tomber sur le premier siège qui se présentait.

Donovan était vivant…

Elle avait toujours cru que s'il lui était arrivé quelque chose de grave, elle l'aurait su. Cependant, depuis peu, elle s'était mise à penser qu'il s'agissait en réalité d'un espoir mal placé. Et voilà qu'il était revenu, qu'il habitait juste à côté de chez elle, comme autrefois. Heureusement que les exploitations étaient immenses, dans la région, de sorte qu'elle ne tomberait pas sur lui dès qu'elle mettrait le nez dehors. Elle pourrait continuer à mener sa vie comme elle l'entendait.

Elle plaisantait ou quoi ? Sa vie avait échappé à son contrôle dès l'instant où elle avait ouvert la porte à Donovan ! C'était comme un rêve qui devenait réalité… jusqu'à ce que celui-ci se brise. Donovan ne lui avait donné aucune explication sur sa fuite, il y a dix ans, sur son silence, toutes ces années, sur les raisons de son retour. Il était parti. Il revenait. Tout allait bien pour lui !

Elle serra les dents, retenant les hurlements qui sourdaient en elle.

Elle avait continué à l'aimer pendant toutes ces années,

à se ronger les sangs pour lui alors qu'il allait parfaitement bien ! Elle n'arrivait pas à croire que l'homme qu'elle avait aimé ait pu lui imposer un tel cauchemar.

Pourquoi ne lui avait-il pas donné la moindre explication pour justifier sa disparition, il y a dix ans ? Son silence ? Peut-être parce qu'il estimait ne lui en devoir aucune ? Il se pouvait tout à fait que leur relation ait signifié bien plus pour elle que pour lui… Elle l'aimait de toute son âme. Mais pas lui.

Il fallait qu'elle aille faire un tour. Dès que ses parents reviendraient, elle demanderait à sa mère de surveiller Elias puis irait seller Evening Dream, son cheval préféré, pour aller dans un endroit où elle était certaine de ne pas être dérangée. Après la disparition de Donovan, il lui avait été impossible de revenir dans ce coin si spécial où ils avaient connu des heures merveilleuses. Aussi avait-elle trouvé un autre emplacement qui lui procurait un peu de paix, situé aussi loin que possible du ranch des Cordero.

Trois quarts d'heure plus tard, elle galopait vers son petit coin à elle. Une fois sur place, elle emmena sa monture se rafraîchir au ruisseau tout proche, puis se mit à ramasser des longs brins d'herbe plats qu'elle commença à déchirer, sans même s'en rendre compte. Soudain, le silence lui sembla bien trop pesant. Alors, s'adossant à l'arbre près duquel elle venait toujours se réfugier, elle leva la tête et se mit à pousser un cri qui venait du plus profond de son être, et qui exprimait tout le stress, la confusion et la douleur qui bouillaient en elle. Effrayés, les oiseaux s'envolèrent pour regagner le ciel sans nuages. Evening Dream tourna la tête vers elle, puis tapa du sabot afin de lui signifier sa désapprobation avant de se remettre à boire.

Repoussant ses cheveux en arrière, elle fut surprise de découvrir que ses joues étaient humides. Se laissant glisser à terre, elle se mit à pleurer à chaudes larmes. C'était sans doute le temps qu'elle avait perdu à attendre Donovan qui la chagrinait le plus, cet espoir indéfectible qu'il reviendrait… Or il était de retour et elle avait l'impression… d'être passée à côté de la vie.

Elle aimait son fils, bien sûr, et s'efforçait d'être la meilleure des mères. Les débuts avaient été plus que difficiles. Sa grossesse surprise, la disparition de Donovan, son angoisse devant ces événements qui la dépassaient. Heureusement, son père et sa mère avaient comblé les manques et apporté à son fils tout l'amour et l'attention dont il avait besoin. Ils avaient aussi fortement insisté pour qu'elle cesse d'errer comme un fantôme et s'intéresse à Elias. Ce qui s'était produit quand ce dernier avait pour la première fois prononcé le mot magique de « maman ».

Mais bien sûr, seule dans son lit le soir, une fois que son fils était endormi, elle avait laissé son esprit reprendre le chemin qui menait à l'endroit secret où Donovan vivait : dans son cœur. Tous les soirs, vers minuit, elle lui avait écrit, sachant que ses lettres ne lui parviendraient jamais. En réalité, elle avait cessé sa correspondance insensée il y avait seulement deux jours, quand elle s'était rendu compte que pour tourner la page, elle devait s'affranchir du passé. Elle était désormais fiancée à un homme bon qui méritait qu'elle se donne entièrement à lui.

Oui, mais voilà. Donovan était de retour !

Elle ne pouvait pas accepter qu'il consume à nouveau son existence. Elle était désormais convaincue de l'avoir aimé bien plus que lui qui, visiblement, lui avait fait ses adieux des années plus tôt.

Eh bien à présent, c'était à son tour de lui dire au revoir puisqu'elle allait se marier dans quatre semaines ! Certes, il était revenu, mais pas dans sa vie. Désormais, il appartenait à son passé et elle entendait bien l'y laisser.

- 4 -

— Je vais m'asseoir un peu sur la terrasse, dit Raven à ses parents alors qu'ils se trouvaient dans le salon.

Au cours du dîner, Elias, toujours bavard, avait parlé de Donovan, et elle avait dû expliquer brièvement à ses parents qu'il était passé la voir. Contrairement à ce qu'elle redoutait, sa mère n'avait fait aucun commentaire, se doutant qu'elle n'était pas en mesure d'aborder le sujet.

Puis elle avait consacré le temps habituel à Elias, avant qu'il prenne son bain. Fidèle à lui-même, il avait mené la conversation, et notamment insisté sur ses projets pour les vacances d'été, oubliant qu'il lui restait encore deux semaines d'école. Elle avait ensuite vérifié ses devoirs, et constaté avec plaisir que tous ses exercices de mathématiques étaient justes. Quand il était sorti de la salle de bains, elle lui avait accordé sa demi-heure de lecture habituelle puis lui avait souhaité une bonne nuit avant de sortir de sa chambre. Elle avait alors rejoint ses parents dans le salon.

Au moment où elle s'apprêtait à sortir, son père lui demanda :

— Carson ne vient pas, ce soir ?

— Non, il reste auprès de sa mère. Elle a vraiment du mal à se remettre de la mort de son père.

— Je comprends.

— Et comme il n'a ni frère ni sœur, elle se repose entièrement sur lui.

— C'est un fils modèle et un homme bon, intervint sa mère.

Sa mère adorait Carson et elle ne doutait pas un instant que cette remarque était destinée à lui rappeler qu'elle ne devait pas laisser Donovan détruire leur relation.

— Je sais, répondit-elle.

— Je ferai des lasagnes et un gâteau que je leur porterai demain.

— Entendu, maman, je viendrai avec toi.

Elle avait parlé deux ou trois fois longuement au téléphone avec Carson depuis la mort subite de son père, mais ils avaient passé très peu de temps ensemble.

Prenant la télécommande, son père alluma la télévision pour regarder son émission préférée ; il se retirait donc de la conversation. Quant à sa mère, elle chaussa ses lunettes et reprit sa broderie. Aussi Raven estima-t-elle que plus rien ne la retenait au salon.

Le temps avait été chaud et lourd, mais maintenant que le soleil était couché, l'air était agréable. Elle s'assit sur le canapé en osier et posa les pieds sur le coffre en bois, en face. Puis elle s'enivra des douces senteurs de la nuit qui montait, en essayant d'oublier la soirée difficile qu'elle venait d'affronter.

Fermant les yeux, elle décida de ne pas repenser à Donovan. Ce qui n'était guère aisé ! Naturellement, elle était heureuse pour lui qu'il soit sain et sauf, mais elle aurait tant aimé qu'il reprenne contact plus tôt ! Ne serait-ce que pour lui dire qu'il allait bien, qu'il avait recommencé une autre vie ailleurs, sans elle. Ainsi, elle ne serait pas restée dix ans à l'attendre !

Cette attente la rendait vraiment furieuse, même si

elle ne savait pas très bien à qui elle en voulait le plus : à Donovan ou à elle-même. Sa mère n'avait cessé de l'inciter à tourner la page, mais elle avait cru avec entêtement en un amour qui n'était en réalité qu'un mirage… En tout cas, elle était sûre d'une chose : jamais elle ne referait une telle bêtise. Elle consacrerait un peu de temps à Donovan pour lui permettre de tisser un lien avec Elias, mais il était hors de question qu'elle lui rouvre son cœur.

Soudain, son téléphone sonna.

Donovan !

Que lui voulait-il encore ? se demanda-t-elle, agacée. Il était resté dix ans sans l'appeler une seule fois et maintenant qu'il était revenu, il ne pouvait pas la laisser tranquille quelques petites heures ?

Elle hésita à répondre, mais la curiosité finit par l'emporter, d'autant qu'elle n'avait aucune envie qu'il débarque ici une nouvelle fois sans prévenir.

— Oui ? répondit-elle d'un ton sec.

— Raven ?

Sa voix, plus apaisée, plus grave que tout à l'heure, lui rappela les heures innombrables qu'ils passaient au téléphone autrefois, en dépit de leurs rendez-vous réguliers à leur endroit secret.

Elle sourit malgré elle et dut se forcer à repousser le souvenir de ces conversations du soir qui représentaient tout pour elle… et rien pour lui. Cela, elle ferait bien de s'en souvenir !

— Qui attendais-tu d'autre au bout du fil ? répliqua-t-elle. C'est mon numéro que tu as composé.

Il se mit à rire.

— C'est vrai… Bon, j'espère que je ne te dérange pas. J'étais en train de penser à ce qu'Elias et moi pourrions faire ensemble.

— Elias, toi *et moi*, précisa-t-elle.

— Bien sûr ! Toi aussi, Raven, comment pourrais-je t'oublier ?

— C'est pourtant ce que tu as fait pendant dix ans !

Elle regretta aussitôt ses paroles. Il était inutile de lui montrer à quel point son absence l'avait meurtrie.

— Bref ! Que puis-je faire pour toi ? demanda-t-elle.

Il ne répondit pas tout de suite, et l'espace d'un instant, elle crut qu'il allait lui expliquer la raison de sa disparition… Mais non.

— Elias a parlé d'une fête foraine à Sweet Briar, reprit-il. Il semblait très excité à l'idée d'y aller. On pourrait s'y rendre tous les trois. On ferait connaissance, lui et moi, dans un cadre où l'on s'amuse.

— Pourquoi pas ? Je vais y réfléchir.

— Que lui as-tu dit sur moi ?

— Rien de plus que ce que tu as entendu.

— Enfin, sur son père de manière générale. Visiblement, tu n'as jamais prononcé mon prénom devant lui.

— Non. Je lui ai dit que son père l'aimait, mais qu'il avait dû partir loin de nous.

— Et quoi d'autre ?

— Rien. Je n'en savais pas plus. Et c'est d'ailleurs toujours le cas, lui rappela-t-elle sèchement.

— Raven…

— Peu importe, je m'en fiche, cela ne changerait rien. Cette relation appartient au passé, je préfère ne pas en reparler. Nous avons tous les deux tourné la page.

— Entendu. Pour l'instant, en tout cas.

— Non, pour toujours ! Si tu souhaites voir Elias, je ne veux pas que tu me reparles du passé et trouves des tas d'excuses pour justifier ta disparition et le fait que tu n'aies pas eu au moins la politesse de me passer un malheureux coup de fil. Recommence, et je te refuserai toute visite. Et étant donné les circonstances, je doute qu'un juge t'accorde ce droit.

Jamais elle n'aurait été cruelle au point de lui interdire de voir son fils, mais il n'en savait rien. Il se contenta de soupirer.

— Je te rappellerai pour la fête foraine, dit-elle.

— Merci.

Puis elle raccrocha sans lui dire au revoir.

Donovan considéra son téléphone, perplexe. La conversation avec Raven avait rapidement dégénéré ! De toute façon, qu'elle connaisse ou non la raison de son départ, qu'est-ce que cela changerait, à présent ? Ils avaient été séparés pendant dix ans, et leur amour s'était forcément estompé jusqu'à ce qu'il n'en reste plus rien.

Bien sûr, si elle avait su la vérité, elle ne l'aurait pas tant haï. Mais il la connaissait : ce n'était pas une mauvaise personne et s'ils passaient un peu de temps ensemble, ils pourraient redevenir amis. Quand le moment viendrait, il lui raconterait pourquoi il avait dû partir. D'ici là, il devait accepter qu'elle pense le pire de lui.

Ne pouvant dormir, il sortit de sa chambre et gagna la terrasse où ses parents prenaient le frais comme ils en avaient l'habitude quand les soirées étaient douces. Qu'il était réconfortant de constater que certaines choses n'avaient pas changé ! La tragédie que ses parents avaient vécue à cause de sa disparition semblait les avoir encore plus rapprochés l'un de l'autre. Et de son côté, maintenant qu'aucune menace ne planait plus sur lui et son entourage, il espérait trouver enfin la femme de sa vie.

Il avait cru que ce serait Raven, mais il s'était trompé.

Le temps avait fait des ravages. S'il était resté, ils seraient évidemment mariés, à cause du bébé, et peut-être auraient-ils continué à s'aimer, eu d'autres enfants. Mais l'éventualité d'un divorce n'était pas non plus à exclure.

Il soupira. Il ne servait à rien de ressasser et d'échafauder des hypothèses sur ce qui n'arriverait de toute façon jamais, puisque l'heure était passée.

Il avait déjà perdu dix ans de sa vie, cela suffisait !

— J'ai vu mon fils, aujourd'hui, annonça-t-il à ses parents.

Tous deux se tournèrent vers lui.

— Elias ? demanda son père, d'une voix emplie de culpabilité.

— Vous ne comptiez pas me parler de lui ?

— Si Raven ne l'avait pas fait, si, répondit sa mère. Mais nous savions que tu irais la voir rapidement. Dix ans ont passé, et elle a encore beaucoup d'importance pour toi.

Comme sa mère se trompait ! Tout avait changé entre Raven et lui.

— Ton départ a été rude pour Raven, expliqua son père. La pauvre petite, elle était anéantie. On a même cru qu'on allait la perdre, elle aussi. Quand ses parents ont appris qu'elle était enceinte, ils nous en ont informés. Pour être honnêtes, nous n'étions pas en meilleure forme qu'elle. Mais nous avons approuvé sa décision de garder l'enfant, même si nous n'étions pas vraiment en mesure de lui apporter le soutien affectif dont elle avait alors besoin. Nous étions à peine capables de tenir debout.

— Et l'on continuait à te chercher, précisa sa mère. Quand la police a cessé ses investigations, on a distribué des tracts et continué à faire tout ce que l'on pensait nécessaire.

— Apparemment, Elias ne sait pas que vous êtes ses grands-parents.

— Non, répondit son père. Nous l'aimons et le voyons de temps en temps. Nous lui offrons des cadeaux à Noël et pour son anniversaire, il pense que nous sommes des amis de ses grands-parents.

— Et cela vous suffit ?

— Oui, répondit son père. Je crois que tu ne te rends pas compte de l'état dans lequel nous étions quand les recherches se sont avérées infructueuses. De vraies loques. Nous n'aurions apporté que de l'anxiété dans la vie de cet enfant.

Donovan hocha la tête. Il comprenait. Tout le monde avait fait de son mieux dans une situation difficile. Il avait lui-même énormément souffert en partant sans savoir quand il pouvait revenir. Il était jeune, effrayé, ne restait jamais plus d'une nuit au même endroit, regardant toujours par-dessus son épaule par crainte d'apercevoir Karl Rivers. Il avait fallu des années avant qu'il se sente suffisamment en sécurité pour rester un ou deux mois d'affilée dans un ranch, une ville.

Puis il avait rencontré Della et Gabe Turner, les propriétaires d'un énorme ranch au cœur du Texas. Chaleureux et généreux, ils l'avaient traité plus comme un membre de leur famille que comme un employé.

Alors qu'il travaillait depuis quelques mois au ranch, Della l'avait invité pour le dîner de Noël. Il avait d'abord décliné, peu enclin à nouer des liens amicaux avec quiconque. Mais après avoir vu les invités arriver les uns après les autres, chargés de cadeaux, sa solitude avait eu raison de sa volonté et il avait frappé à la porte. Toute la famille Turner l'avait accueilli comme l'un des siens. Della et Gabe avaient deux fils qui étaient revenus pour les vacances de fin d'année, et le courant était tout de suite passé entre eux. La compagnie de Dustin et Austin lui avait rappelé l'époque où Jericho, Tony, Billy et lui étaient inséparables.

Ce jour-là avait marqué un changement pour lui. Une fois leurs fils repartis, Della et Gabe lui avaient confié le rôle de grand frère auprès d'Amelia, leur fille de quinze ans. Au début, l'adolescente n'avait pas vu d'un bon œil ce chaperon, mais finalement, il était parvenu à gagner son amitié, et une véritable relation fondée sur la tendresse et la complicité était née entre eux, au point qu'elle lui avait souvent présenté des jeunes femmes de sa connaissance, l'incitant à sortir avec. Certaines lui avaient plu, mais il s'était toujours gardé d'engager son cœur.

Devoir quitter Raven l'avait brisé, et il s'était promis de ne plus jamais aimer aussi fort. Et puis même s'il s'était senti bien chez les Turner, il avait toujours su que son séjour ne durerait pas toujours, et il ne souhaitait faire de peine à personne, ni à lui-même, ni à une femme. Aujourd'hui, il était soulagé de ne s'être lié à personne, car il ne retournerait pas au Texas. Il avait un fils, désormais, et jamais il ne l'abandonnerait.

— Je comprends, reprit-il. Mais un jour ou l'autre, je dirai à Elias que je suis son père. J'ai l'intention de faire partie de sa vie.

À ces mots, ses parents échangèrent un regard.

— Raven ne t'a rien dit d'autre ? s'enquit sa mère.

— Non, on essaie de trouver nos marques, tous les deux. En tout cas, quand Elias apprendra qui je suis, il saura aussi que vous êtes ses grands-parents. Êtes-vous prêts à l'être pour lui ?

Sa mère lui sourit.

— Absolument.
— Merci.
Finalement, sa vie reprenait sens, pensa-t-il. Pas de la façon dont il l'avait imaginé, mais cela le satisfaisait malgré tout.

- 5 -

Raven se tenait à côté de son fiancé, remerciant les nombreuses personnes venues honorer la mémoire de Karl Rivers. Elle n'avait jamais été très proche de ce dernier, ni très à l'aise en sa présence, notamment quand elle le surprenait en train de l'observer d'un air bizarre, mais il lui semblait que son devoir en cette occasion particulière était d'être auprès de Carson. Lui aussi avait été là pour elle lorsqu'elle avait eu besoin de lui, et son amitié lui avait été précieuse, lors de sa grossesse.

Enfant, Carson était harcelé à l'école, en dépit ou peut-être à cause de la fortune et de l'influence de son père. Donovan avait toujours eu à cœur de le protéger, et il avait fait savoir un jour que quiconque s'en prendrait à Carson devrait désormais s'expliquer avec lui. Comme il était le garçon le plus populaire du collège, les brimades avaient aussitôt cessé, personne ne souhaitant être en froid avec Donovan Cordero.

Après la disparition de Donovan, Carson avait été l'ami idéal pour elle, l'aidant à explorer jusqu'au bout toute piste qui aurait pu la mener à Donovan, la consolant quand elle éclatait en sanglots. L'aidant de son mieux après la naissance d'Elias. Jamais il ne lui avait dit une seule fois qu'elle devait tourner la page et oublier Donovan. Jamais non plus il ne lui avait fait la moindre avance.

Aussi avait-elle été surprise lorsqu'il lui avait offert

une bague avec un diamant pour lui demander sa main, devant Elias et ses parents, à Noël. Sa mère avait applaudi, ravie. Son père n'avait rien dit. Quant à Elias, il était bien trop concentré sur son nouveau livre pour prêter attention à ce que disaient les adultes.

Elle avait tout de suite pensé à Donovan et à leur projet de mariage, avant de se rappeler que ce dernier avait disparu et qu'il lui fallait envisager son avenir autrement. Pourquoi pas avec Carson qui était devenu son meilleur ami ? Elle n'était pas amoureuse de lui, mais quelle importance ? Carson était confiant dans le bonheur qui les attendait. Elle avait donc accepté sa demande en mariage.

— J'ai besoin de faire un tour, murmura Carson, l'arrachant à ses rêveries.

— Bien sûr !

La plupart des gens étaient repartis ; il ne restait que ceux qui cherchaient sans doute à être bénis par le pasteur.

— Je ne comprends pas que les gens s'attardent ainsi, marmonna-t-il. Ne voient-ils pas que ma mère et moi avons besoin d'être seuls ?

— Ils sont bien intentionnés, je crois.

Carson haussa les épaules et soupira. Il avait l'air fatigué et triste. Il ne devait pas avoir beaucoup dormi, ces derniers temps.

— Où est ta mère ? demanda-t-elle.

— Elle a la migraine, elle était allée s'allonger dans sa chambre. Il faut croire que ce n'était pas un signe assez fort pour que les gens s'en aillent.

— Ils pensent sans doute que leur présence te réconforte. Tu veux que je demande au pasteur de remercier chacun pour sa gentillesse et d'annoncer que ta mère et toi avez maintenant envie d'être seuls ?

— Tout à l'heure, peut-être.

Soudain, il regarda dans le vide, par-dessus son épaule, et ajouta :

— Je crois que l'on devrait avancer la date de notre mariage.

— Pourquoi ? On a déjà fixé la date.

— Comme tu veux, c'était juste une suggestion.

Il semblait agacé, mais elle ne releva pas. Ne venait-il pas d'enterrer son père ?

— Il paraît que Donovan est revenu, ajouta-t-il d'une voix sourde.

Elle se raidit. Évidemment, il l'avait appris. La communauté était petite et les nouvelles se répandaient vite. Et puis comment une histoire pareille aurait-elle pu passer inaperçue ? Même si personne ne savait pourquoi Donovan avait disparu, tout le monde espérait qu'il reviendrait un jour et s'était accroché à cette idée. Cependant, étant donné ce qui venait de se passer dans la vie de Carson, elle était surprise qu'il le sache.

— Oui, il y a deux jours, répondit-elle.

— Et tu ne m'as rien dit ?

— Ton père venait de mourir. Je ne pensais pas que ce retour avait de l'importance pour toi.

— Et pourtant si.

— Je vois. Est-ce pour cette raison que tu veux avancer notre mariage ?

— Tu ne portes jamais la bague que je t'ai offerte, Raven.

Il n'avait pas répondu à sa question, mais encore une fois, elle n'en prit pas ombrage.

— Je travaille sur un ranch. Tu crois vraiment que je peux porter un diamant quand je m'occupe du bétail ?

— Est-ce la seule raison ?

— Enfin, Carson, que t'arrive-t-il ?

— Pardon, oublie ce que je viens de dire. Je suis juste chamboulé par la mort de mon père et je ne sais pas comment aider ma mère. Elle est si triste. Elle ne mange quasiment plus, depuis quelques jours.

— Elle est sous le choc, c'est normal. Ils étaient mariés depuis trente-cinq ans. Ton père était l'amour de sa vie. Maintenant qu'il n'est plus là, elle doit faire son deuil.

— Comme toi après la disparition de Donovan. Lui aussi, c'est l'amour de ta vie ? Ou bien est-ce moi ?

— Pourquoi me poses-tu une telle question maintenant ?

— Je constate juste que tu ne veux pas y répondre.

Que voulait-il ? Qu'elle lui mente ? Elle n'avait jamais prétendu être amoureuse de lui.

— Excusez-moi…

Ils se retournèrent et se retrouvèrent face à Mme Thomas, la femme du pasteur, qui, à en juger par son air confus, avait malgré elle entendu une bonne partie de leur conversation. Mais Raven savait que c'était quelqu'un de bien qui n'en dirait jamais rien à personne.

— Désolée de vous interrompre, enchaîna Mme Thomas, mais tout le monde est parti. Nous avons mis les restes au réfrigérateur et rangé la cuisine. Le pasteur et moi voulions nous assurer que ta mère et toi n'aviez plus besoin de rien, avant de partir, Carson.

— Merci, répondit-il en prenant Mme Thomas dans ses bras. Je ne sais pas ce que nous aurions fait sans vous.

Il prononçait les mots qui s'imposaient, et pourtant Raven eut la sensation qu'ils étaient dirigés contre elle, comme si elle, elle ne les avait pas assez soutenus, sa mère et lui. Ce qui était faux. Elle avait été présente autant que possible, mais en tant que mère célibataire, son temps était compté. Et puis elle était bien consciente que ce n'était pas cela qu'il lui reprochait, mais son silence au sujet du retour de Donovan.

— Je vais y aller, moi aussi, dit-elle une fois que le pasteur et sa femme furent partis.

Rassemblant ses affaires, elle embrassa Carson et regagna sa voiture.

Carson était bouleversé, en deuil, le moment n'était donc pas opportun pour avoir une discussion sérieuse avec lui au sujet du retour de Donovan. Cependant, ils devraient reparler de tout cela avant le mariage.

Donovan s'occupa de Zeus puis le libéra dans le corral avant de se diriger vers la maison. La journée avait été longue et bien remplie. Bien que très heureux d'être revenu, il lui était toujours un peu étrange de penser qu'il était enfin chez lui. Retrouver ses parents avait comblé un immense vide en lui, et les jours qui venaient de s'écouler avaient été exaltants, sans compter qu'il s'était découvert un fils. Tout cela aurait dû le satisfaire pleinement, et pourtant il éprouvait encore un manque : celui d'une femme dans sa vie.

Jusque-là, il s'était toujours gardé d'en chercher une, mais à présent, il était prêt pour une relation portée par le même amour que ses parents avaient l'un pour l'autre. Ou bien les Turner…

En pensant à eux, son cœur se serra. Il était parti si précipitamment, et depuis une semaine, il ne leur avait toujours pas donné de ses nouvelles. Il devait au moins les appeler pour leur dire qu'il était bien arrivé.

Quand il arriva dans le patio, derrière la maison, il constata que sa mère, qui était assise à la table de jardin, avait de la compagnie. En une seconde, il reconnut Carson Rivers et comprit qu'il devait impérativement maîtriser la colère qui venait de s'emparer de lui. Colère tout à fait illégitime. Carson n'était pas responsable des crimes de son père.

Ils n'avaient jamais été des amis très proches, mais Donovan l'avait invité de temps à autre à la maison, sa mère insistant sur le fait que Carson ne recevait pas assez d'amour et d'attention de la part de ses parents, et que la petite compensation qu'elle pourrait lui donner n'était pas superflue.

Il sentit pourtant d'emblée une certaine tension entre eux, lorsqu'il arriva à leur hauteur. Se rappelant l'enfant que Carson avait été, Donovan lui sourit et lui tendit la main.

— Carson ! Comment vas-tu ?

Ils échangèrent une poignée de main et sa mère se leva.

— Je vous laisse, les garçons. J'ai déjà proposé quelque chose à boire à Carson, mais il ne veut rien prendre. Et toi, Donovan ?

— Moi non plus, maman, merci.

Il fit signe à Carson de se rasseoir. Il savait qu'il avait enterré son père le matin même, mais il était hors de question qu'il lui présente ses condoléances. Personne ne se réjouissait plus que lui de son décès. Ce qu'il regrettait, c'était qu'il ne soit pas mort plus tôt.

— Qu'est-ce qui t'amène, Carson ?

— J'ai appris que tu étais revenu et je voulais te souhaiter la bienvenue.

Son ton et son expression n'étaient pourtant pas en harmonie avec ses propos. Quelle était la vraie raison de cette visite ?

— Merci, dit-il, attendant que Carson dévoile son jeu.

— Beaucoup de choses ont changé, depuis ton départ.

— Ça, c'est vrai. Mais de nombreuses sont restées les mêmes. Et les changements que j'ai pu constater sont très positifs.

Comme Elias, pensa-t-il. La naissance de son fils et la disparition définitive de Karl Rivers appartenaient assurément à cette catégorie.

Carson tapotait la table du bout des doigts, visiblement impatient de s'exprimer.

— Je sais que tu es allé voir Raven, dit-il soudain.

Raven ? Pourquoi Carson lui parlait-il de Raven ?

— Oui, effectivement, répondit-il, sur ses gardes.

— Tu sais, pour Elias ?

— Qu'il est mon fils ? Oui.

— C'est un gentil garçon. Et je voulais te dire que j'ai l'intention de le traiter comme mon propre fils.

— Pardon ? Mais de quoi parles-tu ?

— Raven ne t'a donc rien dit ?

— Me dire quoi ?

— Raven et moi sommes fiancés. Nous allons nous marier le mois prochain. Avant, même, si j'arrive à la convaincre. Et j'ai l'intention d'adopter Elias.

— Ne compte pas là-dessus !

Un sentiment de rage pure s'empara de Donovan. Karl Rivers lui avait volé dix ans de sa vie, il était hors de question que le fils de ce criminel lui vole à présent son rôle de père !

— Je n'étais pas au courant des projets que vous avez, Raven et toi, mais ce mariage ne change rien au fait qu'Elias est *mon* fils et le restera. Il n'a pas besoin que tu le traites comme un fils, et jamais je ne consentirai à ce que tu l'adoptes. Donc tu peux tout de suite t'enlever ça de la tête. C'est *moi*, son père.

— Tu crois que tu peux débarquer après dix ans d'absence et reprendre ta vie là où tu l'as laissée ?

— Ce que je crois ne te regarde pas.

— Tu es parti. Raven a tourné la page. Avec moi. Je n'ai pas l'intention d'être mis à l'écart parce que tu reviens vivre à Sweet Briar.

Donovan bondit sur ses pieds et Carson l'imita. Ils avaient à peu près la même taille et la même carrure, mais étant donné la fureur qui l'animait, Donovan ne doutait pas qu'il aurait le dessus sur Carson en moins d'une minute.

— Je n'ai jamais eu l'intention de partir d'ici, déclara-t-il d'une voix dure. Et sans ton salaud de père, j'aurais pu assister à la naissance de mon fils et le voir grandir ! J'ai manqué le début de sa vie, il est donc exclu que je te laisse me voler le reste. Il faudra me passer sur le corps. Je te conseille vivement de t'en aller tant que tu peux encore marcher.

— Attends une seconde… De quoi tu parles ?

Carson était visiblement sous le choc, comme s'il avait vu un fantôme.

— Pourquoi accuses-tu mon père d'être responsable de ton départ alors qu'il a donné de l'argent pour te retrouver ? demanda-t-il, déstabilisé soudain.

— Il y a dix ans, ton cher papa a menacé de me tuer. Et de tuer aussi mes parents et Raven.

Il n'avait pas encore parlé de cela à Raven, de peur de la perturber. Nul doute que Carson s'empresserait de lui communiquer l'information. Et comme ils étaient fiancés, qu'ils se débrouillent, tous les deux ! De plus, Raven s'était bien gardée de lui parler de son prochain mariage avec Carson.

— Je ne te crois pas, protesta mollement Carson. Tu dirais n'importe quoi pour reconquérir Raven.

Sa voix manquait de conviction. Il avait des doutes. Avait-il vu ou entendu des choses suspectes pendant toutes ces années ? Donovan s'en moquait.

— Je n'ai pas du tout l'intention de « reconquérir Raven », pour reprendre tes termes, répliqua-t-il. Comme tu l'as souligné, dix ans se sont écoulés. Je ne l'aime plus, aussi je n'ai aucune raison de te mentir. Ton père a menacé de me tuer si je ne quittais pas la ville, et de tuer mes parents et Raven. C'est l'exacte vérité. Mais je me fiche que tu me croies ou non. Maintenant, je te le dis pour la dernière fois, sors de chez moi ! Et ne reviens jamais.

Il s'efforça de se calmer en regardant Carson s'éloigner d'un pas mal assuré. Ce dernier avait été pris de court par sa révélation. Après tout, il était tout à fait possible qu'il n'ait pas eu la moindre idée de l'homme qu'était réellement son père. Le coup devait être rude, pour lui, mais Donovan n'en avait rien à faire. Quand Carson était venu réclamer son dû en l'informant qu'il était fiancé à Raven, s'était-il préoccupé de ce que lui pourrait ressentir ? Non. Alors tant pis pour lui !

Il soupira. Carson avait cependant réussi son exploit puisque à présent, il était profondément meurtri d'apprendre que Raven, la seule femme qu'il avait aimée, allait se marier avec un autre.

- 6 -

— Et si tu allais aider ton grand-père ? suggéra Raven.

— OK, mais après on y va, hein ?

C'était la énième fois qu'Elias lui posait la question. Il était clair qu'il n'aurait manqué la fête foraine à aucun prix.

— Naturellement, mais on a encore deux heures devant nous. Donc occupe-toi au lieu de tourner autour de la pendule. Cela ne la fera pas avancer plus vite, tu sais.

Il allait la rendre folle ! Sa vie était assez compliquée en ce moment sans qu'Elias soit dans ses jambes alors qu'elle faisait le ménage.

— Bon, d'accord.

Il mit la minuterie sur son téléphone et ajouta :

— Mais je reviens dans deux heures pile.

Quand il referma la porte derrière lui, elle poussa un soupir de soulagement… qui ne diminua en rien son anxiété.

Elle avait finalement accepté que Donovan se joigne à Elias et elle pour aller à la fête foraine, mais avait refusé qu'il vienne les chercher pour que leur rencontre ait l'air fortuite aux yeux d'Elias. À son âge, il ne connaissait pas vraiment les nuances d'une relation entre un homme et une femme. Il savait que sa mère allait se marier, et si un autre homme que Carson était venu les chercher en voiture pour aller à la fête foraine, il se serait posé des questions. En outre, Carson n'avait pas paru ravi quand elle lui avait annoncé sa décision. Enfin, c'était un euphémisme ! Ils s'étaient vivement disputés au sujet de cette rencontre père-fils. Mais elle ferait toujours ce qui serait le mieux pour son fils.

Et Donovan avait dû de son côté accepter la rencontre « par hasard » à la fête foraine. Si tout se passait bien tout à l'heure, elle l'inviterait à passer un peu de temps avec eux, ce qui devrait déjouer les soupçons. Du moins concernant Elias, car elle était certaine qu'on les regarderait d'un air dubitatif, Donovan et elle, et que les langues se délieraient. Non que les gens de Sweet Briar soient malveillants. Ils étaient juste curieux. Et elle détestait être le centre des conversations. De toute façon, qu'ils fassent ou non de l'auto tamponneuse ensemble – ce qui ne se produirait bien sûr pas –, les gens parleraient forcément de Donovan et du mystère lié à sa disparition. Et par conséquent… d'elle.

D'après ce qu'elle savait, Donovan ne s'était pas encore montré en ville.

— Je crois que tu commets une erreur.

Elle sursauta. Elle n'avait pas entendu sa mère arriver. Il était inutile de lui demander de quoi elle parlait.

— C'est ton avis, maman. Donovan est le père d'Elias. Il a le droit de connaître son fils.

— Il a renoncé à ce droit il y a dix ans, quand il a fui en te laissant toute seule, alors que tu étais enceinte, répliqua sa mère, mains sur les hanches.

Raven soupira, agacée. Par pitié, sa mère n'allait pas recommencer…

— Maman, il n'était pas au courant, pour le bébé. Il est parti sans que j'aie eu le temps de lui dire.

Sa mère agita la main, pour montrer que cet argument n'avait pas de valeur pour elle.

Raven l'aimait et appréciait tout ce qu'elle avait fait pour l'aider à élever Elias, mais c'était *elle* la mère de ce dernier, pas sa mère.

— Et Carson ? s'enquit cette dernière. Je ne suis pas certaine qu'il apprécie que Donovan te tourne à nouveau autour.

— Donovan « ne me tourne pas autour ». Il veut juste apprendre à connaître son fils.

— Et Carson, qu'en dit-il ?

— Comme tu l'as deviné, cela ne lui plaît pas vraiment, mais il fait avec, comme tout le monde. Donovan est revenu, il ne repartira plus.

— Si j'étais toi, je n'en serais pas si certaine. Ce garçon n'est pas fiable.

— Pour commencer ce n'est plus un garçon, mais un homme, et je te rappelle que tu l'adorais, autrefois.

— Oui, avant qu'il te brise le cœur et que tu en sois anéantie au point de ne plus savoir comment tu allais survivre à chaque nouvelle journée. Sans parler de la douleur qu'il a infligée à Lena et Mario. Le chagrin qui a été le leur pendant des années. Donc, non, je n'ai pas très envie qu'il fasse de nouveau partie du paysage. Carson, en revanche, est un homme stable et fiable. Il ne te laissera pas tomber.

— Et cela devrait me suffire ? Le simple fait que je puisse compter sur lui justifie que l'on se marie ?

En disant cela, Raven se rendit compte qu'elle avait des doutes à propos de son futur mariage. Et ce n'était pas la première fois. Elle ne savait pas pourquoi, ni d'où ils venaient, mais ils étaient de plus en plus présents dans ses pensées. À moins qu'ils aient été tapis juste sous la surface jusque-là, attendant la moindre occasion pour sortir…

— Je ne vois pas où est le problème, décréta sa mère. Tu étais sûre de toi avant que Donovan revienne. Ne gâche pas tout pour lui, Raven. Ne brise pas une relation solide avec Carson contre ce que tu *imagines* entre Donovan et toi. La vie n'est pas un conte de fées. Je sais que Donovan est le père biologique d'Elias, mais il n'est pas l'homme qu'il te faut. Et si tu le laisses faire, il te brisera de nouveau le cœur, tu peux en être certaine.

— Et l'amour, dans tout ça, qu'est-ce que tu en fais ?

— L'amour ? Tu aimais Carson il y a cinq mois, quand tu as accepté sa demande en mariage ! Et tu ne l'aimerais plus aujourd'hui ? Tu nages en pleine confusion parce que Donovan vient de revenir, et tu es séduite par le côté romanesque de l'histoire. Mais crois-moi, ce que tu ressens pour Donovan n'a rien à voir avec l'amour. Et je ne pense pas qu'il va rester longtemps par ici. Il vaut mieux miser sur des choses solides que prendre des risques et tout perdre.

— C'est ce que tu as fait en épousant papa ?

Les parents de sa mère n'avaient en effet pas vu d'un bon œil au départ la relation de leur fille avec Rudy Reynolds, car il était plus âgé. De plus, ils voulaient qu'elle aille à l'université avant de se marier. Alors les deux tourtereaux s'étaient enfuis pour se marier. Les parents de sa mère avaient finalement oublié leur amertume quand leur fille s'était inscrite à la faculté à la rentrée suivante, et ils avaient été très fiers d'elle quatre ans plus tard, à l'obtention de son diplôme.

— Non, effectivement, reconnut sa mère, troublée. Mais la situation était différente.

— Pourquoi ? Parce que j'ai un enfant ?

— Bien sûr que non !

— Pourquoi alors ?

Sa mère laissa échapper un petit rire.

— Parce que tu es ma petite fille chérie et que je ne veux pas que l'on te refasse souffrir.

— Et moi, je veux connaître ce genre d'amour que papa et toi avez l'un pour l'autre, un amour si fort qu'il illumine toute une pièce et qu'on l'aperçoit à des kilomètres à la ronde.

— Tu pourras le connaître avec Carson.

— Je n'en suis pas certaine, maman.

— Et tu crois que Donovan, lui, est capable de te donner ce genre d'amour ?

— Je l'ignore. On ne s'est pas vus depuis des années. Je ne le connais plus vraiment.

— C'est bien pour cela qu'à ta place, j'attendrais avant de renoncer à Carson pour un inconnu.

Ayant eu le dernier mot, sa mère quitta la pièce.

Raven soupira. Elle savait que sa mère n'en démordrait pas. Son père, lui, lui conseillerait de suivre l'élan de son cœur…

Et comme elle ne savait pas où son cœur voulait la mener, elle se concentra sur le problème qui l'attendait, à savoir revoir Donovan dans une heure environ.

Donovan se tenait dans un angle, près de l'entrée de la fête foraine, et regardait la foule qui grossissait. Il était arrivé en avance pour redécouvrir la petite ville balnéaire qui avait sacrément prospéré en dix ans. De nouvelles boutiques avaient ouvert. On avait construit de nombreuses résidences sur ce qu'il se rappelait être des terrains vagues. Les rues étroites et cabossées de son enfance avaient été élargies et pavées.

Tout à l'heure, son cœur avait battu un peu plus vite quand il était passé près de l'endroit où s'étaient déroulés les faits qui avaient irrémédiablement changé le cours de sa vie et il avait instinctivement appuyé sur l'accélérateur. Mais en réalité, il n'avait rien ressenti. Ni peur ni colère. Rien. L'anxiété s'était dissipée et il avait continué sa route jusqu'à Sweet Briar.

Dans sa jeunesse, comme il vivait sur un ranch, il venait rarement en ville en dehors des jours scolaires. Devenu adolescent, il retrouvait ses amis le vendredi soir au Mabel's Diner, où ils restaient des heures à engloutir des burgers, des frites et à boire des milk-shakes. En passant devant tout à l'heure, il avait vu que le modeste restaurant était toujours ouvert et constaté que rien n'avait changé : les mêmes banquettes en vinyle rouge étaient alignées le long du mur. Et il était quasi certain que la carte était restée la même.

Après son petit tour en ville, il était venu se poster là où il attendait actuellement.

Il regarda sa montre. Raven et Elias n'arriveraient pas avant dix minutes, mais il préférait rester ici plutôt que…

— Donovan ?

Il se retourna.

— Jericho !

— Je suis si heureux de te revoir ! dit ce dernier en l'étreignant brièvement. On m'avait dit que tu étais revenu, mais j'avais besoin de le constater de mes propres yeux pour le croire.

Jericho Jones se mit à rire et ajouta :

— Enfin, même si tu es devant moi en chair et en os, j'ai encore du mal à le croire. On t'a cherché pendant si longtemps. Mais visiblement, tu ne t'étais pas évaporé dans les airs. Où étais-tu, pendant tout ce temps ?

— Au Texas. Du moins les sept dernières années.

Il était évident que Jericho avait envie d'en savoir davantage, mais Donovan ne pouvait pas en dire plus pour l'instant, peu désireux de gâcher sa journée en parlant de Karl Rivers. Plus tard, il raconterait l'histoire à son vieil ami dans les moindres détails, mais pas maintenant.

— Pourquoi n'es-tu jamais revenu ? N'as-tu jamais téléphoné ? Enfin, donné un signe de vie ? demanda Jericho.

Alors que Donovan cherchait à se dépêtrer de la situation, la femme qui se tenait à côté de Jericho toussota.

— Désolé, dit Jericho. Je ne t'ai pas présenté ma femme, Camille.

Donovan lui tendit la main.

— Ravi de faire ta connaissance, Camille.

— Moi aussi ! J'ai tellement entendu parler de toi que j'ai l'impression de te connaître. Ne laisse pas les curieux te harceler pour avoir plus d'informations que tu n'as envie d'en donner pour l'instant. J'ai moi-même dû quitter ma ville en urgence, aussi je comprends. Heureusement que ce beau rancher m'a sauvé la vie, précisa-t-elle en effleurant la joue de Jericho d'une caresse.

— Camille a raison, dit Jericho en riant. Pardon d'avoir été indiscret. Je suis si content de te revoir. Tu ne vas pas repartir, j'espère ?

— Non. Désormais, je ne quitte plus le ranch familial. Je reste chez moi. Camille, je vais peut-être te paraître aussi indiscret que Jericho, et dans ce cas, dis-le-moi, mais pourquoi as-tu dû quitter ta ville natale en urgence ?

— Pas de problème. Avant de devenir la femme d'un rancher, je vivais à New York et travaillais à Wall

Street. Un soir, j'ai découvert un blanchiment d'argent, et quelques jours plus tard, j'ai entendu une conversation qui ne m'était pas destinée. Mon employeur envisageait de m'éliminer ! Je suis partie sans demander mon reste et je suis arrivée au Double J Ranch. Je te passe les détails, mais Jericho et moi sommes tombés amoureux… et voilà !

— Waouh ! s'exclama Donovan.

Finalement, sa cavale n'était pas très différente de la sienne. En dépit de ce qu'elle avait enduré, Camille avait trouvé l'amour et était heureuse dans son mariage. Il connaîtrait peut-être lui aussi un happy end…

— Donc tu vois, reprit Camille, quelle que soit ton histoire, elle ne nous semblera pas tirée par les cheveux.

— Merci, je m'en souviendrai, dit-il. Et sinon, Billy et Tony vivent encore dans les environs ? J'adorerais les revoir.

— Tu te souviens que Tony voulait étudier à l'université de Californie à Los Angeles ? demanda Jericho.

— Tout à fait. Il n'arrêtait pas d'en parler.

— Eh bien, il est resté en Californie après ses études, et ses parents ont pris leur retraite à Hilton Head il y a cinq ans. J'ai racheté le ranch qui, à l'origine, était une partie du Double J. Quand il vient voir ses parents, il passe un jour ou deux chez nous.

— Et Billy ?

Jericho changea de visage, et ses yeux se remplirent de tristesse.

— Il a été tué en Irak, il y a huit ans.

— Oh non !

— Ses parents et sa sœur vivent encore dans la région, mais je ne les vois pas très souvent. Pour être honnête, j'ai un peu perdu le contact avec les gens d'ici, moi aussi, mais je compte me rattraper. Passe au ranch quand tu veux, notre porte t'est grande ouverte.

— Entendu. Je viendrai vous voir la semaine prochaine.

— Génial ! On va acheter des beignets, tu te joins à nous ?

— Non merci, j'attends quelqu'un. À très bientôt, alors.

Il les regarda s'éloigner dans la foule, ravi de cette rencontre. Comme il était bon de voir que son vieil ami était si heureux ! Qu'il avait trouvé la femme de sa vie. Peut-être serait-il lui aussi chanceux et finirait-il par rencontrer le grand amour ?

Mais pour l'instant, c'était avec Raven et Elias qu'il avait rendez-vous.

Il les aperçut dès qu'ils franchirent les portiques d'entrée. Raven jeta un regard autour d'elle tout en cherchant de l'argent dans son porte-monnaie. Elle tentait sans doute de repérer discrètement où il était.

Vêtue d'un haut rose et d'un short à fleurs, elle était à tomber par terre. Elle lui tourna le dos un instant, et il put admirer sa taille fine et sa parfaite chute de reins...

— Viens, maman ! ordonna Elias en l'attrapant par le bras.

— On y va, dit-elle. On y va. La fête ne va pas s'envoler.

Il était temps pour lui de sortir de l'ombre, songea Donovan. Prenant une grande inspiration, il s'avança vers eux.

— Raven ? Elias ? Il m'avait bien semblé que c'était vous, s'exclama-t-il en feignant la surprise.

— Tiens, salut, dit Raven.

— Salut, renchérit Elias.

De toute évidence, le petit garçon n'avait aucune envie qu'on les retarde, sa mère et lui.

— Je suis venu tout seul, expliqua Donovan. Est-ce que je peux profiter de votre compagnie ?

— Bien sûr, répondit Raven. Ça ne pose pas de problème. N'est-ce pas, Elias ?

— Euh, non... Mais je t'ai dit, maman, que je voulais aussi voir mes amis.

— Je sais. Nous nous tiendrons un peu à l'écart.

— Plutôt *beaucoup* à l'écart. J'ai neuf ans maintenant, je peux me débrouiller.

— Je sais, mon chéri.

Donovan retint un soupir. Il n'allait pas être aussi facile de passer autant de temps avec son fils qu'il l'avait espéré. Il avait cru qu'ils iraient ensemble de stand en stand, or voilà qu'il était relégué au second plan et devrait se contenter de regarder Elias s'amuser à distance. Cependant, il se rappelait son comportement au même âge : il ne voulait surtout pas que son père et sa mère soient à portée d'oreilles et puissent entendre ce que ses amis et lui se racontaient. Ou que ses parents aient un comportement qui l'aurait gêné devant ses copains.

— Ne t'inquiète pas, tu auras largement le temps de profiter de lui, lui dit Raven alors qu'Elias s'élançait pour rejoindre un groupe de cinq ou six garçons.

Les enfants se dirigèrent vers une attraction et firent la queue pour acheter leur ticket.

— Tu le prends mieux que je ne pensais, ajouta-t-elle.

— C'est-à-dire ? Tu croyais que j'allais m'introduire chez toi au milieu de la nuit et l'enlever ?

— Désolée, je ne voulais pas dire ça.

— Non, c'est moi qui suis désolé. Je suis un peu à cran.

— Oui, c'est normal. On l'est tous les deux. Tu as vu comme les gens nous regardent ?

— C’est *toi* qu’ils regardent. Tu es la plus belle femme de la fête.

Elle se mit à rire.

— Inutile de me flatter, tu sais. Je t’ai déjà dit que tu pourrais passer du temps avec Elias.

— Ce n’était pas de la flatterie, c’est la vérité. Tu es magnifique.

À cet instant, elle redevint sérieuse et la lueur qui brillait dans ses yeux s’éteignit.

— Donovan, ce n’est pas un rendez-vous, donc ne flirte pas avec moi. Nous sommes ici pour Elias.

— Je sais. Seulement je pense qu’il est important que nous refassions connaissance, tous les deux. Et ce n’est pas dans l’intention de te séduire, je sais que tu es fiancée. Je ne compte pas interférer dans ta relation.

— Qui te l’a dit ?

— Carson. Il est passé chez moi. Félicitations ! J’espère que vous serez heureux ensemble. Sache que je ne vais pas m’imposer dans ta vie, mais si on veut être coparents, il faut que l’on soit amis. On l’a été autrefois, n’est-ce pas ?

Elle hocha la tête et son sourire réapparut sur ses lèvres. Apparemment, il avait dit ce qu’il fallait car elle lui donna une petite tape sur le bras.

— Jusqu’à ce que tu décides que je ne l’étais plus parce que tu faisais partie d’un club réservé aux garçons.

— C’est Jericho qui avait décrété ça. Ce club, c’était son idée.

— Facile de se défausser sur lui, hein ?

— Oui, surtout quand il n’est pas dans les parages !

Elle éclata de rire et son rire lui alla droit au cœur, à la place qu’elle occupait autrefois…

— Je l’ai vu tout à l’heure avec sa femme, poursuivit-il.

— Ah, tu as fait la connaissance de Camille ? C'est une fille super. Je suis heureuse qu'il l'ait rencontrée. Il était devenu un vrai reclus.

— Jericho ? Il était toujours partant pour faire la fête, pourtant.

— C'était avant que sa première femme meure en couches et que leur bébé ne survive pas.

— Oh ! Je l'ignorais.

— Et pour cause. Tu ne vivais plus ici.

— Exact.

Il resta silencieux un instant, pensif.

Pendant toutes ces années, il avait cru que chacun continuait à mener sa petite vie heureuse, alors que certains vivaient des tragédies. Jericho avait perdu femme et enfant, Billy était mort. Cela projetait une autre lumière sur ses expériences : il n'avait pas été le seul à mener une existence difficile.

Il regarda Raven. Elle aussi avait eu sa part de souffrance. D'ailleurs, elle lui en avait parlé le premier jour, mais il n'avait pas mesuré la profondeur du désespoir qui avait été le sien après son départ. Ses questions quotidiennes sur son sort, ses inquiétudes folles, et puis l'attente qui l'avait rongée, ne sachant s'il était mort ou vivant. Toutes ces incertitudes avaient dû être dévastatrices. Puis sa grossesse, et la naissance d'Elias.

Il se planta devant elle et prit ses mains dans les siennes.

— Pardon, Raven.

— Pourquoi me demandes-tu pardon ?

— Pour t'avoir fait vivre dix ans en enfer. Pour ne pas avoir été présent quand tu as accouché, ne pas avoir pu t'aider à élever Elias. Je suis tellement désolé… Je t'en prie, pardonne-moi.

Elle ouvrit de grands yeux surpris.

Venait-il de dire quelque chose d'extraordinaire ? Ou bien pensait-elle qu'il était devenu un sombre crétin ? Il est vrai qu'il ne lui avait encore rien raconté au sujet de Karl Rivers. Le premier soir, il n'avait pas voulu la bouleverser et maintenant… ce serait encore pire, puisqu'elle allait épouser son fils ! Encore une fois, pour que le passé ne vienne pas poser son ombre sur le présent, et au nom d'Elias, il choisit le silence.

— C'est pardonné, dit-elle.

— On efface l'ardoise ?

— Oui. Et maintenant, voyons ce que fait Elias et amusons-nous, nous aussi. J'ai l'intention de gagner une énorme peluche à un stand de tir !

Il se mit à rire et une bouffée de bonheur l'inonda. Il ne nourrissait aucune illusion. Le passé pesait toujours entre eux, trop de questions restaient sans réponse. Mais pour l'instant, il allait lui aussi profiter de la trêve.

- 7 -

Raven visa, appuya sur la détente du fusil à air comprimé et toucha le dernier canard. Levant les bras, elle poussa un cri de triomphe.

— J'y suis arrivée ! J'ai gagné !

— Bravo ! s'exclama Donovan en riant.

Ce qui avait commencé comme une compétition amicale entre quelques parents s'était transformé en une sérieuse bataille qui avait attiré de nombreuses personnes. À la fin, Raven avait été la seule à rester en lice.

— J'imagine que toutes ces sorties à la chasse avec mon père et mes frères ont servi à quelque chose, expliqua-t-elle.

— Tu as gagné, maman ! Tu es la seule qui a tiré tous les canards, alors tu vas avoir un gros prix ! s'écria Elias en se jetant dans ses bras.

Émue par la fierté de son fils, elle le serra fort dans ses bras, et profita pleinement de cet instant de bonheur.

— Choisis ton prix, maman, dit-il en se détachant d'elle. Un lapin ou un poney ?

— Il y a aussi l'ours. Je préfère.

— Tu en as déjà un, lui fit remarquer Elias.

Comme si elle ne voyait pas tous les matins son ours en peluche, assis dans un rocking-chair, près de la fenêtre.

— Justement, ça lui fera un copain ! dit-elle.

— Mais maman, ils ne sont pas vivants, ce sont des jouets. Ils ne ressentent rien.

Elle secoua la tête. Elias n'avait aucun problème pour faire abstraction de la réalité quand il s'agissait de super-héros, mais son esprit cartésien avait des problèmes avec le côté fantaisiste qui était le sien.

— On ne sait jamais, insista-t-elle.

— Enfin ! Maman !

Et il allait se lancer dans une grande discussion quand Donovan déclara :

— Laisse ta maman croire ce qu'elle veut.

— Mais elle se trompe !

— Peu importe, si ça lui fait plaisir.

Et Donovan adressa un clin d'œil à Elias qui haussa les épaules et soupira avant de passer à un autre sujet.

— Maman, je peux aller faire de l'auto tamponneuse ?

— Entendu, mais tu es gentil et prudent.

— Promis !

Elias se précipita vers les autos tamponneuses avant d'avoir terminé sa phrase !

Raven prit l'ours en peluche que lui tendait le jeune homme qui tenait le stand et le serra contre son cœur. Quand elle releva les yeux, elle se heurta au regard de Donovan.

— Quoi ?

— Tu as encore cet ours que je t'avais donné ? s'enquit-il.

— Tout à fait.

Il l'avait gagné dans un parc d'attractions, à Charlotte, où ils étaient allés tous les deux. Il hocha la tête, comme si la réponse le satisfaisait, puis demanda :

— Tu veux que je porte celui-ci ?

— Pour que les gens pensent que c'est toi qui l'as gagné ? Sûrement pas !

— Je crois que tu n'as pas à t'inquiéter pour ça ! rétorqua-t-il en riant. Tu as hurlé si fort, quand tu as gagné, que tout le monde a entendu !

— Dans ce cas, je te le confie, dit-elle en le lui donnant.

Ils s'avancèrent vers un manège de chevaux de bois, où des enfants attendaient, avec à la main des barbes à papa à demi mangées et des taches de glace sur leur T-shirt, sous l'œil un rien affolé de leurs parents.

— On s'est bien amusés, dit Donovan.

— C'est vrai !

Elle s'était un peu inquiétée quant à la façon dont allait se dérouler cet après-midi, et avait découvert avec surprise qu'elle se sentait à l'aise en compagnie de Donovan. C'était comme au bon vieux temps. Sauf qu'ils ne se tenaient pas la main et qu'ils ne se volaient pas de baisers. Cela dit, elle ne baisserait pas la garde : pas question de lui laisser de nouveau avoir accès à son cœur. Cependant, pour le bien d'Elias, elle mettrait sa colère de côté et s'efforcerait d'être amie avec lui.

Ils venaient d'atteindre les autos tamponneuses et se mirent à regarder Elias et ses amis se foncer les uns dans les autres en riant comme des fous. Quand le tour fut fini, Elias revint vers elle et déclara :

— La maman de Kenny a dit qu'il était tard et qu'ils allaient bientôt rentrer.

— Je crois que nous aussi, répondit-elle.

Donovan et Elias protestèrent en même temps avant d'éclater de rire ensemble. Et dire qu'elle avait craint que le courant ne passe pas entre eux ! Ils s'entendaient comme larrons en foire, oui ! Après quelques tentatives pour établir une conversation avec Elias, Donovan avait découvert leur passion commune pour les super-héros, tandis qu'ils grignotaient des tacos en marchant.

— Et si on faisait un tout dernier tour avant de partir ? suggéra Donovan.

Elias tourna tout de suite des yeux brillants et suppliants vers elle.

— Très bien ! Un dernier tour, dit-elle.

Donovan et Elias échangèrent alors un regard.

— Les montagnes russes ! s'exclamèrent-ils à l'unisson.

— Je passe mon tour, dit Raven.

Tandis qu'ils se dirigeaient vers l'attraction convoitée, Donovan et Elias reprirent leur conversation sur les super-héros.

— Et toi, si tu pouvais choisir un super-pouvoir, lequel ce serait ? demanda Elias.

— Euh, je ne sais pas trop… Et toi ?

— Je voudrais être invisible. Comme ça, je pourrais aller partout sans être vu.

— C'est vrai. Mais les gens pourraient te marcher sur les pieds puisqu'ils ne te verraient pas.

— Mais moi je les verrais, alors je m'écarterais. Et puis quand maman me demanderait de faire mes exercices de maths ou des corvées, je pourrais m'évaporer !

Donovan se mit à rire et Raven leva les yeux au ciel.

— Et le soir, je pourrais lire autant que je voudrais, maman ne me verrait pas !

— Et ton livre alors ? Il ne serait pas invisible, lui ! Ta mère le verrait flotter en l'air avec les pages qui tourneraient toutes seules.

Cette fois, ce fut Elias qui éclata de rire avant d'enchaîner :

— Bon, et toi, tu voudrais quoi, comme super-pouvoir ?

— Celui de voyager dans le temps.

— Dans le futur ?

— Non, plutôt dans le passé pour refaire les choses différemment et éviter certains problèmes.

Raven comprit alors que Donovan était sérieux, qu'il ne s'agissait pas juste d'une conversation pour divertir Elias.

— Mais si tu changeais le passé, on ne serait pas là, en ce moment, lui fit remarquer Elias. Et puis qui sait ? Tu as peut-être sauvé la vie de certaines personnes dans le passé, et sans toi, elles auraient été perdues.

— C'est un raisonnement qui se tient, reconnut Donovan.

— Donc heureusement que tu n'as pas ce super-pouvoir, conclut Elias. Mais pour moi, être invisible, ce serait cool !

En attendant que Donovan et Elias fassent leur tour de montagnes russes, Raven s'assit sur un banc, son ours en peluche dans les bras, songeuse.

Dix minutes plus tard, tandis qu'ils se dirigeaient vers le parking, elle se dit que si leur coparentalité se déroulait chaque fois aussi bien, ce serait merveilleux…

Sa voiture n'étant pas garée à côté de la leur, Donovan leur dit au revoir et les regarda s'éloigner, comme elle le constata dans son rétroviseur. Cela le satisferait-il de rester à la périphérie de leur vie ou bien chercherait-il à s'y incruster ? Et elle, dans quelle mesure voudrait-elle qu'il en fasse partie ?

Donovan regarda longuement son téléphone avant de le poser sur la table du patio, déstabilisé. Il avait passé une si belle journée, la veille, avec Raven et Elias, qu'il avait appelé Raven pour lui demander des photos d'Elias. S'il n'était pas en mesure de remonter le temps, il pourrait au moins avoir une petite idée de ce qu'il avait manqué par les photos. Visiblement, il était allé trop loin, car Raven lui avait répondu qu'il aurait vu Elias grandir s'il n'avait pas disparu. Puis elle avait raccroché sans lui laisser le temps de répliquer.

De toute façon, qu'aurait-il pu répondre ? Elle avait indéniablement raison.

— Un problème ?

Donovan se retourna. Il n'avait pas entendu ses parents arriver. Ils le surveillaient de plus près aujourd'hui que lorsqu'ils avaient seize ans !

— Non, tout va bien, répondit-il.

— Alors, cette fête foraine, hier, c'était bien ? demanda sa mère en s'asseyant autour de la table.

En ce début d'après-midi, le soleil brillait de tous ses feux mais la chaleur était tout à fait supportable, avec la brise fraîche qui soufflait. Comme ces belles journées de Caroline du Nord lui avaient manqué, sous le soleil implacable du Texas…

— On s'est bien amusés, répondit-il.

— Je suis contente que Raven et toi vous entendiez bien. Vous formiez un si beau couple, tous les deux.

Il comprit tout de suite où sa mère voulait en venir.

— Maman, nous étions des enfants, à l'époque. De l'eau a coulé sous les ponts. Elle est fiancée à Carson Rivers.

— Ce n'est pas l'homme qu'il lui faut. Et tu pourrais peut-être l'aider à s'en rendre compte.

— Lena, laisse-le tranquille, intervint son père. Il peut trouver une femme sans que tu t'en mêles.

— Je n'en doute pas un instant. Je lui rappelais juste

que Raven et lui s'entendaient très bien, autrefois. Et puis ils ont eu un fils ensemble.

— Lena !

— D'accord, d'accord. Je ne dirai pas un mot de plus sur Raven. Je suis sûre que Donovan n'a rien oublié et il n'est pas aveugle : il voit aussi comme elle est belle.

Donovan jeta à son père un regard entendu. Quand sa mère avait une idée en tête, il était difficile de l'en détourner.

Son père haussa les épaules et tendit la main.

— Viens, Lena, c'est l'heure de notre promenade.

Un sourire aux lèvres, elle prit sa main, et tous deux s'éloignèrent, pour leur promenade du dimanche.

Donovan sourit en se souvenant de l'explication de son père à propos de ce rituel : un moment à eux, ce qui était nécessaire pour souder un couple et pour communiquer.

Songeur, il se demanda s'il ne devait pas rappeler Raven. Ils n'iraient nulle part s'ils ne parvenaient pas à communiquer sereinement.

Elle était amoureuse d'un autre homme, c'était un fait.

De son côté, il devait retrouver ses repères et une façon d'oublier le Texas et les amis qui étaient devenus comme une famille de substitution, pour lui – ce qu'il ne dirait jamais à ses parents de peur de les blesser.

- 8 -

Raven essora l'éponge avec fureur, puis la jeta dans l'évier avant de pousser un soupir exaspéré. Elle était bien consciente qu'elle envoyait des signaux contradictoires à Donovan, mais parfois, aux moments les plus inattendus, sa colère ressortait. Subitement, alors qu'elle était heureuse d'être en sa compagnie, elle se rappelait les longues années qu'elle avait perdues à cause de lui… et la fureur montait en elle.

Après le formidable après-midi à la fête foraine en compagnie de Donovan, elle avait vraiment cru avoir surmonté son amertume. Quelle illusion ! Elle avait au contraire mesuré tout le bonheur dont son absence l'avait privée, les amis qu'elle avait perdus de vue car elle était hantée par une obsession : le retrouver. Alors qu'il aurait suffi qu'il lui fasse savoir qu'il était en vie, puisqu'il l'était ! Et voilà qu'il avait le culot de lui réclamer des photos d'Elias ! S'il était resté dans les parages, il les aurait prises lui-même, ces photos, et aurait d'ailleurs figuré sur certaines. Et maintenant, il croyait qu'elle allait lui en envoyer ? Qu'il aille au diable !

— Tu veux qu'on parle ou tu préfères torturer cette pauvre éponge qui ne t'a rien fait ?

Elle se retourna, résolue à répondre par la négative à son père, mais devant son air inquiet, elle se ravisa, d'autant qu'il n'était pas un donneur de leçons.

Tirant une chaise, elle s'assit et déclara :

— Je suis en colère. Je sais que c'est irrationnel, mais c'est ainsi.

— Tu n'as pas à juger ce que tu ressens. Bon. Que s'est-il passé ?

— C'est Donovan. Il me réclame des photos d'Elias.

— Et ?

— Je ne veux pas lui en donner.

— Pourquoi ?

— Il ne les mérite pas. S'il n'était pas parti, il aurait vu Elias grandir.

— Seulement il n'était pas là et tu ne sais pas pourquoi. Donc tu imagines qu'il a vécu tranquille ailleurs pendant que tu te rongeais les sangs.

Elle hocha la tête sans répondre.

— Lui as-tu demandé pourquoi il a disparu, il y a dix ans ?

— Oui, le premier jour. Il m'a juste dit qu'il avait vécu au Texas. Il pourrait tout à fait avoir une épouse et une dizaine d'enfants, là-bas !

Son père la regarda comme si elle venait de lui dévoiler un secret. C'était la meilleure ! Pensait-il vraiment qu'elle attachait de l'importance aux autres femmes que Donovan avait rencontrées ? Elle s'en fichait pas mal qu'il en ait épousé cinq et ait une ribambelle de gosses !

— En toute honnêteté, j'en doute sérieusement, reprit son père. Et avoue que toi aussi. De plus, je pense que Donovan n'est pas le seul à qui tu en veux.

Et elle, elle pensait que son père aurait tout à fait pu ouvrir un cabinet de psychothérapie !

— Tu as raison, je m'en veux d'avoir perdu toutes ces années à l'attendre, avoua-t-elle. Ce que j'ai pu être idiote ! Pourquoi aurait-il le droit, maintenant, de compenser le temps perdu en regardant des photos alors que moi je ne pourrai pas revivre dix ans de ma vie et ce que j'ai manqué ?

— Lui envoyer quelques photos ne changera rien au passé, Raven. Donovan n'aura pas tout à coup le sentiment de faire partie de la vie d'Elias, comme par enchantement. Au contraire, il regrettera tout ce qu'il a manqué.

— Je sais, marmonna-t-elle.

Comme elle se taisait, les yeux perdus dans le vide, son père demanda :

— Qu'y a-t-il d'autre ?

Elle soupira. Son père se mêlait rarement de sa vie sentimentale, contrairement à sa mère, mais quand il s'y mettait…

— Le retour de Donovan me fait douter de tout, répondit-elle. Je suis fiancée à Carson. Donovan veut connaître Elias. Bien sûr, je pourrais refuser, mais ce ne serait juste ni pour lui ni pour Elias.

— Je ne vois pas le rapport entre la relation que Donovan veut nouer avec Elias et celle que tu as avec Carson. Cela n'a rien à voir.

— J'ai du mal à séparer Donovan du reste de ma vie. Tout est plus compliqué, depuis son retour.

— Pourquoi ?

— Parce que… En fait, je ne sais pas.

Elle donna un coup sur la table avant de poursuivre :

— Avant son retour, tout était clair. Je ne regrette pas qu'il soit revenu, bien sûr, mais il aurait au moins pu attendre que je sois mariée.

— Peut-être. Ou cela aurait été pire. Il est normal que tu éprouves des sentiments confus. La disparition de Donovan a été un choc pour toi. Son retour aussi.

De nombreuses questions sont restées en suspens entre Donovan et toi. Tu as espéré son retour pendant dix ans, porté cet amour en toi, ainsi que son enfant. Et tous ces sentiments resurgissent à présent mêlés à de la colère et de la confusion. La question est de savoir si tu l'aimes encore, et si oui, si cet amour est assez fort pour survivre à toutes les complications qui l'entourent en ce moment.

— Je n'ai plus aucune certitude, pas même celle d'avoir envie d'épouser Carson. Et tout ça, à cause de Donovan.

— Non, Raven, c'est *toi* qui as fait le choix de rester prisonnière du passé.

— Mais parce que je savais au fond de moi que Donovan était encore en vie et qu'un jour il me reviendrait !

— Le vrai problème est qu'il ne t'a pas donné une bonne raison qui expliquerait cette disparition et que tu as accepté la proposition en mariage d'un autre.

— Oui. Tu as raison. Cela n'enlève toutefois rien à mon problème : rien n'est clair.

— Suis ton intuition, Raven, et ne pense pas à ce qu'il adviendra dans un an. Un pas après l'autre, tu te souviens ?

— C'est donc à moi de trouver la réponse, murmura-t-elle en soupirant.

— Eh oui, ma chérie ! Comme toujours.

Sur ces mots, il l'embrassa sur le front et quitta la cuisine.

Raven resta quelques minutes assise, à méditer, puis elle monta dans sa chambre pour ouvrir les albums d'Elias. Elle allait choisir une ou deux photos dans chacun, puis les glisserait dans une enveloppe et irait les porter tout de suite à Donovan. Il était préférable qu'elle agisse sans tarder. Avant de changer d'avis.

Donovan sortait de l'écurie quand il entendit le moteur d'une voiture. Ses parents n'étant toujours pas rentrés de leur promenade, c'était à lui d'accueillir les visiteurs. Quelle ne fut pas sa surprise de voir Carson descendre de son SUV, un carnet à la main.

— Qu'as-tu vu, au juste ? demanda ce dernier en s'approchant de lui sans même le saluer.

— De quoi parles-tu ?

— Ne joue pas l'idiot avec moi ! Tu as laissé entendre que c'était à cause de mon père que tu avais dû quitter la ville. Je viens de retrouver le journal de mon père, celui où il consignait ce qu'il nous cachait, et qu'il n'a pas eu le temps de détruire avant de mourir.

Carson lui lança violemment le carnet qu'il attrapa au vol. De toute évidence, il venait de découvrir que son père était un monstre et il accusait le coup. C'était compréhensible. Cela dit, Carson faisait preuve de courage et d'honnêteté en lui confiant ce carnet. Et c'était à porter à son crédit, songea Donovan en mettant le carnet dans la poche arrière de son jean.

— Dans son carnet, mon père écrit que tu as assisté à une scène qui l'a poussé à t'ordonner de fuir et de ne jamais revenir, expliqua Carson. C'était quoi, cette scène ?

— C'est tout ce qu'il a écrit ?

— Non. Il a aussi écrit que c'est à cause de moi qu'il t'a laissé la vie sauve, car tu avais protégé « son idiot de fils », quand il était harcelé à l'école. Et qu'il avait toujours espéré que je suivrais ton exemple au lieu d'être le raté que j'étais.

La voix de Carson tremblait de douleur, et cette fois, Donovan compatit sincèrement à sa peine. On pouvait compter sur Karl Rivers pour tout gâcher, même de sa tombe !

— Tu n'avais rien d'un raté, Carson, et j'étais fier d'être ton ami.

— Ça, je m'en fiche ! hurla Carson. Je veux connaître la vérité ! Ce que tu savais qui a poussé mon père à t'ordonner de fuir et de ne jamais revenir !

— *Quoi ?*

Donovan tressaillit en voyant Raven qui venait vers eux. Il était tellement déstabilisé par sa conversation avec Carson qu'il ne l'avait pas entendue arriver.

— Donovan, de quoi parle-t-il ? demanda-t-elle en le fixant, visiblement sous le choc. Qui t'a poussé à partir et à me quitter ?

— Écoute, Raven, c'est une longue histoire et je n'ai pas l'intention de la raconter ici, dans…

— Mon père, l'interrompit Carson.

— Quoi, ton père ?

— C'est mon père qui a chassé Donovan d'ici, expliqua Carson. Mais je ne sais pas pourquoi.

Comme Donovan ne répondait pas, Raven se tourna vers lui.

— Eh bien ? demanda-t-elle. Moi aussi j'aimerais enfin savoir pourquoi j'ai mis ma vie en stand-by pendant dix ans ! J'ai le droit de connaître la vérité, tu ne crois pas ?

— Très bien, je vais tout vous expliquer, répondit-il. Venez.

Au lieu de les faire entrer, il les entraîna vers le corral où chacun s'adossa à la clôture. Alors, les yeux rivés sur les chevaux, il se lança :

— Le soir où je suis parti, j'étais en route pour Sweet Briar. À l'époque, la route était déserte, il n'y avait pas la moindre construction, et je n'ai pas croisé une seule voiture. Quand je suis passé devant le Rivers Ranch, j'ai entendu un coup de feu. Il était un peu tard pour que ce soit un chasseur. J'ai ralenti et tout à coup, un homme a déboulé en trébuchant devant moi. J'ai pilé, l'évitant de peu. Il avait l'épaule en sang. Il a alors tenté de monter dans ma voiture.

— Prends ton temps, Donovan, murmura Raven en lui étreignant gentiment le bras.

Ce petit geste le ramena au présent, car en racontant la scène, il avait fait un bond en arrière dans le temps : il était de nouveau le jeune homme de dix-neuf ans épouvanté face à une scène d'horreur…

— Continue, ordonna Carson d'une voix dénuée d'émotion.

— L'homme avait posé la main sur la vitre passager, y laissant une empreinte ensanglantée. Puis il y a eu un autre coup de feu. L'homme s'est écroulé. J'étais en état de choc, je ne pouvais plus bouger. Ensuite on m'a sorti de la voiture et je me suis retrouvé face au shérif.

— Le *shérif* ? s'écrièrent en chœur Raven et Carson.

— Oui, le shérif Brown ! Karl Rivers s'est accroupi derrière le type à terre, un revolver à la main, et l'a achevé de sang-froid. Puis le shérif lui a demandé ce qu'il voulait faire de moi. Alors il a répondu qu'il était vraiment dommage que j'aie assisté à une telle scène et que moi aussi j'allais devoir mourir. Je l'ai supplié de me laisser en vie, j'ai juré que je ne répéterais rien à personne, mais il avait le revolver pointé sur moi, et j'ai vraiment cru qu'il allait tirer. Et puis au dernier moment, il a baissé son arme et m'a dit de quitter la région et de ne plus jamais y revenir. Que si jamais je revenais, il me tuerait, ainsi que mes parents. Et toi, Raven.

— *Moi* ? Mais… pourquoi ? murmura Raven qui était devenue blanche comme un linge.

— Parce qu'il savait à quel point je t'aimais et à quel point j'étais prêt à tout pour qu'il ne s'en prenne pas à toi.

Les yeux de Raven se remplirent de larmes qui roulèrent sur ses joues. Il voulut les essuyer d'une caresse mais, se rappelant que son fiancé était juste à côté, il s'en abstint.

— Vous connaissez la suite de l'histoire, conclut-il. Dès que j'ai appris sa mort, je suis revenu.

Un court silence s'installa, jusqu'à ce que Raven reprenne :

— Je n'ai jamais entendu parler d'un meurtre commis à Sweet Briar, il y a dix ans. Et toi, Carson ?

— Moi non plus, mais…

— Mais quoi ?

— Eh bien, je me souviens que mon père s'est conduit de manière curieuse à cette époque. Je n'y ai pas vraiment prêté attention car j'étais alors focalisé sur ta disparition, Donovan, mais il lui a fallu un bon moment pour redevenir lui-même.

Un nouveau silence s'ensuivit, chacun réfléchissant à ce qu'il venait d'apprendre. Au bout d'un moment, Carson reprit :

— Donovan, tu es sûr de ce que tu as vu, ce soir-là ?

— Tout à fait. Je sais que c'est difficile pour toi mais c'est ce qui s'est passé. Ton père a tué un homme de sang-froid.

— Je suis désolé, Donovan. Tellement désolé…, murmura Carson, anéanti.

— Tu n'as pas à t'excuser. Ce n'est pas toi qui nous as menacés de mort, moi et mes proches, et pas toi qui as tué cet homme. La culpabilité repose sur ton père et sur lui seul, il faut que tu l'enterres avec lui.

— Et la victime, tu as reconnu qui c'était ? demanda Carson.

— Non, c'était la première fois que je voyais cet homme. Il s'est sans doute trouvé au mauvais endroit au mauvais moment.

— Peut-être, murmura Carson d'un air absent.

— En tout cas, maintenant, tu connais la vérité.

— Oui. Bon, je vais y aller.

— Carson, attends, intervint Raven.

— Non, pas maintenant.

— Si je peux t'aider en quoi que ce soit…

— M'aider ? Je viens de découvrir que mon père était un meurtrier, tu ne peux rien pour moi. J'ai besoin d'être seul.

Sur ces mots, il regagna sa voiture.

Donovan s'appuya contre la clôture et resta silencieux un instant, essayant de mettre de l'ordre dans ses pensées.

En l'espace de quelques minutes, sa vie venait de prendre un nouveau tournant. Il ressentait un grand soulagement d'avoir enfin raconté l'histoire dans son intégralité, comme si en mettant des mots sur cette affreuse scène, elle avait perdu son emprise sur lui. Il irait voir le nouveau shérif pour la lui raconter aussi.

— Pourquoi ne m'as-tu rien dit ? demanda Raven d'une voix tremblante.

— Comme tu t'es évanouie en me revoyant, j'ai préféré attendre un peu avant de te décrire cette scène de crime. Je ne voulais pas te causer un deuxième choc. Je préférais que tu t'habitues d'abord à mon retour. Et puis après, tu m'as menacé de me poursuivre en justice si je reparlais du passé.

— Tu sais bien que je n'en aurais rien fait.

— Sans doute, mais je ne voulais pas prendre de risque, à cause d'Elias. Et puis quelle différence cela aurait-il fait ? Les dix ans entre nous ne se seraient pas évanouis d'un coup et tu aurais toujours été fiancée à un autre. Maintenant que tu connais la vérité, est-ce que cela change quelque chose pour toi ?

Elle secoua la tête.

— C'est bien ce que je pensais, murmura-t-il en regardant les chevaux courir dans l'herbe avant de reporter ses yeux sur elle. Et sinon, quelle est la raison de ta visite ? Lors de notre dernier échange, tu m'as raccroché au nez.

À ces mots, elle lui tendit une enveloppe.

— Je t'ai apporté des photos d'Elias.

— Ah bon ? Je croyais que je ne les méritais pas ?

— Je suis désolée pour les propos que j'ai tenus au téléphone. Et puis je ne connaissais pas encore la vérité.

Le fait qu'elle ait changé d'avis avant d'apprendre la vérité lui réchauffa le cœur.

— Je plaisantais, Raven. Merci.

— Bon, tu les regardes ou tu préfères être seul pour le faire ?

Ouvrant l'enveloppe, il sortit un petit paquet de photos.

Sur le dessus se trouvait celle d'un bébé avec un grand sourire. Il avançait les mains comme s'il voulait saisir l'objectif.

Raven posa le menton sur son épaule, et il ferma les yeux, s'enivrant de son parfum… Il y avait si longtemps qu'ils n'avaient pas été aussi proches, des années qu'elle n'avait pas posé sa tête sur son épaule…

Il fut tenté de l'enlacer par la taille et de l'attirer encore plus près de lui, mais s'en abstint. Ils ne formaient plus un couple. Elle était fiancée à un autre. Elle avait tourné la page et il était temps qu'il l'imite.

- 9 -

— Qu'est-ce qu'il fait, sur cette photo ? demanda Donovan.

Raven la regarda de plus près. Elias avait un bras tendu d'un côté et était en équilibre sur un pied. Les souvenirs remontèrent en elle et elle sourit.

— Il essaie de me convaincre de le laisser marcher sur le rebord d'une clôture et me montre qu'il a un sens parfait de l'équilibre.

— Oh ! Et quel âge a-t-il, sur la photo ?

— Six ans.

— Je me souviens qu'à son âge, je marchais aussi sur le rebord des clôtures, dit-il.

— C'est vrai, et je me souviens que tu tombais souvent. Tu passais plus de temps par terre que sur le rebord !

— C'est vrai, je n'avais pas vraiment le sens de l'équilibre. Mais si je me rappelle bien, toi, en revanche, tu étais très douée.

— Normal ! Avec quatre frères, je ne voulais pas être en reste !

— Et Elias, comment s'en sort-il ?

— Je ne l'ai jamais laissé essayer.

— Quoi ? Ah non, ne me dis pas que tu es une mère ultra-protectrice…

— Absolument pas. Le problème était juste qu'il voulait mettre un bandeau. Il avait vu un funambule au cirque marcher sur une corde les yeux bandés, il voulait l'imiter.

Donovan éclata de rire, et ce rire lui rappela des souvenirs heureux, au temps où ils s'aimaient et étaient aussi les meilleurs amis du monde. Donovan la comprenait mieux que personne, se souvint-elle.

Elle lui jeta un regard en coin. Il était absorbé par une autre photo, les yeux remplis de mélancolie. Il toucha l'image d'Elias.

— Comme j'aurais aimé être là, murmura-t-il.

— Je sais, dit-elle en lui étreignant le bras.

Elle regrettait d'avoir été si dure avec lui, à son retour. Elle aurait dû savoir qu'il avait une bonne raison de disparaître sans rien dire.

— Mais tu es ici, maintenant, ajouta-t-elle.

— C'est vrai, et je devrais me réjouir que tu me laisses le voir. Seulement, j'en veux plus…

Elle tressaillit et se recula un peu de lui.

— C'est-à-dire ? Tu veux me le prendre ? s'enquit-elle vivement.

— Bien sûr que non ! s'écria-t-il, visiblement outré par sa question, ce qui la rassura tout de suite. Je veux juste lui dire qui je suis.

— Et c'est ce qui arrivera, mais il faut y aller doucement.

— Je sais, dit-il en soupirant. Quand puis-je le revoir ?

— Il est chez Kenny pour la journée. Le père de son copain doit le ramener à 20 heures. Tu peux passer à ce moment-là, si tu veux.

Elle vit le visage de Donovan s'illuminer, puis s'assombrir.

— Tu crois qu'il ne va pas se douter de quelque chose, si j'arrive en même temps que lui ? demanda-t-il.

Et qu'est-ce que je suis censé venir faire ? T'emprunter du sucre ?

Son ton à la fois amer et frustré l'attrista.

— Tu as raison, reconnut-elle. Viens plutôt dîner demain soir. On est de vieux amis et on a envie de passer du temps ensemble, cela ne lui semblera pas curieux.

— Et Carson, comment va-t-il le prendre ?

Elle soupira.

— Écoute, je lui parlerai, il sait que tu es le père d'Elias.

— Alors dans ce cas, d'accord.

— Super ! On dîne à 18 heures, ça te va ?

— Entendu.

— Et maintenant, je file.

Elle était heureuse à l'idée qu'ils dînent tous les trois, ce serait leur premier repas en famille ! Allons, ce n'était pas non plus un événement exceptionnel, tenta-t-elle de se convaincre… mais sans vraiment y parvenir.

En tout état de cause, elle était sûre d'une chose : il lui fallait rompre ses fiançailles avec Carson. L'épouser aurait été injuste pour lui comme pour elle. Le retour de Donovan lui avait rappelé ce que c'était d'être amoureux, comme il était bon d'aimer et de l'être en retour. Or elle n'avait jamais ressenti un tel sentiment pour Carson…

Non qu'elle soit encore éprise de Donovan ; les souvenirs de l'amour qui l'unissait à lui et ce qu'elle ressentait actuellement pour lui étaient deux notions bien différentes. Il était évident qu'ils ne pouvaient pas reprendre leur histoire là où elle s'était arrêtée dix ans plus tôt. Elle avait bien conscience que le fait de s'être accrochée à son souvenir pendant toutes ces années n'était pas réellement de l'amour, mais plutôt la peur d'affronter une réalité qui l'aurait bien plus meurtrie encore.

Allons ! Chaque chose en son temps !

Pour l'instant, elle devait rompre avec Carson…

Seulement, le moment était-il opportun ? Il était déjà affecté par la mort de son père. Les révélations de Donovan venaient de lui porter un nouveau coup. Il aurait été cruel de sa part d'en rajouter. Et puis n'avait-il pas besoin de quelqu'un sur qui se reposer, en ce moment ? Si elle n'était pas là pour lui, qui le serait ?

Une fois de retour chez elle, elle s'installa sur la terrasse pour faire des mots croisés sans être très concentrée. Au bout d'une heure environ, elle vit la voiture de Carson remonter l'allée. Apparemment, il avait changé d'avis et ne voulait plus être seul.

— Comment vas-tu ? demanda-t-elle quand il l'eut rejointe.

Quelle idiote ! Il avait l'air tout aussi dévasté que quand il était parti de chez Donovan. Qui ne l'aurait pas été en apprenant que son père était un meurtrier ? Et a fortiori Carson dont le père passait pour un philanthrope et un donateur politique populaire. En outre, il avait réellement menacé de la tuer avant d'avoir le culot, dix ans plus tard, de l'appeler sa future belle-fille ! La seule idée d'avoir partagé des repas avec un tel monstre lui retournait l'estomac.

— J'ai connu des jours meilleurs, répondit-il, les yeux rougis par les larmes.

— Tu en as parlé à ta mère ?

— Non, et je te serais reconnaissant de ne pas le faire non plus. Je finirai par lui dire. Je préfère attendre un peu.

— Cela va de soi. D'ailleurs, je ne dirai rien à personne, je te le promets, et je pense que Donovan n'en fera rien non plus, si c'est ce qui t'inquiète.

Il la fixa d'un regard étrange un instant avant de déclarer :

— En ce qui me concerne, je vais parler. Quelque part, il se peut qu'une famille attende le retour d'un homme qui, lui, ne reviendra jamais. Qu'il y ait une femme qui mérite de connaître la vérité.

— Effectivement, je n'avais pas vu les choses sous cet angle. La police doit être avertie, mais j'espère que ta mère et toi n'en serez pas trop affectés.

— Nous surmonterons l'épreuve. Ce qui compte, c'est la vérité. Elle est toujours préférable au mensonge, tu ne crois pas ?

Elle se frotta les mains sur son jean, troublée. Où voulait-il en venir ?

— Si, répondit-elle. Parles-tu toujours de ton père ?

— Pas exclusivement.

— Et donc ?

— Tu n'es pas amoureuse de moi, Raven. Je pensais que le fait d'être épris de toi suffirait, et cela aurait peut-être été le cas si Donovan n'était pas revenu. Je le croyais mort et je me disais qu'un jour ou l'autre, tu finirais par laisser partir son fantôme, que tu verrais combien je t'aimais et quel bon beau-père j'étais pour Elias. Et que toi aussi tu tomberais amoureuse de moi.

Il secoua la tête et lui lança un regard triste avant d'ajouter :

— Mais les choses ne vont pas se passer ainsi.

— Non, murmura-t-elle, mais ce n'est pas à cause de Donovan, parce que nous ne sommes plus amoureux, lui et moi.

— Vous le redeviendrez.

— J'en doute. En dix ans, nous avons évolué différemment. Nous ne sommes plus ceux que nous étions, et Donovan fait surtout une fixation sur Elias.

— Ce qui n'aurait pas été le cas si mon père ne s'était pas mis en travers de sa trajectoire.

— Tu as raison, Carson, mais le coupable, c'est ton père, pas toi. Tu n'as pas à porter le poids de sa culpabilité.

Sans répondre, il lui prit la main gauche et toucha son annulaire.

— Tu n'as jamais porté la bague que je t'ai offerte, fit-il remarquer.

— Je travaille sur un ranch, j'avais peur de la perdre.

— Peut-être. Mais il se peut aussi que ce soit le signe que nous n'étions pas faits l'un pour l'autre.

Elle le regarda, songeuse. Il n'avait pas tort. Tout au fond d'elle-même, elle l'avait toujours su. Si elle s'était fiée à sa voix intérieure…

— Je vais te rendre la bague, dit-elle tout à coup. Je reviens. Elle est dans ma chambre.

Puis elle rentra précipitamment.

Quelques instants plus tard, Carson glissait l'écrin contenant la bague dans la poche avant de son jean, comme s'il s'agissait d'un bijou de pacotille gagné à la fête foraine et non d'un diamant de princesse dans son écrin.

— Je vais partir pour quelques jours, dit-il. J'emmène ma mère à Atlanta, chez sa sœur, puis je vais tenter d'identifier l'homme qui a été tué par mon père afin de me mettre en contact avec sa famille.

Émue, elle le serra tendrement dans ses bras.

— C'est tout à ton honneur, murmura-t-elle. Tu es un homme droit et honnête, Carson Rivers.

— Merci.

Le chagrin qu'elle entendait dans sa voix lui brisa le

cœur. Il avait toujours été là pour elle, et aujourd'hui, elle ne pouvait lui être d'aucune aide. Elle espérait vraiment qu'un jour il trouverait une femme à la hauteur de ses sentiments. Il le méritait.

Donovan ne cessait de transférer d'une main à l'autre le bouquet de marguerites roses – comme Raven les aimait – qu'il lui avait acheté, ne sachant trop si ces fleurs étaient opportunes. Elle l'avait invité à dîner pour qu'il passe du temps avec son fils, il ne s'agissait donc pas d'un tête-à-tête amoureux. Il n'était d'ailleurs pas exclu que Carson soit présent. N'étaient-ils pas encore fiancés, tous les deux ? Ce dernier ne devait surtout pas penser qu'il ne respectait pas leur relation ou qu'il cherchait à la reconquérir, car l'une ou l'autre hypothèse était fort éloignée de la réalité.

Entendant des pas dans la maison, il comprit qu'il n'aurait pas le temps de rapporter ce bouquet dans sa voiture… Ses yeux tombèrent alors sur le coffre en bois, près du canapé en osier, et il mit bien vite les fleurs à l'intérieur. Il se redressa au moment où la porte s'ouvrit.

Raven lui adressa un beau sourire et il sentit son cœur s'emballer, comme lorsqu'il avait dix-sept ans et qu'il venait « lui faire la cour », ainsi que le formulait son père pour le taquiner.

— Tu repartais ? demanda-t-elle.

— Mais non, pourquoi ?

Elle haussa les épaules sans répondre.

— Je suis venu trop tôt ? s'enquit-il.

— Pas du tout. Elias a très faim, donc nous allons tout de suite passer à table. Mes parents dînent au Heaven on Earth avec des amis, ce soir, donc il n'y aura que nous trois.

— Le Heaven on Earth ? Qu'est-ce que c'est ?

— Un restaurant étoilé, avec un chef qui vient de Chicago. Il a ouvert il y a quelques années à Sweet Briar.

— Ah bon ?

Sweet Briar avait tant changé, en dix ans ! Il devait vraiment se mettre à la page.

— Tout à fait, dit-elle en l'invitant à le suivre à l'intérieur.

Il porta alors les yeux sur la douce courbe de ses hanches. Comme d'habitude, elle était vêtue d'un jean qui mettait ses fesses en valeur et soulignait ses jambes fuselées.

La table était dressée pour trois.

— Et tu ne devineras jamais avec qui il est marié ! poursuivit-elle en sortant un plat de macaronis gratinés du four.

— De qui parles-tu ?

— Du chef du restaurant, Brandon Danielson.

— Ah. Et avec qui, alors ?

— Arden Wexford.

— Des hôtels Wexford ?

C'était l'une des familles les plus fortunées des États-Unis.

— Exactement ! Ils se sont rencontrés par hasard, la voiture d'Arden était en panne et Brandon s'est arrêté pour lui porter secours. Mais ce n'est pas tout. Elle ne lui a pas tout de suite dévoilé son identité, et a travaillé sous un faux nom comme serveuse chez lui. Il était dans une fureur, quand il a appris qui elle était réellement ! Il l'a même renvoyée, il y a eu un vrai scandale. Tu as tout manqué.

Aussitôt, elle lui décocha un regard inquiet.

— Désolée, je ne voulais pas dire ça, murmura-t-elle.

— Je sais, et pourtant, c'est vrai.

— Ce Karl Rivers, je le maudis pour ce qu'il t'a fait !

— Allez, Raven, tout cela appartient au passé, il faut lâcher prise. La colère n'y changera rien.

Ouvrant le réfrigérateur, elle sortit une salade et la posa au centre de la table. Puis, plongeant son regard dans le sien, elle demanda :

— Et toi ? Tu as lâché prise ?

— Je m'y efforce. Pendant des années j'ai été en proie à la haine, la colère et tant d'émotions négatives. Et puis un jour, je me suis dit que si je ne pouvais pas revenir sans que vos vies soient menacées, cela ne signifiait pas que je devais renoncer à en avoir une là où j'étais. Cela aurait laissé Rivers me prendre encore plus qu'il ne l'avait déjà fait.

— Et tu y es arrivé ?

— Ça n'a pas été facile, mais oui. J'ai cessé d'être en colère. Ne te méprends surtout pas, je n'ai jamais pardonné à Rivers ni cessé de le haïr. J'ai juste arrêté d'être en colère.

— Ce n'est pas ce que je voulais dire.

— Ah bon ? C'était quoi la question, alors ?

— As-tu eu de nouveau un sentiment d'appartenance ? T'es-tu installé avec quelqu'un ? As-tu fondé une famille ?

— Si tu me demandes si je me suis marié, la réponse est non. Et je n'ai pas non plus d'enfants.

— Mais tu as trouvé un endroit où tu te sentais bien ? Dis-moi que oui, car l'idée que tu aies erré tout ce temps m'est insupportable.

— Oui, j'ai fini par trouver un ranch où je suis resté.

Au début, rester plusieurs jours d'affilée au même endroit me terrifiait, je redoutais que Karl Rivers ait changé d'avis et ait envoyé quelqu'un à mes trousses. Alors j'ai fait comme Arden Wexford, j'ai utilisé un faux nom, et j'ai travaillé sans être déclaré. Dès que je sentais l'anxiété me gagner, je m'en allais. Je ne manquais à personne.

— C'est terrible et si triste.

— C'était ainsi, mais j'ai fini par arriver au Texas et tomber sur le ranch de Della et Gabe Turner. Leur propriété était immense et je me suis dit que là, on me laisserait tranquille, il y avait tant d'employés. Mais tous les autres avaient leur famille dans les environs, sauf moi.

— Oh ! Donovan…

— Je t'assure que je n'ai pas été malheureux, chez les Turner. Ils ont été si accueillants et chaleureux avec moi quand ils se sont rendu compte que je n'avais pas de famille. Ils ont même fini par m'inviter à leur table pour Noël. J'ai d'abord hésité, et puis j'ai accepté. Ils avaient une grande famille, certains de leurs enfants étaient mariés et avaient eux-mêmes des enfants, mais deux garçons étaient encore étudiants et nous nous sommes retrouvés à jouer ensemble à des jeux vidéo pendant les vacances. Nous sommes devenus amis.

Des amis qu'il avait laissés sans nouvelles, pensa-t-il. Il devait rapidement les appeler.

— Et puis les Turner avaient aussi une benjamine de quinze ans, reprit-il. Un sacré numéro qu'ils m'avaient demandé d'avoir à l'œil.

— Je doute qu'elle ait apprécié !

— Au début non, mais ensuite, on est devenus complices.

— Donc finalement, tu as connu des moments de bonheur ?

— Oui, parfois.

Raven s'affaira tout à coup à bien aligner les couverts sur les serviettes, puis demanda :

— Et es-tu tombé amoureux ?

— Non. Qu'est-ce que j'avais à offrir, franchement ? Un faux nom ? Une vie clandestine ?

Il posa la main sur la sienne.

— Pour être sincère, je ne voulais pas retomber amoureux et prendre le risque de perdre à nouveau une personne qui m'aurait été chère. Je n'y aurais pas survécu.

- 10 -

Ne sachant que répondre à l'aveu de Donovan, Raven se réjouit quand Elias déboula dans la cuisine.

— C'est enfin l'heure de manger ? Je meurs de faim, maman !

— Tu t'es lavé les mains ?

— Oui.

— Alors assieds-toi.

— Tiens, salut, Donovan. Je ne savais pas que tu étais là.

— Ta maman m'a invité à dîner. J'espère que cela ne t'ennuie pas.

Elias lui adressa un grand sourire et tira une chaise pour s'asseoir.

— Pas du tout.

Raven voulut alors lui servir des petits pois, mais il retint son assiette.

— Donovan est notre invité, dit-il. Commence par lui, au cas où il n'y en aurait pas assez.

Quand elle se mit à rire et que Donovan l'imita, elle se sentit presque mal à l'aise devant l'évidence de sa présence ici. Il venait juste de faire la connaissance de son fils, elle et lui avaient été séparés pendant une décennie, et pourtant tout semblait aller de soi ! Elle devait se détendre et se réjouir que tout se passe si bien.

Prenant l'assiette d'Elias, elle lui servit une bonne

portion de petits pois. Ce n'était pas son légume préféré, mais en les mélangeant avec les pâtes, il les mangeait sans faire d'histoires. Ce qui n'était pas le cas de la salade, et c'était pour cette raison qu'elle ne lui en proposa même pas.

— Merci, dit Elias quand elle lui servit des macaronis au fromage, et un petit pain fait maison.

Une fois qu'ils furent tous les trois servis, elle mangea en silence en écoutant d'une oreille Donovan et Elias discuter du tout dernier film de super-héros qui sortait dans neuf jours. Elias l'avait déjà suppliée de l'emmener à l'avant-première qui aurait lieu à Charlotte, à deux heures de route du ranch alors qu'il pouvait tout à fait attendre que le film passe à Willow Creek, un mois plus tard.

— Tu veux venir avec nous quand on ira le voir, maman et moi ?

— Quand y allez-vous ? s'enquit Donovan.

— Pour l'avant-première.

— Je n'ai jamais dit cela ! s'exclama Raven.

— Tu n'as pas dit non plus qu'on n'irait pas, répliqua Elias. Et puis maintenant que j'ai invité Donovan, ce serait vraiment malpoli d'annuler.

Donovan se mit à toussoter pour masquer de toute évidence une envie de rire. Personnellement, elle ne voyait pas ce qu'il y avait de drôle ! Mais il verrait par lui-même ce qu'il en était, quand il devrait gérer son fils de neuf ans qui était bien trop intelligent pour son propre bien. Ce serait à son tour de rire !

— Nous verrons, dit-elle. Et puis Donovan a peut-être prévu autre chose, ce jour-là.

— Tu as quelque chose de prévu ? demanda aussitôt Elias en se tournant vers Donovan.

Malgré elle, elle retint son souffle, comme son fils.

— Non, rien du tout, répondit Donovan.

— Alors c'est décidé ! On va le voir tous ensemble à Charlotte ! décréta Elias en repoussant son dernier petit pois sur le rebord de son assiette avant de l'écraser. Bon, j'ai fini. Tu crois que grand-mère et grand-père vont me rapporter du dessert ?

— J'en doute. Je te conseille des cookies et un verre de lait.

— D'accord.

Il mit une poignée de cookies dans un bol, se resservit du lait, puis ajouta :

— À plus tard, Donovan !

— Tu rapporteras ton verre dans l'évier avant la tombée de la nuit, lui rappela Raven au moment où il se ruait hors de la cuisine.

— Je sais !

— Il est fantastique, dit Donovan une fois qu'ils furent seuls. Bravo !

— Je ne l'ai pas élevé toute seule. Quand il était bébé, ce sont mes parents qui se sont chargés de lui. Je n'arrivais déjà pas à m'occuper de moi, alors un enfant…

— Parce que tu angoissais trop à cause de moi, c'est ça ?

— Oui. C'est au moment où Elias s'est mis à s'adresser à mes parents quand il avait besoin de quelque chose que j'ai compris que je devais me ressaisir. Être la mère qu'il méritait d'avoir.

Donovan regarda fixement sa limonade avant d'en boire une gorgée.

— J'espère que je n'ai pas dépassé les bornes, pour le cinéma, reprit-il. J'essaie juste de trouver une façon de prendre une place dans sa vie.

— Pas du tout. Tu es son père, tu dois faire partie de

son existence. Et le fait que toi aussi tu t'intéresses aux super-héros est vraiment un bonus. Mon père confond toujours Superman et Batman, c'est dire !

— Et Carson ?

— Il n'a jamais été un grand fan des super-héros. Mais ce ne sera plus un problème à l'avenir, puisqu'il a rompu.

Donovan la regarda un instant sans rien dire, visiblement gêné.

— À cause de ce que j'ai dit ? demanda-t-il. Je ne…

— Non. Pas du tout.

— Alors pourquoi, si je peux me permettre ? Carson n'est pas du tout comme son père.

— Oui, je sais, marmonna Raven.

Même si Carson et elle avaient eu raison de rompre, elle avait encore de la peine pour lui.

— Je préférerais qu'on n'en parle pas, si cela ne te dérange pas, ajouta-t-elle.

— Je comprends tout à fait. Mais sache que je serai à l'écoute, si tu as envie d'en discuter plus tard.

— Merci.

À cet instant, Donovan se leva, puis porta son assiette et ses couverts dans l'évier avant de déclarer :

— Bon, je vais te laisser. Nous nous levons tous les deux de bonne heure, demain.

Elle le raccompagna jusqu'à la porte.

Comme la soirée était douce ! pensa-t-elle en le regardant s'éloigner d'un pas hésitant. Ils auraient pu siroter un café sur la terrasse. Mais il ne se retourna pas, et elle ne le rappela pas.

Une fois qu'il fut parti, elle s'assit sur le canapé en osier qui était finalement plus confortable que l'ancienne balancelle, qu'elle avait pourtant regrettée, au début. Elle passait d'ailleurs plus de temps sous le porche qu'avant. Et elle appréciait aussi le coffre en bois que sa mère avait placé juste à côté ; il servait à la fois de table et de rangement pour les couvertures, qu'ils sortaient quand il faisait frais.

Mais ce soir, l'air restait doux, même après le coucher du soleil, et de nombreuses étoiles brillaient dans le ciel indigo. C'était son moment préféré de la journée, celui où elle savourait sa tranquillité, tandis qu'Elias était dans sa chambre en train de lire.

Sauf que ce soir, elle ne parvenait pas à se détendre.

Sans doute était-ce à cause de Carson. Elle était triste pour la nouvelle qu'ils avaient apprise concernant son père. Il méritait bien mieux. Comme il méritait de trouver une femme qui l'aimerait de tout son cœur, car elle, elle n'était pas celle qu'il lui fallait. Leur rupture lui permettrait d'être ouvert à de nouvelles opportunités et elle ne doutait pas qu'il trouverait la partenaire idéale.

Maintenant que la situation était claire entre eux, elle aurait dû être apaisée. Hélas, ce n'était pas le cas, et elle comprit vite pourquoi : elle venait de passer du temps avec Donovan Cordero. C'était lui, la source de son agitation. Il était revenu dans sa vie.

Elle avait pourtant tellement rêvé de ce jour… Seulement voilà, rien ne s'était passé comme prévu. Elle ne s'attendait pas à tous ces sentiments contradictoires qui l'animaient, ce mélange de joie et de ressentiment parce qu'il n'avait pas donné de nouvelles. Maintenant qu'elle savait que ce n'était pas par choix, elle lui en voulait beaucoup moins, assurément. Depuis qu'ils se revoyaient, elle oubliait presque que des années les avaient séparés, et qu'ils n'étaient plus les adolescents d'alors. Ils avaient mûri et vécu des expériences différentes, chacun de leur côté. Et pourtant, il y avait chez lui quelque chose qui l'attirait toujours terriblement. Enfin, en était-elle certaine ? Ne cherchait-elle pas plutôt à se convaincre que c'était bien le cas afin de ne pas avoir eu l'impression d'avoir passé inutilement une décennie à l'attendre ? Elle n'aurait su le dire, mais elle avait assez de sagesse pour savoir qu'ils auraient commis une erreur en prétendant être toujours amoureux l'un de l'autre.

Pour l'instant, ils s'entendaient très bien. Néanmoins, qu'en serait-il avec le temps ? S'ils se disputaient, qu'adviendrait-il de leur coparentalité ?

Assez ! Elle aviserait le moment venu, le présent était suffisamment compliqué à gérer.

— Qu'est-ce qu'on fait, aujourd'hui ? demanda Elias.

Raven soupira. Cette question ressemblait si peu à son fils qui d'ordinaire savait toujours comment se divertir. En général, soit il aidait son grand-père, soit il lisait, mais peut-être arrivait-il à un âge où il avait davantage besoin de la compagnie de ses amis. Kenny était parti chez ses grands-parents pour ces premiers jours de vacances et la plupart des autres étaient à une heure de route du ranch. Tout comme le centre de loisirs où elle avait hésité à l'inscrire – étant donné qu'elle ne l'y laisserait que quelques heures, cela valait-il bien la peine de faire tous ces allers-retours ?

— Qu'as-tu envie de faire ? demanda-t-elle.

— Du cheval. Ça fait longtemps qu'on n'est pas partis en balade, tous les deux.

Ils n'avaient pas tout à fait la même notion de ce que représentait « longtemps », pensa-t-elle, puisqu'ils s'étaient promenés à cheval la semaine précédente. Mais comme elle aimait elle aussi galoper en compagnie de son fils, elle ne releva pas.

— Bonne idée ! Va te changer et rejoins-moi dans un quart d'heure à l'écurie.

Elle n'avait pas terminé sa phrase qu'il était déjà en haut de l'escalier ! Il était aussi passionné d'équitation que de super-héros.

Elle ouvrit le réfrigérateur pour trouver de quoi confectionner un bon pique-nique. Quand elle rangea le tout dans son sac à dos, elle se rendit compte qu'elle avait prévu large, en tout cas plus que pour deux personnes.

Lorsqu'elle retrouva Elias à l'écurie, il avait sellé Evening Dream ainsi que Dark Night, son cheval à lui, et les tenait tous les deux par les rênes.

— Tu veux que l'on aille dans quelle direction, aujourd'hui ? s'enquit-elle.

Sans hésiter, il désigna la partie qui jouxtait le ranch des Cordero.

— Par là !

Elle n'y était pas retournée depuis le soir où elle s'était forcée à prendre symboliquement congé de Donovan, ce qui s'était montré par la suite un peu prématuré…

— Entendu ! répondit-elle, peu désireuse de s'attarder sur ses pensées.

Tout en chevauchant au trot, elle se concentra sur la contemplation de leur ranch, le plus remarquable de toute la région, même s'il était probable qu'elle ne soit pas objective. Les nuances de vert subtiles offraient des paysages d'une beauté pure, incomparables.

Au bout de vingt minutes, ils passèrent près d'un ruisseau où s'abreuvaient quelques biches et Elias s'arrêta pour ne pas les effrayer. Une fois qu'elles eurent étanché leur soif, elles disparurent entre les arbres.

— Tu crois que Donovan est chez lui ? demanda soudain Elias.

— J'imagine, oui. Il travaille de nouveau sur le ranch familial.

— On pourrait aller lui dire bonjour, non ? Peut-être qu'il voudrait venir avec nous. Tu m'as dit que tu avais préparé beaucoup de nourriture. On pourrait pique-niquer ensemble.

— Leur ranch est très grand, tu sais. Je ne sais pas si on pourra le trouver.

— On peut essayer.

— Pourquoi pas ? Mais si on arrive à le trouver, il se peut tout à fait qu'il n'ait pas envie de déjeuner avec nous, le prévint-elle.

Pourquoi avait-elle dit ça ? Donovan sauterait sur l'occasion, sans nul doute.

Après qu'ils l'eurent cherché un bon moment sans succès, Raven allait suggérer à Elias de faire demi-tour, quand tout à coup, elle aperçut la silhouette de Donovan, au loin. Juché sur un cheval, il discutait avec deux ouvriers qui réparaient une clôture.

Il avait l'air imposant, dans sa chemise bleu clair qui lui moulait avantageusement le torse, et son jean délavé… Un vrai modèle pour une publicité sur les avantages de la vie au grand air ! Son visage était en partie dans l'ombre, à cause de son stetson, mais de toute évidence il les avait repérés lui aussi, car une fois sa discussion terminée, il regarda dans leur direction et leur fit un petit signe de la main. Un grand sourire aux lèvres, il chevaucha jusqu'à eux. Il y avait si longtemps qu'elle n'avait pas vu Donovan sur un cheval, qu'elle en avait oublié le cavalier expérimenté qu'il était.

— À quoi dois-je ce plaisir ? s'enquit-il quand il fut à leur hauteur.

— On voulait t'inviter à un déjeuner sur l'herbe, répondit-elle. Sauf si tu as déjà mangé. Et aussi si tu as le temps, bien sûr.

— Je meurs de faim ! répondit-il. Et oui, j'ai tout le temps devant moi pour vous.

Raven sentit son cœur frémir, encore qu'il ait dit « vous » et non « toi ».

— Super ! s'exclama Elias.

— Vous vous rendiez à un endroit particulier avant de tomber sur moi ?

— Non, on te cherchait, répondit Elias.

— C'est vrai ? Eh bien, on dirait que vous m'avez trouvé ! Je n'ai pas encore eu le temps de me promener juste pour le plaisir sur le ranch, à part le premier soir de mon retour, pour me rendre à un endroit bien particulier.

Raven sentit son estomac se serrer. Elle aussi s'y était rendue ce soir-là, ils auraient pu se croiser… Comment aurait-elle réagi ? Et lui ?

— Et tu connais d'autres endroits particuliers ? demanda Elias. Un où on pourrait aller ?

— Et si on en choisissait un ensemble qui serait désormais le nôtre ?

— Oh oui ! s'écria Elias. Cool !

Devant le silence qui suivit, Raven se rendit compte que tous les deux attendaient sa réponse. Bien vite, elle hocha la tête.

Aussitôt, ils se dirigèrent vers une partie plus vallonnée du ranch. Donovan et Elias ouvraient la marche, et elle la fermait, ce qui lui permettait de les observer à volonté et de surveiller son fils. Mais elle constata que Donovan était aussi très attentif à lui, même s'il n'y avait pas lieu de s'inquiéter, Elias étant un bon cavalier.

Au bout de quelques minutes, ils atteignirent le sommet d'une colline d'où l'on pouvait admirer une belle étendue du ranch Cordero.

— Waouh ! s'écria Raven en descendant de cheval. C'est ce que l'on appelle un magnifique panorama. J'avais oublié comme tout semblait beau, à une certaine distance.

— Moi aussi, renchérit Donovan en mettant lui aussi pied à terre. Pendant mon absence, j'essayais de m'imaginer le ranch. J'y arrivais parfois, mais sans avoir la sensation qui va de pair avec la vue. Et puis avec le temps, je n'arrivais même plus à me souvenir à quoi il ressemblait. À part un endroit bien particulier.

— Ah bon ? Lequel ?

— Tu le sais bien. Le nôtre… Parfois, il était si présent en moi que j'avais l'impression de pouvoir toucher les arbres. Et toi aussi, ajouta-t-il, baissant la voix.

À ces mots, il tendit la main vers elle et se mit à lui caresser le bras. Ce simple geste la fit frissonner plus que de raison. Leurs regards se croisèrent, l'air parut se charger d'électricité et, finalement, elle recula d'un pas. Aussitôt, Donovan laissa retomber sa main le long de son corps et lui tourna le dos. Elle comprit bien vite qu'il s'était mépris sur sa réaction, mais avant qu'elle puisse le détromper, il avait déjà entamé une conversation avec Elias.

Au fond, c'était peut-être préférable. La situation n'était-elle pas suffisamment difficile à gérer, étant donné qu'ils n'avaient pas encore dit à Elias que Donovan était son père ? Ils devaient le lui dire rapidement. Désormais, elle pouvait faire confiance à Donovan ; il ne repartirait pas, elle en était convaincue. Et puis ses craintes concernant une éventuelle mésentente entre Elias et lui étaient désormais parfaitement infondées. Vraiment, elle ne voyait pas ce qui les empêchait, à présent, de dire la vérité à Elias. Néanmoins, elle devait d'abord s'assurer que Donovan était bien sur la même longueur d'onde qu'elle.

Quand Elias décréta qu'ils avaient trouvé l'endroit idéal, ils déballèrent le pique-nique. Puis Donovan étendit la couverture sur l'herbe et lui fit signe de s'asseoir, un grand sourire aux lèvres. Apparemment, il ne lui tenait pas rigueur du mouvement de recul qu'elle avait eu envers lui, quelques instants auparavant. Elle lui rendit son sourire, résolue à profiter de l'instant sans se préoccuper du reste. Le passé ne lui avait-il pas appris que l'on nc pouvait rien contrôler ? La vie prenait toujours des détours inattendus, alors autant l'accepter.

Du coin de l'œil, Donovan surveillait Raven. Il la sentait en proie à des sentiments contradictoires. Parfois, elle se comportait avec lui comme au bon vieux temps, et puis tout à coup, elle reprenait ses distances. Autrefois, ils avaient souvent pique-niqué ensemble sur le ranch. Elle venait lui porter des sandwichs quand il réparait la clôture qui séparait leurs deux propriétés. Il faisait toujours mine de mourir de faim, ce à quoi elle lui rétorquait qu'il ne devait se languir que d'elle, pas de la nourriture. Il lui cachait qu'il avait déjà des sandwichs dans sa besace…

Une fois servi, Elias prit son assiette et s'éloigna un peu pour contempler le bétail, en bas.

— Ne va pas trop loin, lui dit Raven.

À cet instant, le vent fit voler sur son visage une mèche

de cheveux qu'elle cala derrière son oreille. Elle était d'une beauté à couper le souffle, pensa-t-il, mais elle n'en avait pas conscience. Ou bien elle le savait mais n'y prêtait pas attention. Elle n'avait jamais accordé d'importance aux apparences ; ce qui comptait pour elle, c'était ce que les gens avaient à l'intérieur et qui se reflétait dans leur comportement.

Pour lui aussi, bien sûr, mais la beauté de Raven était loin de le laisser insensible… Son teint cuivré si éclatant, ses hautes pommettes, ses yeux couleur noisette, sa bouche pulpeuse aux contours si bien dessinés… Et quand elle souriait, la blancheur de ses dents le ravissait toujours.

Quant à son corps svelte, avec ses fesses d'une fermeté exquise et ses jambes fines, il atteignait une perfection qu'il n'avait jamais retrouvée chez les autres femmes dans les bras de qui il avait cherché l'oubli. Pourtant, au fil des années, il avait cherché à se convaincre qu'il avait exagéré son sex-appeal. Aujourd'hui, force était de constater… que non !

Même s'il ne voulait rien précipiter – le passé jetait encore son ombre sur le présent, et trop d'incertitudes flottaient entre eux –, il commençait à se dire que, durant l'adolescence, il avait été bien avisé de tomber amoureux de Raven, car elle était sans doute celle qu'il lui fallait à l'époque. D'ailleurs, peut-être l'était-elle encore et pourraient-ils retomber amoureux, tous les deux…

Puis il se rappela la façon dont elle avait reculé, tout à l'heure, quand il lui avait caressé le bras. Tout portait à croire qu'elle était à mille lieues de ses envies à lui de renouer. Et pourtant… Ce simple contact avait été électrique. Il avait presque vu les étincelles jaillir. Comment avait-elle pu rester de marbre ?

Il est vrai qu'elle venait juste de rompre avec Carson.

Encore que l'initiative de la rupture revienne à ce dernier… Peut-être aimait-elle encore Carson et espérait-elle reconquérir son cœur, attendant qu'il se remette de son choc familial ?

Il se crispa. En dépit de ce qu'il avait dit à Raven, il ne s'était pas complètement affranchi de sa colère contre Karl Rivers. Rien que de penser à lui le mettait en rage.

— Quelque chose ne va pas ? lui demanda Raven, le ramenant à l'instant présent.

Il leva les yeux vers elle.

— Non, pourquoi ?

— Tu es en train de broyer ton sandwich au lieu de le manger !

— Oh ! Pardon !

Il mordit dedans et ajouta :

— Il est toujours aussi délicieux.

— Tu ne mesures pas ta force, j'imagine.

Et, laissant ses yeux courir sur son corps, elle ajouta d'un air malicieux :

— Tu es bien plus musclé aujourd'hui qu'avant.

Il se mit à rire et plia le bras, pour faire ressortir son biceps.

— Je te ferais remarquer que je suis né comme ça. Sans doute ta mémoire te fait-elle défaut.

— Tu parles ! J'ai toujours été bien plus forte que toi !

À ces mots, il plaqua le dos de sa main sur le front de Raven.

— Non, tu n'as pas de fièvre. Malgré tout, tu aurais dû mettre un chapeau, tu as dû avoir une petite insolation.

— Ah, ah. Très drôle ! Évidemment, tu préfères oublier toutes les fois où je t'ai battu à la lutte.

— On avait huit ans ! rétorqua-t-il.

Et elle avait l'avantage d'avoir des frères qui étaient

sans pitié avec elle, ce qui avait forgé sa force. C'était une véritable athlète.

— Non, pas huit, neuf, corrigea-t-elle en riant. Mais peu importe, c'est moi qui détiens le record à la lutte.

Elle éclata de rire et leva les bras, en chantonnant :

— C'est moi la championne du monde ! C'est moi la championne du monde !

Il lança une miette de pain dans sa direction, qu'elle rattrapa, naturellement.

— Je veux prendre ma revanche, dit-il.

— Pas question ! rétorqua-t-elle en se levant pour se sauver.

Il fut plus rapide qu'elle et l'en empêcha.

L'enlaçant par la taille, il l'attira à lui. Immédiatement, son odeur l'enveloppa et il eut de nouveau dix-neuf ans… Et l'impression que les dix années qui venaient de s'écouler étaient en réalité dix minutes. L'intimité d'autrefois lui était revenue d'un coup, de façon intense, incontrôlable. Sur une impulsion, il la fit basculer sur le dos et s'allongea sur elle, la maintenant en douceur sur la couverture.

— J'ai gagné ! dit-il.

Il croisa son regard et y resta attaché. Ni l'un ni l'autre ne firent le moindre geste. Avec lenteur, il pencha son visage vers le sien, approchant ses lèvres à quelques millimètres des siennes.

— Mais tu fais quoi ? Tu essaies d'embrasser maman ?

- 11 -

L'espace de quelques secondes, Donovan se figea puis parvint à se redresser. Il avait oublié la présence d'Elias ! Il avait dû revenir sans que Raven et lui l'aient remarqué.

— Euh… non ! répondit-il. En fait, on jouait.

— Ce n'est pas l'impression que j'ai eue.

— En réalité, on s'affrontait à la lutte, intervint Raven. Sur ces mots, elle s'assit et prit sa bouteille d'eau. Il nota alors qu'elle tremblait légèrement. Elle n'était donc pas aussi sereine qu'elle en avait l'air.

— Enfant, j'avais l'habitude de toujours l'emporter sur Donovan, quand on s'affrontait à la lutte, expliqua-t-elle. Cette fois il essayait de me battre. Évidemment il a triché pour y arriver en me plaquant au sol.

— Ma mère peut te battre à la lutte ? s'exclama Elias, visiblement étonné.

— C'était il y a très longtemps, répondit-il. Quand nous avions huit ans.

— Neuf, corrigea Raven.

— Donc tu n'étais pas très fort, quand tu avais mon âge, fit remarquer Elias. Tes muscles n'étaient pas encore bien développés. Je sais que pour certains garçons, ça ne vient qu'à dix ans.

Raven jeta un coup d'œil à Donovan qui parvint à rester de marbre.

— Ce qui n'est pas ton cas, dit-il.

— Non, moi je suis fort depuis mes sept ans, affirma Elias, tout fier.

— Tu as donc hérité des super-pouvoirs de ta mère.

— Tu ne dois pas avoir honte parce que ma mère pouvait te battre à la lutte quand tu étais petit. Ce qui compte, c'est que maintenant, tu sois fort. Il faut oublier le passé.

Donovan hocha la tête. Il lui fallait effectivement une sacrée force mentale pour surmonter tout ce qu'il avait manqué avec Elias…

— Tout à fait, répondit-il. Comme tu as pu le voir, maintenant, je bats ta mère à la lutte.

Elias prit un cookie et s'éloigna. Puis subitement, il se retourna, un grand sourire aux lèvres.

— Sauf si elle utilise ses super-pouvoirs sur toi !

Il attendit qu'Elias soit hors de portée de voix pour reprendre :

— Est-ce que je dois m'excuser ?

— Pour quoi ? Pour avoir triché ?

Il se mit à rire. Il lui savait gré de prendre la situation avec légèreté. Cependant, il préférait être honnête.

— Non, pour avoir dépassé les bornes, précisa-t-il. Si Elias ne nous avait pas interrompus, je t'aurais embrassée. Or, vu les circonstances, cela aurait été quelque peu ennuyeux.

— Quelles circonstances ?

— Carson vient de rompre avec toi. Ce doit être difficile. Je ne veux pas tirer avantage de ta fragilité actuelle.

— C'est tout à ton honneur, mais pour être franche, cette rupture ne m'a pas brisé le cœur. Je suis triste pour la façon dont les choses se sont terminées, mais si Carson n'avait pas pris l'initiative, c'est moi qui l'aurait fait, parce que je n'étais pas amoureuse de lui.

— Oh.

— Et tu vas me demander, j'imagine, pourquoi j'étais fiancée avec lui si je n'étais pas amoureuse ?

— Non. Tu prends toujours les décisions qu'il faut. Si quelqu'un peut te comprendre, c'est bien moi.

Baissant les yeux, elle arracha quelques brins d'herbe.

— Est-ce que tu te demandes parfois ce qui serait arrivé si tu n'étais pas parti ? Ou si tu étais rentré plus tôt ?

— Si j'étais resté, Rivers m'aurait tué. Cela n'aurait pas été une première, pour lui. Et si j'étais revenu de son vivant, il aurait pu tous vous tuer. C'est un risque que je n'aurais jamais pris.

Elle hocha la tête.

— Comme l'a dit Elias avec sagesse, il faut oublier le passé, reprit-il. Et tirer le meilleur du présent.

Soudain, le vent se leva, ce qui entraîna une brusque chute de la température. Le ciel si bleu et ensoleillé durant toute la matinée était en train de se couvrir. De toute évidence, un orage s'annonçait.

Ils se levèrent et rassemblèrent bien vite les restes du déjeuner avant que les rafales de vent les emportent.

— Elias ! appela Raven. On rentre !

Ce dernier accourut.

— Un orage arrive ! s'écria-t-il. Les chevaux ne vont pas avoir trop peur ?

— Non, ça ira. Allons-y !

— Vous vous arrêterez chez moi le temps que l'orage passe, suggéra Donovan. Ce sera plus raisonnable.

La pluie se mit à tomber une fois qu'ils furent au bas de la colline, mais par chance, il n'y avait ni éclairs ni tonnerre. Ils étaient en revanche trempés quand ils arrivèrent à la maison.

Donovan descendit de son cheval pour aller ouvrir les

portes de l'écurie à Raven et Elias. Une fois qu'ils furent à l'intérieur, ils enlevèrent les selles et les couvertures, et il fut satisfait de constater qu'Elias s'occupa avec soin de son cheval, et ne se plaignait pas d'être mouillé. Il était fier de lui.

Dès que les chevaux furent séchés, brossés et nourris, il les invita à entrer chez lui, où tous se déchaussèrent avant de pénétrer dans la cuisine. Il sourit en découvrant le post-it que ses parents avaient collé sur le réfrigérateur. Ils avaient en effet accepté une invitation chez des voisins, ce qui signifiait qu'ils recommençaient à vivre.

— Mes parents sont sortis, dit-il. Ils dînent chez des amis.

— C'est bien, ils en ont besoin. Ils se sont si rarement absentés pendant dix ans. Ils voulaient toujours être là au cas où tu appellerais ou reviendrais.

— C'est la première fois qu'ils sortent, depuis mon retour. Je crois qu'ils ont peur que je disparaisse à nouveau.

Il poussa un soupir, en constatant une fois de plus l'étendue des dégâts liés à sa disparition. Seul le temps guérirait les blessures.

Tout à coup, Elias éternua.

— Venez dans ma chambre, je vais vous donner des vêtements secs, dit-il en les conduisant à l'étage.

— Waouh ! s'écrièrent Elias et Raven à l'unisson en entrant dans sa chambre, mais pour des raisons différentes.

Elias se précipita vers une bibliothèque remplie de figurines d'anciens super-héros, tandis que Raven disait :

— Tes parents n'ont rien changé.

— Exact. Le premier soir, j'ai été heureux de tout retrouver intact, mais maintenant, c'est un peu gênant, car je n'ai plus dix-neuf ans. Ma mère essaie encore de faire mon lit !

— Oh ! ça va passer ! Regarde, ils sont sortis ce soir. Il y a du progrès.

— Oui. Tu as raison.

Il prit trois T-shirts dans son tiroir, en lança un à Elias avant d'en tendre un autre à Raven, puis sortit trois shorts de basket-ball. Les vêtements seraient trop grands pour eux, mais feraient l'affaire le temps que les leurs sèchent au sèche-linge. Chacun se changea, Elias tout en lisant une BD et en étant aidé par sa mère.

Donovan retira son T-shirt puis s'en servit pour s'essuyer le torse. Son regard tomba alors sur Raven qui avait les yeux braqués sur lui, et il y perçut un certain intérêt... Mais elle tourna bien vitc la tête de sorte qu'il se demanda s'il n'avait pas rêvé. Au fond, peut-être était-ce son propre désir qu'il avait vu se refléter dans ses prunelles.

— J'ai besoin d'un peu plus d'intimité que vous, décréta Raven.

— Tu peux te changer ici, ça ne me gêne pas, tu sais, dit-il, clin d'œil à l'appui.

— Eh bien moi si ! Je vais dans la salle de bains.

Il la regarda sortir, puis se tourna vers son fils.

Dès qu'elle eut refermé la porte de la salle de bains, Raven s'appuya lourdement dessus. Mais qu'est-ce qui lui avait pris de détailler Donovan de la sorte ? Il est vrai qu'il avait un torse formidablement sculpté et des abdominaux impeccables, mais ce n'était pas comme si elle n'avait jamais vu le corps d'un homme auparavant ! Et a fortiori celui de Donovan. Évidemment, la dernière fois, il avait dix-neuf ans et n'avait pas autant de muscles que ceux qu'il avait acquis au fil des ans. Il était plus étoffé, aussi.

À propos de poids, elle aussi en avait pris, depuis la naissance d'Elias. Elle n'était plus aussi longiligne qu'à l'adolescence et avait des formes plus marquées, mais elle ne regrettait certainement pas sa grossesse.

Quand elle enfila le T-shirt de Donovan, un puissant sentiment d'intimité la saisit. Heureusement, ce ne fut que l'odeur de la lessive et de l'adoucissant qui se dégagea du T-shirt. Sans doute était-ce préférable, pensa-t-elle, car l'odeur virile de Donovan l'aurait replongée dans le passé, au temps où ils étaient amoureux, et cela aurait embrouillé le présent. Il était impératif qu'elle garde les pieds sur terre et ne confonde pas tout.

Elle se sécha les cheveux rapidement et se recoiffa avant de ressortir de la salle de bains, sa chemise trempée à la main.

Dans la chambre de Donovan, étendu sur la moquette, Elias lisait une BD. Elle nota qu'il y en avait toute une pile à côté de lui. Elle se rappela qu'enfant, Donovan dépensait tout son argent de poche dans les illustrés de super-héros.

Elias les avait découverts à l'âge de cinq ans, et depuis était un grand fan. Une telle passion pouvait-elle se transmettre de père en fils même à distance ? se demanda-t-elle. Elle l'ignorait, mais à les voir ensemble, il était clair qu'ils partageaient bien plus que ce hobby. Elias ressemblait tant à son père, au même âge, avec ses yeux en amande, d'un gris clair, et son menton si déterminé. Et puis il y avait cette fossette qui creusait leur joue quand ils souriaient. Il était aisé d'imaginer à quoi ressemblerait Elias dans vingt ans.

Donovan étant lui aussi absorbé par sa lecture, elle s'adossa au mur pour savourer la douceur du moment. Elle avait conscience qu'Elias avait besoin d'un homme dans sa vie. Il avait son grand-père, bien sûr, qui s'occupait beaucoup de lui, mais ce dernier n'avait pas la même énergie que Donovan. C'était en partie pour cette raison qu'elle avait décidé d'épouser Carson. Ce dernier était bon avec son fils et exerçait une influence positive sur lui. Et tous deux s'entendaient bien. Pourtant, quand elle lui avait annoncé qu'elle allait épouser Carson, Elias s'était contenté de hausser les épaules et de dire « OK ». Lui manquait-il, aujourd'hui ? Elle l'ignorait, mais comme Donovan avait fait son entrée dans sa vie, il avait dû combler le vide laissé par Carson. À moins que ce soit l'inverse, et que Carson n'ait été qu'une transition en attendant Donovan. Elle soupira. L'idée était séduisante, et elle s'en sentit coupable envers Carson.

— Que se passe-t-il ? demanda Donovan.

— Rien, j'étais plongée dans mes pensées.

Il se leva, imité bientôt par Elias qui prit dans ses bras la pile de BD qui était à côté de lui.

— Merci de me les prêter, Donovan. Je te les rendrai dès que je les aurai lues.

— Prends tout ton temps. Et quand tu auras fini, j'en ai encore d'autres pour toi, expliqua-t-il en ouvrant son placard.

Raven aperçut de nombreux cartons qui contenaient le reste de sa collection, elle le savait.

— Tu as le temps ou tu dois rentrer tout de suite ? lui demanda Donovan en se retournant.

Raven pensa au travail qu'elle n'avait pas fait aujourd'hui, étant donné que sa matinée avait été consacrée à la promenade à cheval et au pique-nique. À ce rythme-là, elle allait passer toute la soirée plongée dans la comptabilité ! Mais peu importait.

— Non, nous avons le temps, répondit-elle.

— Super !

Ils mirent leurs vêtements dans le sèche-linge, puis se rendirent au salon.

Elias se cala tout de suite dans un fauteuil près de la fenêtre, et rouvrit sa BD en cours.

Donovan et elle s'assirent sur le canapé. Même si elle s'ordonnait de ne pas se laisser prendre au piège de ses fantasmes et de ne pas voir en eux trois l'image d'une famille heureuse, par une journée pluvieuse, elle ne pouvait nier que c'était tentant. Elle soupira. S'ils arrivaient à former une famille, un jour, il leur faudrait vraisemblablement du temps. Donovan devait retrouver ses repères et elle, elle aurait besoin d'être certaine de ce qu'elle ressentait pour lui.

Ils restèrent un moment silencieux, à écouter la pluie qui finit par ralentir et s'arrêter. Le ciel s'éclaircit peu à peu, et le soleil se remit à briller par intermittence. Un arc-en-ciel apparut alors au loin.

— Bien ! dit-elle en se levant. Je pense qu'il est temps pour nous de reprendre la route. Allez, Elias, on rentre. Nos vêtements sont secs.

— Il faut qu'on parle, dit Donovan. Je peux t'appeler plus tard ?

— Non, désolée, je dois travailler, ce soir. Demain, Elias va à l'anniversaire d'un de ses amis. On pourra discuter tranquillement.

— Parfait. À demain, alors.

- 12 -

Raven vérifia son apparence dans le miroir et fronça les sourcils. Depuis quand passait-elle des heures devant le miroir à se pomponner ? Il est vrai qu'elle sortait dîner avec Donovan, ainsi qu'il le lui avait proposé au téléphone, le matin même. Dans un moment de faiblesse, elle avait accepté, puis avait passé sa journée à essayer des tenues, envisageant même d'aller faire du shopping à Sweet Briar ! En réalité, avec l'âge, elle devenait plus coquette, même si elle portait le plus souvent des jeans. Oh ! Et puis quelle importance ? Ce soir, il ne s'agissait de toute façon pas d'un rendez-vous galant. Donovan et elle devaient discuter de la meilleure façon d'annoncer à Elias qui était son père. Si elle avait choisi la robe bleue à pois blancs, celle qu'elle portait au mariage de Jericho et Camille, c'était uniquement parce qu'elle l'aimait beaucoup et qu'elle s'y sentait bien.

— Tu es très belle, lui dit sa mère quand elle descendit.

— Et c'est en quel honneur ? demanda son père.

— Donovan et moi allons dîner en ville.

— Je ne comprendrai jamais pourquoi cet homme t'attire autant, marmonna sa mère.

— Marilyn ! Raven est assez âgée pour prendre les décisions qu'elle juge bonnes pour elle. Et puis moi, j'aime bien Donovan.

— Merci, papa.

— Je voulais juste souligner le fait qu'après sa longue absence de dix ans, je trouverais plus judicieux qu'il ne fasse pas partie de sa vie, expliqua sa mère.

— C'est moi qui décide, maman, et il te manque des éléments de compréhension.

Par loyauté envers Carson, elle n'avait rien dit à ses parents au sujet de Karl Rivers.

— Je connais les faits, Raven, rétorqua sa mère. J'ai vu Lena souffrir pendant dix ans. Je comprends qu'elle aime toujours son fils, c'est naturel. Mais toi, tu ne…

— Je vais l'attendre à l'extérieur, l'interrompit Raven. Je ne sais pas à quelle heure je rentrerai, alors ne m'attendez pas !

— Bonne soirée ! lui dit son père.

Sa mère se contenta de soupirer.

Elle devait vraiment envisager de trouver un logement. Elle adorait ses parents et appréciait toute l'aide qu'ils lui avaient apportée pour Elias, et lui apportaient encore, mais elle se sentait désormais prête à vivre seule avec son fils, à Sweet Briar. Ainsi il passerait plus de temps avec ses amis, et elle pourrait exercer son métier de comptable pour d'autres clients, tout en continuant à tenir les comptes du ranch, bien sûr.

Pour ce qui était de Donovan, il lui serait plus compliqué de voir Elias, car son trajet ne lui prendrait plus seulement quelques minutes, mais une heure, aussi devait-elle le consulter à ce sujet.

Elle se leva quand elle vit son pick-up s'engager dans l'allée, et lorsqu'il en descendit, elle se réjouit de constater que lui aussi était sur son trente et un : costume anthracite à fines rayures et chemise blanche.

Après une légère hésitation, il lui tendit une boîte emballée dans du papier de soie et l'embrassa sur la joue. Son après-rasage l'enveloppa alors tout entière, comme s'il l'avait prise dans ses bras…

— Tu es magnifique, murmura-t-il.

— Merci. Permets-moi de te retourner le compliment.

— Tu n'ouvres pas ton cadeau ?

— Il était inutile de m'offrir quelque chose, protesta-t-elle en enlevant le papier, le cœur battant. Oh ! Un bracelet ! Merci.

— En fait, j'ai retrouvé dans la boîte à gants de mon pick-up un bracelet que je comptais t'offrir pour ton anniversaire, il y a dix ans. Comme il s'était un peu abîmé, j'en ai choisi un autre. Bon anniversaire avec du retard, donc !

— Merci, murmura-t-elle, les yeux remplis de larmes qu'elle essuya vivement.

Donovan l'aida à mettre le bracelet. En argent et en ébène, avec une breloque en forme de cœur, il était d'un grand raffinement.

— Bon, on y va ?

— Entendu.

Ils discutèrent de tout et de rien durant le trajet et rirent beaucoup. Elle adorait venir à Sweet Briar, surtout depuis que la ville s'était étoffée, mais hélas, elle ne s'y rendait pas assez souvent à son goût. La prochaine fois que ses amies l'inviteraient à un déjeuner entre filles, elle ne refuserait pas !

— J'ai réservé au Heaven on Earth, lui annonça Donovan en se garant.

— C'est vrai ? Mais c'est toujours complet si on ne s'y prend pas des semaines à l'avance.

— Jericho connaît le patron.

— Ah, tu as un passe-droit…, fit-elle remarquer d'un

ton moqueur. Eh bien, tu ne vas pas être déçu ! Leur cuisine est formidable.

Une hôtesse les accueillit en souriant et les conduisit à leur table.

— Bienvenue au Heaven on Earth. Un serveur va venir s'occuper de vous, dit-elle avant de s'éloigner.

Raven sourit quand Donovan tira une chaise pour elle et attendit qu'elle soit assise avant de prendre place en face d'elle. Elle ne put le remercier pour sa courtoisie car une serveuse leur apporta la carte.

— Il y a une éternité que je ne suis pas allé dans un restaurant chic, fit remarquer Donovan.

Elle faillit lui demander s'il avait quand même eu l'occasion de dîner en tête à tête avec des femmes, mais s'en abstint au dernier moment. Elle ne voulait pas paraître trop curieuse.

Elle devait bien se douter qu'il n'avait pas vécu comme un moine, durant tout ce temps. Tant de femmes avaient pu aller et venir dans sa vie, pendant dix ans…

C'était un pan de son existence dont elle ignorait tout, et elle aurait aimé en savoir plus. Donovan allait désormais faire partie de la vie de son fils, et surtout… il l'attirait aussi terriblement. Il ne lui faudrait pas très longtemps pour retomber amoureuse de lui.

Mais était-ce *vraiment* ce qu'elle souhaitait ?

Donovan essayait de se concentrer sur la carte pour choisir son entrée, mais Raven ne lui facilitait pas la tâche ! Son châle, qui avait glissé sur son épaule, lui révélait une bande de peau qu'il savait douce… Son décolleté, qui n'avait par ailleurs rien d'indécent, le faisait malgré tout transpirer. Mais c'était surtout son beau visage qui le captivait, la lueur qui s'allumait dans ses yeux quand elle parlait, et le sourire qui lui montait aux lèvres lorsque ce qu'il disait l'amusait. Il aurait pu passer la soirée à observer ses expressions !

— Je vais prendre une paella, dit-elle en rendant la carte à la serveuse.

— Bonne idée ! Deux paellas, alors.

— Parfait. Je reviens tout de suite avec vos boissons, répondit la serveuse, grand sourire à l'appui, avant de s'éloigner.

— Donc, tu me disais qu'il y avait longtemps que tu n'étais pas allé dans un grand restaurant, reprit Raven.

— Exact.

— Ne me dis pas qu'il n'en existe pas au Texas !

— Ce n'est pas ce qui manque, mais je n'avais pas vraiment d'amis, hommes ou femmes, avec qui sortir.

— Et cette vie de reclus ne t'a pas pesé ?

Décidément, elle avait toujours le don d'aller au cœur du problème !

— Si, bien sûr, répondit-il. Tout le monde a envie d'aimer et d'être aimé, mais vu les circonstances, j'y avais presque renoncé. Or, à mon retour, je découvre que j'ai un fils. Quel bonheur inattendu !

— Je crois que le moment est venu de dire à Elias que tu es son père.

Il sentit les battements de son cœur s'accélérer.

— Quand ? demanda-t-il.

— Le plus tôt sera le mieux. Demain, par exemple ?

— Comment crois-tu qu'il le prendra ?

Elle haussa les épaules.

— Je l'ignore. Je ne lui ai jamais dit du mal de toi, enfin de son père. Et tous les deux vous vous entendez bien, donc…

— Tu crois qu'il voudra passer du temps avec moi ? Je veux dire tout seul ? Il pourrait venir dormir une nuit au ranch, dans quelque temps ?

Raven détourna les yeux et hocha la tête, mais elle était de toute évidence perturbée par sa demande.

— Je ne cherche pas à te le prendre, précisa-t-il aussitôt. Je souhaite juste qu'il fasse partie de ma vie. Je veux découvrir ce qu'il aime, voir si nous partageons d'autres passions que les super-héros, en musique par exemple.

— Bien sûr.

Elle disait ce qu'il fallait sans avoir l'air d'y croire, nota-t-il. Redoutait-elle de perdre son fils ? Se méfiait-elle de lui ? Ou bien craignait-elle qu'il ne soit pas un bon père ? Quel que soit le problème qui la tracassait, il désirait qu'elle lui en parle. Une autre fois, peut-être. Il ne devait pas non plus la harceler.

Il changea de sujet et bientôt, chacun raconta à l'autre des anecdotes amusantes de sa vie et ils n'évoquèrent plus Elias.

Même s'il avait besoin de son fils, il était aussi conscient que sa paternité ne suffirait pas à combler entièrement sa vie. Il désirait aussi partager son existence avec une femme. Raven avait été son véritable et unique amour dans sa jeunesse. Peut-être l'était-elle toujours d'ailleurs… La seule façon de le savoir était de passer du temps avec elle pour qu'ils refassent connaissance.

Ils s'attardèrent un peu après le dessert et le café, puis une fois qu'ils eurent quitté le restaurant, peu désireux que cette belle soirée se termine, il lui proposa une balade sur la plage.

— Excellente idée !

Comme elle était en escarpins, il jugea préférable qu'ils

prennent la voiture pour effectuer la courte distance qui les séparait du bord de mer.

Quand, quelques minutes plus tard, ils s'engagèrent sur le chemin qui menait à la grève, tous les deux se déchaussèrent et cachèrent chaussures et chaussettes sous un banc… en espérant les retrouver à leur retour !

Il prit la main de Raven et l'entraîna vers la rive. La lune était haute dans le ciel bleu nuit et sa lumière jetait mille petites étoiles sur la surface de l'océan…

— Comme cela m'a manqué ! dit-il.

— Ah bon ? Il n'y a pas de plage au cœur du Texas ? répliqua-t-elle en riant.

— Pas à ma connaissance.

Il fit une pause avant d'ajouter sur une impulsion :

— Mais ce qui m'a le plus manqué, c'est ta compagnie. Toi, Raven. Chaque jour et chaque nuit.

— Toi aussi, tu m'as manqué.

Le cœur battant, il lui effleura le visage d'une caresse, et lorsqu'elle appuya sa joue contre sa paume, il se pencha lentement vers ses lèvres, s'arrêtant avant de les toucher.

Durant quelques secondes il ne se passa rien, mais quand il voulut reculer, Raven le retint par le col de sa chemise. Aussitôt il l'enlaça par la taille et prit ses lèvres dans un baiser ardent.

Il crut basculer dix ans en arrière. Le temps et la distance les avaient certes séparés, Raven et lui, mais les souvenirs ne pouvaient pas s'effacer : la douceur de sa bouche, la souplesse de son corps, son souffle qui s'accélérait, tout cela était resté gravé en lui.

Soudain il entendit des voix, et quand bien même il aurait voulu que ce baiser se prolonge indéfiniment, il détacha ses lèvres de celles de Raven, et posa son front contre le sien un instant.

En jetant un coup d'œil derrière lui, il vit des adolescents qui se rapprochaient. C'était sans doute mieux, pour Raven et lui ; cela leur donnerait le temps de voir clair en eux. Il devait s'assurer que les sentiments qu'ils semblaient de nouveau avoir l'un pour l'autre étaient bien réels, et non pas les vestiges de leur relation passée. Ce ne serait pas facile ! Car comment pouvait-il s'y retrouver entre son désir, son affection grandissante pour elle et l'amour qu'il avait retenu en lui pendant dix ans ?

Quant à Raven, il était fort possible qu'elle soit la proie de la même confusion. Il y avait une semaine encore, elle comptait quand même épouser un autre homme ! Maintenant qu'elle lui avait rendu sa bague, elle voulait peut-être combler un vide dans son cœur...

Il en revenait toujours à la même conclusion : l'un et l'autre devaient prendre leur temps.

— Viens, dit-il. Rentrons.

Elle soupira et posa la tête sur son épaule.

— Tu as raison, il sera bientôt demain.

Il lui sourit, puis ils regagnèrent la voiture bras dessus bras dessous. Ils écoutèrent des vieux standards à la radio, sur le trajet du retour.

Une fois devant chez elle, il coupa le moteur et se tourna vers elle.

— J'ai passé une formidable soirée, Raven.

— Moi aussi.

— Où cela va-t-il nous mener ?

— Je ne sais pas. Je crois qu'il ne faut pas brûler les étapes, mais avancer pas à pas. Et la première chose à faire dès demain est, selon moi, d'annoncer à Elias que tu es son père. Quoi qu'il arrive, nous devons être amis, toi et moi.

— Ça marche !

Seulement, des amis ne s'embrassaient pas…

Il la raccompagna jusqu'à la porte d'entrée, résistant à la folle envie de la prendre dans ses bras pour l'embrasser à pleine bouche, se contentant de l'embrasser sur la joue. Il attendit qu'elle ait refermé la porte derrière elle pour remonter dans son pick-up et rentrer chez lui pour se glisser dans son lit, seul.

- 13 -

Raven fredonnait tout en se coiffant.

Hier soir, Donovan l'avait embrassée ! Elle en avait brûlé d'envie dès qu'il était descendu de son pick-up, en venant la chercher, et qu'elle s'était rendu compte qu'il avait soigné sa mise pour se montrer sous son meilleur jour. Non. En vérité, elle rêvait de ce baiser depuis le moment où il avait sonné à sa porte, la semaine précédente, après dix ans d'absence.

Le problème, c'était qu'elle ne parvenait pas à identifier la véritable nature de leurs sentiments. Pour sa part, chaque fois qu'elle pensait à lui, les émotions du passé et du présent s'entremêlaient, et il lui était impossible d'y voir clair.

Agacée, elle reposa son peigne, et se fit une queue-de-cheval. Ses doux souvenirs de la veille avaient laissé place à la confusion et à l'inquiétude, or elle devait se ressaisir : son père, qui était allé chercher Elias chez son ami, allait revenir avec lui d'un instant à l'autre. Au petit déjeuner, elle avait annoncé à ses parents que Donovan et elle avaient décidé de lui dire qui était son père. Et si cette décision la soulageait, elle n'en était pas moins quelque peu inquiète.

En entendant un bruit du moteur, elle jeta un coup d'œil par la fenêtre. Son père revenait avec Elias et, juste derrière lui… Donovan.

Le cœur battant un peu plus vite, elle sortit pour les accueillir.

Elle arriva juste à temps pour voir Elias jaillir du pick-up de son grand-père, les traits déformés par la colère.

— Qu'est-ce qui ne va pas, mon chéri ? demanda-t-elle, stupéfaite.

— Menteuse ! hurla Elias. Tu es une menteuse et je te déteste !

Sur ces mots, il la bouscula pour passer et entrer dans la maison, claquant la porte derrière lui.

Elle se tourna vers son père qui arrivait avec Donovan.

— Que s'est-il passé, papa ?

— Il sait que Donovan est son père, répondit-il.

— Pardon ?

— Comment l'a-t-il appris ? demanda Donovan.

— On s'est arrêtés à la boulangerie pour acheter des brownies, et Cynthia Smith lui a demandé s'il était content que son père soit rentré à la maison, expliqua son père. Visiblement tout le monde est au courant, ce qui est logique. Vous sortiez ensemble il y a dix ans. Et puis Elias est ton portrait craché, Donovan. Sans compter que toute la ville vous a vus tous les trois ensemble à la fête foraine.

— Bon sang, les gens ne peuvent-ils pas s'occuper de ce qui les regarde ? marmonna Raven.

— Cynthia n'était absolument pas malintentionnée, fit remarquer son père. Elle pensait qu'il savait.

— Je comprends, même si cela ne change rien. Bon, il ne me reste plus qu'à essayer de réparer les dégâts.

— *Nous*, tu veux dire, intervint Donovan. Nous devons régler cela ensemble.

— Elias est dans tous ses états. Il vaut mieux que je lui parle seule.

— Je suis son père et je ne veux pas te laisser te charger seule de régler le problème.

Elle allait répondre quand son père intervint :

— Je vous laisse discuter de ça tous les deux. Mais je vous suggère de vous décider rapidement.

Une fois qu'il fut rentré, Raven se tourna vers Donovan.

— Je n'essaie pas de t'écarter, je crois juste qu'il est préférable que j'aille le voir seule. Tu es certes son père biologique mais votre relation était pour l'instant juste d'ordre amical.

— Justement, c'est le moment de changer de cap. Il faut bien commencer quelque part. Comptes-tu m'écarter chaque fois qu'il y aura un problème ?

Elle croyait avoir réfléchi à tout, mais encore une fois, le contrôle lui échappait.

— Donovan, je crois qu'il est préférable que je le gère seule. Ce serait une erreur d'aller le voir tous les deux, il pensera qu'on se ligue contre lui.

N'avait-elle pas neuf ans d'avance sur lui, en ce qui concernait Elias ? Elle savait comment le prendre, c'était *son* fils avant tout.

— Au contraire, si nous y allons tous les deux, nous lui montrerons que nous sommes unis, répliqua-t-il. En outre, tu te trompes si tu crois qu'il n'aura pas de questions à me poser.

Elle soupira. Cette discussion ne mènerait à rien. Il était évident qu'ils ne tomberaient pas d'accord.

— Très bien, dit-elle. Tu as gagné. Allons-y.

Elle sentit son cœur s'alourdir à mesure que Donovan et elle se dirigeaient vers la chambre d'Elias. Elle n'approuvait certes pas la façon dont Elias venait de se comporter, mais elle comprenait sa colère. Elle avait rompu la promesse qu'elle lui avait faite de ne jamais lui mentir. Évidemment, elle avait de bonnes raisons de ne pas lui avoir dévoilé l'identité de Donovan jusque-là, mais cela ne changeait rien à la situation.

Elle frappa à la porte d'Elias, et, comme elle s'y attendait…

— Va-t'en ! Je ne veux pas te voir !

— Tu ne crois quand même pas que je vais m'en aller, répondit-elle en entrant.

Planté devant la fenêtre, Elias regardait le corral, même si elle doutait qu'il voie quoi que ce soit. Il se retourna vers eux.

— Je ne veux pas vous parler ! décréta-t-il, les yeux brillants de colère.

Jamais il n'avait été aussi perturbé, nota Raven. Sous sa fureur, elle percevait une tristesse et un chagrin si profonds, qu'elle en avait le cœur brisé.

— Dans ce cas, écoute ce que j'ai à te dire, dit-elle d'une voix douce mais ferme.

— Non ! Tu vas encore me mentir ! Tu n'es qu'une grosse menteuse !

C'est alors que Donovan s'avança vers Elias, sans qu'elle ait eu le temps de le retenir. Quand il prit la parole, ce fut d'une voix étonnamment calme.

— Tu peux être aussi furieux que tu veux contre moi, et même contre ta mère, d'ailleurs, même si elle n'y est pour rien. Mais je ne supporterai pas que tu lui manques de respect, tu m'entends bien ?

— Donovan, c'est bon…, murmura-t-elle.

Il leva la main pour lui indiquer de ne pas s'en mêler, sans lâcher un instant son fils du regard.

— Je t'ai posé une question, Elias. As-tu compris ce que je viens de te dire ?

Elias releva le menton, d'un air de défi, et Raven redouta un instant qu'il s'entête à ne pas répondre. Comment réagirait Donovan ? Ferait-il preuve d'autorité ? Abandonnerait-il la discussion ? Sa relation avec Elias était si nouvelle, si fragile…

Mais à ce stade, elle ne pouvait plus intervenir.

Au bout d'une bonne minute, Elias répondit du bout des lèvres :

— Oui.

Et il tourna la tête.

— Bien, dit Donovan.

Raven se rapprocha de son fils

— Mon chéri, nous avions l'intention de te dire la vérité aujourd'hui.

— Mais oui ! Tu dis ça parce que tu es prise à ton propre mensonge. Sans Mme Smith, je n'aurais jamais su la vérité ! Toi et Donovan auriez continué à faire comme si vous étiez juste amis, et Donovan aurait aussi fait semblant d'être le mien.

Il avait prononcé le prénom de ce dernier avec le plus grand mépris.

— Tout le monde a entendu, dans la boulangerie, poursuivit-il. Je suis certain que tous mes amis savent déjà que Donovan est mon *soi-disant* père. Qu'il a disparu pendant des années sans jamais venir nous voir et que maintenant, il se fait passer pour mon ami.

— Nous allions te l'annoncer, répéta Raven. C'est pour cette raison que Donovan est ici aujourd'hui.

Elias croisa les bras.

— Je ne te crois pas ! s'exclama-t-il. Je ne te croirai plus jamais !

Raven sentit son cœur flancher.

— Tu me fais de la peine, Elias, en disant cela.

— Ta mère a été prise de court par mon retour, intervint Donovan. Elle voulait juste te protéger. Elle ne m'avait pas vu depuis dix ans, elle ne savait plus quel homme j'étais. Il était important qu'elle refasse connaissance avec moi avant de te dire qui j'étais. Elle souhaitait s'assurer que je ne te ferais pas de mal.

Elias laissa échapper une sorte de grognement, mais malgré tout, il écoutait ce qu'on lui disait.

— Et sache que je n'ai jamais fait semblant d'être ton ami, je le suis vraiment, précisa Donovan.

— Je croyais que tu étais mon père !

— Je peux être les deux.

— Non merci ! J'ai déjà des amis. Des *vrais*, qui ne me mentent pas, eux. Et maman n'a pas besoin d'un petit ami qui lui tient la main et essaie de l'embrasser. Nous étions très bien sans toi !

Sa voix se mit à trembler et des larmes coulèrent sur ses joues quand il ajouta :

— Pourquoi tu ne retournes pas d'où tu viens ? Nous ne voulons pas de toi ici !

Raven vit Donovan se raidir. Les paroles d'Elias lui avaient visiblement fait l'effet d'un coup de poing.

Ce n'était pourtant pas faute de l'avoir prévenu ! Elias était bien trop meurtri pour avoir une discussion rationnelle. Il avait l'impression que non seulement Donovan et sa mère l'avaient trahi, mais qu'ils l'avaient pris pour un idiot. Cette fureur était légitime. Si seulement Donovan l'avait écoutée, quand elle lui avait conseillé de ne pas s'en mêler, il n'aurait pas été aussi blessé.

— Je m'en vais, dit-il d'une voix sourde.

— Donovan, il a juste besoin d'un peu de temps.

— Bien sûr.

Elle eut soudain la sensation que tous les rêves qu'il avait nourris venaient d'être réduits en cendres.

C'est alors qu'Elias s'écria :

— Attends !

Elle sentit l'espoir renaître en elle.

Elias se dirigea vers son bureau… pour revenir les bras chargés de BD.

— Tiens, reprends-les. Je n'en veux plus, dit-il en se plantant devant Donovan.

Donovan hésita, puis prit les illustrés et sortit de la chambre sans un mot.

Alors que le bruit de ses pas diminuait, Raven pria pour qu'Elias le rattrape et lui dise de ne pas s'en aller. Vœu pieux ! Son fils était trop en colère pour faire ce geste.

— Nous allions te le dire, répéta-t-elle une fois qu'ils furent seuls.

— Peut-être, mais vous ne l'avez pas fait. Je ne veux plus jamais le voir. Si tu me forces, je m'enfuirai.

— Ne dis pas des choses que tu risques de regretter, mon chéri.

— Jamais ! Je le déteste !

Raven poussa un soupir. Comment avaient-ils pu en arriver là ? Quel gâchis ! Et surtout, comment allait-elle bien pouvoir réparer les dégâts ? Car quoi qu'en pense Elias, il avait besoin de son père.

Et elle aussi.

Donovan posa la tête contre le tronc de l'arbre et ferma les yeux. Cela faisait deux jours que son fils lui avait tourné le dos. Il avait espéré qu'Elias, une fois calmé, demanderait à lui parler. Cela n'avait pas été le cas. Il ne lui faisait plus confiance. Ils n'avaient pas eu le temps d'établir une relation qui aurait été assez forte pour résister à une telle épreuve. Et comme Elias l'avait souligné, il avait vécu neuf ans sans père, il n'avait pas besoin de lui.

Bien qu'immensément déçu d'être sans nouvelles de son fils, il était encore plus meurtri que Raven n'ait pas cherché à le contacter. S'était-il trompé en croyant qu'elle avait surmonté sa colère contre lui ? Leur relation s'était pourtant réchauffée, ils étaient devenus amis. Du moins le croyait-il. Et il avait même cru qu'ils pourraient aller plus loin ! Elle l'avait séduit quand ils étaient jeunes et ni le temps ni la distance n'y avaient rien changé, lui semblait-il. Encore que… N'avait-elle pas juste été le lien qui le reliait à sa vie antérieure ? Pourtant, quand ils étaient ensemble, il avait désormais l'impression d'être à nouveau amoureux d'elle.

Quant à Raven, peut-être se réjouissait-elle qu'il soit sorti de sa vie et se servait-elle de la colère d'Elias pour le maintenir à distance ? C'était pour cette raison qu'elle ne l'appelait pas. De toute évidence, elle ne s'était pas accrochée à leurs anciens sentiments comme lui… Mais comment aurait-il pu lui reprocher d'avoir continué à vivre ? Encore une fois, elle envisageait peut-être de revenir avec Carson. Il n'en savait rien, car Raven et lui ne parlaient jamais de ce qu'ils ressentaient, ce qui laissait la porte grande ouverte aux spéculations en tout genre…

La seule certitude qu'il avait, c'était qu'il ne renoncerait pas à son fils, que Raven encourage Elias à lui pardonner son absence ou non. Qu'elle soit ou non son alliée, il était déterminé à tisser un lien avec son fils. Il avait perdu suffisamment de temps !

- 14 -

Assise à son bureau, les yeux rivés au ciel qui s'assombrissait, Raven soupira. Donovan lui manquait. Deux longues journées s'étaient écoulées depuis qu'Elias l'avait violemment rejeté et jamais elle n'oublierait son visage dévasté. Bien sûr, son fils avait réagi sous le coup de la colère, ce qu'elle comprenait, mais elle ne devait pas non plus laisser ce ressentiment s'installer dans la durée, sans quoi il deviendrait vite un obstacle insurmontable.

Donovan et Elias avaient tout pour établir une relation formidable. Ils se ressemblaient tant, aussi bien physiquement que dans leurs goûts et réactions.

En outre, elle culpabilisait. C'était elle qui avait insisté pour ne pas dire tout de suite à Elias que Donovan était son père, tout cela dans le but de protéger son fils, de le préparer. Néanmoins, si elle avait accepté que Donovan lui dise la vérité dès son retour, cette scène atroce entre eux n'aurait pas eu lieu et peut-être auraient-ils d'emblée établi une relation forte.

Mais il n'était pas question qu'elle reste impuissante. Elle pouvait encore influer sur le cours des événements, et c'est pourquoi elle misait sur le week-end à venir pour que tout rentre dans l'ordre. Elle avait d'ailleurs un plan, qui ne serait du reste pas forcément de tout repos.

Joni Danielson, la directrice du centre de loisirs de Sweet Briar, avait en effet obtenu de Jericho et Camille

Jones la permission d'organiser un week-end de camping en famille sur leur ranch. Ceux-ci accueillaient régulièrement à la journée des petits citadins désireux de monter à cheval et de partager l'expérience de la vie sur un ranch. Le week-end prévu ne serait pas limité aux enfants, et était également ouvert à tous, résidents de Sweet Briar ou des ranchs alentour.

Quand elle avait lu la brochure qui annonçait l'événement, elle avait pensé que c'était une idée intéressante, mais sans éprouver le besoin d'y participer. Maintenant, cela lui semblait la seule issue de secours !

Elle remplit donc le formulaire, paya le forfait, valida son inscription… et se demanda si elle avait raison de miser sur ce week-end à trois pour essayer de résoudre la situation.

Puis elle songea soudain… qu'elle allait devoir partager une tente avec Donovan.

Qu'espérait-elle au juste de cette initiative ? Qu'elle rapproche le fils du père, ou ranime la flamme entre Donovan et elle ? Peu importait, après tout. Maintenant, ils étaient tous les trois inscrits, et elle espérait que son cœur survivrait.

Elle s'apprêtait à appeler Donovan et hésita. Ne venait-elle pas de commettre une grosse erreur d'appréciation en supposant qu'il aurait envie de passer un week-end entier avec son fils qui le rejetait et elle ?

Tout à coup, le téléphone sonna. C'était lui ! Elle eut soudain du mal à respirer, mais s'efforça bien vite de se calmer pour ne pas avoir l'air essoufflée en répondant. Et il était inutile qu'elle se persuade que son excitation était liée à Elias et leur relation père-fils…

— Donovan, dit-elle en prenant la communication.

Un silence s'ensuivit, comme s'il était surpris de son ton cordial, puis il déclara :

— Raven, j'ai besoin de te parler.

— Ça tombe bien, j'allais t'appeler.

— Vraiment ?

Le doute qu'elle entendit dans sa voix lui transperça le cœur. Pourquoi fallait-il que tout soit toujours si compliqué entre eux ?

— Oui, mais il est clair que tu ne me crois pas. Pourquoi ?

— Eh bien, cela fait maintenant deux jours que je n'ai pas eu de nouvelles, répondit-il. Je ne sais pas du tout dans quel état se trouve Elias.

— Il est en colère, cela, tu le sais. Tu n'as quand même pas cru qu'il se calmerait comme par miracle ?

— Je n'imaginais pas qu'il m'en voudrait si longtemps. Mais peut-être l'a-t-on conforté dans son attitude.

Elle se figea, indignée. Elle en avait assez de chercher à contenter tout le monde et de toujours prendre les coups !

— De quoi m'accuses-tu, Donovan ? s'enquit-elle d'une voix où sourdait une colère mal maîtrisée. Effectivement, c'est moi qui ai proposé d'attendre pour dire à Elias que tu étais son père, mais tu étais d'accord. Nous avons peut-être eu tort, mais c'est un tort partagé, je n'en ai pas l'exclusivité.

Il soupira.

— Tu as raison, désolé, marmonna-t-il. Je suis frustré, sans nouvelles et je sais que ce n'est pas ta faute si j'ai manqué les neuf premières années de la vie d'Elias.

— Écoute, Donovan, reprit-elle sur un ton agacé, tu dis une chose et tu fais son contraire. Je croyais que nous étions amis et que nous avions le même objectif.

— Naturellement, et c'est toujours le cas.

Il n'en dit pas davantage, mais qu'aurait-il pu ajouter puisque visiblement il se méfiait d'elle ? Il avait beau l'attirer énormément, sans confiance, ils ne pourraient jamais construire quoi que ce soit. Préférant ne pas insister, elle enchaîna sur le sujet pour lequel elle allait l'appeler avant qu'il la prenne de court. Il l'écouta sans l'interrompre, et quand elle eut fini, il ne réagit pas.

— Eh bien ? Si cela ne t'intéresse pas, tu n'es pas obligé de venir, lui fit-elle sèchement remarquer.

— Non ! Je veux dire, si, c'est une super idée.

— Tu pourrais te montrer un peu plus enthousiaste.

— Mais je le suis, Raven ! Seulement, je me sens si mal de t'avoir accusée de monter Elias contre moi. Comment ai-je pu imaginer que tu chercherais à saboter ma relation avec mon fils ?

— Oui, moi aussi je me le demande, répliqua-t-elle d'un ton amer.

— Je suis vraiment désolé.

— Désormais, essayons de nous accorder le bénéfice du doute avant de tirer des conclusions hâtives.

— Tu as raison.

Ils discutèrent ensuite des détails du week-end, puis se souhaitèrent bonne nuit et raccrochèrent.

Bien que Donovan se soit excusé pour son manque de confiance, Raven ressentit une sorte de vide en elle, et deux larmes roulèrent sur ses joues. Combien de temps lui faudrait-il pour admettre que leur amour s'était envolé en même temps que les années ? S'il y avait un moyen de le rattraper, elle ne le connaissait pas.

Le cœur battant, Donovan se gara dans l'allée de Raven, puis coupa le moteur. Il n'arrivait toujours pas à croire qu'il allait passer le week-end avec Elias et elle, et puis il se sentait si honteux de l'avoir accusée de se réjouir qu'il soit sorti de leur vie alors qu'elle cherchait une solution pour le réconcilier avec Elias. Même s'il s'était excusé, il avait la sensation d'avoir commis un faux pas peut-être fatal à sa relation avec Raven, et était impuissant à réparer les dégâts, conscient que les mots ne suffisaient pas mais incapable de trouver une autre solution. Y en avait-il seulement une ? Depuis qu'il avait croisé la route de Karl Rivers, dix ans plus tôt, il savait que parfois, en dépit de ce que l'on souhaitait le plus au monde, les circonstances étaient impitoyables. Assez ! Il ne pourrait pas refaire le passé, mais au moins, il ne devait pas en répéter les fautes. D'abord il reconstruirait sa relation avec son fils, puis il travaillerait celle qui l'unissait à Raven. Il voulait que les deux fassent partie de sa vie.

Il regarda sa montre. Il était à l'heure. Pourquoi Raven et Elias ne sortaient-ils pas ? C'était Raven qui lui avait demandé d'attendre à l'extérieur. Peut-être n'arrivait-elle pas à convaincre Elias de venir… Cette fois, il n'interviendrait pas, il la laissait gérer la situation. Avec le recul, il regrettait de ne pas l'avoir écoutée, la dernière fois, et d'avoir insisté pour parler à Elias lui aussi. La situation n'aurait sans doute pas dégénéré à ce point s'il ne s'était pas montré.

Alors qu'il se demandait si Elias ne refusait pas tout simplement de se joindre à eux, la porte d'entrée s'ouvrit et ce dernier commença à descendre les marches d'un pas lourd, un sac à dos sur l'épaule et un sac de couchage à la main. Le sac rebondissait dans l'escalier à chaque pas, mais il ne semblait pas s'en apercevoir. Quand il arriva à la hauteur de son pick-up, il lui lança un regard noir. Donovan décida alors de ne pas réagir et surtout de ne pas le brusquer. Ils avaient tout le temps.

Certes, Elias était encore furieux et le montrait, mais il avait un bon fond et il ne pourrait pas être grossier avec lui tout un week-end. Après tout, c'était Raven qui l'avait élevé, et le visage qu'il lui montrait actuellement ne semblait pas correspondre à sa véritable nature.

Il descendit de voiture et le laissa jeter ses affaires à l'arrière du pick-up, sur la tente qu'il avait achetée spécialement pour l'occasion.

Raven sortit peu après et Donovan se précipita vers elle pour l'aider à porter ses bagages. Vêtue d'une tunique blanche qui faisait ressortir son teint couleur havane lumineux et d'un jean noir qui moulait ses hanches, elle était la femme la plus sexy qu'il ait jamais vue. Avec sa queue-de-cheval haute, elle était telle qu'à dix-neuf ans. Quant à son parfum enivrant…

— Donne-moi ton sac, proposa-t-il.

— Merci, répondit-elle avec un sourire.

L'espace d'un instant, il regretta qu'ils ne soient pas seuls sous la tente, ce week-end-là. Il n'allait pas être simple de maîtriser le désir croissant qu'il nourrissait pour elle… Rien qu'en effleurant sa main, il sentit des étincelles courir dans tout son corps.

Il ouvrit la portière à Raven, rangea ses affaires dans le coffre, près des siennes, et s'installa au volant. Elias avait déjà pris place sur la banquette arrière sans rechigner, ce qui était de bon augure, mais son fils déclara soudain :

— Je ne voulais pas venir. C'est maman qui m'a dit que je *devais* venir. Donc je préfère que tu saches que je ne t'aime toujours pas, et que je ne veux pas que tu sois mon ami ou mon père.

Raven ouvrit la bouche pour répliquer, mais il lui

toucha discrètement le bras. Elle ne pouvait pas résoudre le conflit en braquant Elias dès le début.

Elias ayant annoncé la couleur, il fit de même.

— C'est noté. Sache que moi, en revanche, je t'aime et que je suis ton père. Rien de ce que tu pourras dire ou faire n'y changera quoi que ce soit.

Elias ne répondit pas, et tourna la tête vers la vitre. Les organisateurs ayant interdit tout matériel électronique à part les portables pour les adultes, Elias ne pouvait donc pas mettre ses écouteurs pour ne plus l'entendre. D'ailleurs, Donovan allait en profiter et lui faire écouter sa propre musique, pensa-t-il en allumant la radio sans le moindre état d'âme, sur une station que Raven et lui appréciaient. Tel était le privilège de l'âge.

— Alors, comment vas-tu ? lui demanda cette dernière.

Et il eut aussitôt l'impression qu'elle montrait davantage à Elias comment se comporter poliment plutôt qu'elle ne prenait de ses nouvelles. Peu importait, dans le fond. S'ils devaient tous les deux jouer un rôle, eh bien il s'y prêterait !

— Très bien, merci, répondit-il. Mon père et moi comptons apporter de grands changements au ranch pour qu'il obtienne le label bio. On l'avait déjà envisagé avant mon départ, et maintenant on va se lancer.

Une lueur s'alluma dans les yeux de Raven quand elle lui sourit. Comme il aimait son sourire, un vrai arc-en-ciel après l'orage qui rappelait que même si la vie prenait parfois des tours dramatiques, elle valait la peine d'être vécue.

— Je me souviens, dit-elle. Et tu étais très excité par le projet !

— C'est toujours le cas. Je sens que je vais enfin pouvoir m'enraciner.

— Je m'en réjouis. Il y a peu de temps que tu es rentré et pourtant, tu as déjà pris des décisions qui t'engagent à long terme. C'est la preuve que tu te sens chez toi, ici, et que tu as envie d'y rester. C'est bien que tu te reconstruises.

Il hocha la tête. Raven avait toujours su formuler avec une grande justesse ce qu'il ressentait.

Quand ils arrivèrent au ranch de Jericho, il fut surpris de constater le nombre de voitures garées sur la pelouse, à l'entrée, et de personnes qui déchargeaient leurs affaires.

— Tiens, il y a Bobby et Kenny ! s'exclama Elias. Je ne savais pas qu'ils seraient là.

Et cette présence suffit visiblement à le dérider. Ouvrant la portière, il s'apprêtait à courir vers eux quand Donovan l'arrêta.

— On décharge d'abord nos affaires et on va s'enregistrer. Tes amis seront là tout le week-end, comme toi.

Contre toute attente, Elias obéit et le rejoignit à l'arrière pour prendre ses affaires, tandis que Raven allait signaler leur arrivée. Elle revint munie de deux enveloppes kraft cachetées et d'une liasse de papiers. Elle tendit une enveloppe à chacun puis, s'adossant au pick-up, se mit à lire les documents.

Elias ouvrit son enveloppe et en sortit les mêmes feuilles, Donovan l'imita. On leur donnait des informations générales sur le ranch ainsi qu'une carte indiquant l'emplacement où ils camperaient. Donovan identifia tout de suite l'endroit, près d'un lac. Il avait passé tellement de temps au Double J Ranch avec son club d'inséparables !

— Je sens qu'on va bien s'amuser, dit soudain Elias sans s'adresser à personne en particulier.

— Tu crois que l'on peut remporter un des jeux proposés ? lui demanda Donovan.

— Bien sûr ! On est forts, tous les deux, et maman est presque aussi forte que nous.

— Plus forte que vous, tu veux dire ! s'exclama Raven, feignant d'être vexée.

Alors Elias et lui éclatèrent de rire en même temps, puis comme s'il se rendait compte qu'il était censé être en colère, Elias fronça les sourcils avant de prendre son sac à dos et son sac de couchage.

— On se rejoint là-bas, dit-il.

Et il s'éloigna pour rejoindre le groupe de personnes déjà rassemblées dans l'attente des consignes relatives au déroulement du week-end.

Donovan soupira.

— Donne-lui un peu de temps, il t'aime bien, il va finir par s'en souvenir, lui fit remarquer Raven. Sans compter qu'il est plus difficile pour lui de faire la tête que de se détendre et de te parler.

— Je sais bien que tu as raison. Je ne suis pas découragé, il faut juste que je m'arme de patience.

— Parfait !

Et elle lui étreignit brièvement le bras, ce qui lui remonta le moral plus que ne l'auraient fait des mots, avant d'emboîter le pas à Elias. Il la suivit.

Dans l'assemblée, il reconnut quelques visages familiers et leur rendit leurs sourires, mais tant d'autres lui étaient inconnus… La vie à Sweet Briar avait vraiment continué sans lui ! Pourtant, il n'éprouvait pas de ressentiment, sans doute parce qu'il avait à nouveau des projets et qu'il était en train de se reconstruire ainsi que l'avait si bien dit Raven.

Une jeune femme d'une vingtaine d'années qui se tenait au milieu du demi-cercle leva la main pour attirer l'attention et tout le monde se tut.

— Merci ! Pour ceux qui ne me connaissent pas, je suis Joni Danielson, la directrice du centre de loisirs de Sweet Briar. Bienvenue à tous pour ce camp en famille ! Mais avant tout, je tiens à remercier chaleureusement Jericho et Camille Jones de nous accueillir sur leur ranch.

Des applaudissements éclatèrent et des mercis fusèrent de la part de plusieurs adultes. Jericho et Camille leur sourirent, et hochèrent la tête, visiblement très heureux.

Joni expliqua ensuite comment le week-end allait se dérouler. Jericho prêterait des chevaux à chacun pour se déplacer sur le ranch. Puis elle expliqua brièvement les jeux et les compétitions en famille qui auraient lieu durant le week-end. Une fois son discours terminé, Jericho prit le relais et indiqua à chacun le cheval qui lui était attribué. Puis il prévint que les bagages seraient transportés par fourgonnette aux endroits assignés à chaque famille.

Donovan, Elias et Raven enfourchèrent leur cheval et prirent la direction du lac, là où se trouvait leur emplacement.

— C'est ici que nous avions fait notre cabane, dit-il tout à coup en désignant un arbre.

— Qui est devenue le club réservé uniquement aux garçons et dont j'ai été exclue, précisa Raven d'un ton mi-amusé, mi-désapprobateur.

Elias éclata de rire avant de demander :

— Et qui faisait partie du club ?

— Jericho, moi et nos deux autres amis, Tony et Billy.

— Et que faisiez-vous, dans ce club, entre garçons ?

Donovan lui décocha un clin d'œil.

— Des trucs secrets. Je ne peux pas les répéter devant ta maman, mais je te raconterai plus tard.

Elias hocha la tête, satisfait, et Donovan croisa les doigts pour que ce début de conversation soit le début de la fonte des glaces entre eux.

- 15 -

Raven leva les yeux au ciel en voyant la façon dont Donovan et Elias s'y prenaient pour monter la tente. Tous les deux assis par terre, ils tentaient de comprendre depuis vingt bonnes minutes quel piquet correspondait à quelle partie de la toile. Si elle s'en était occupée, cela aurait déjà été terminé, et ils auraient pu étendre leurs sacs de couchage à l'intérieur ! Mais elle avait préféré se mettre en retrait pour qu'une complicité s'établisse entre eux.

Donovan racontait en même temps des anecdotes de sa jeunesse à Elias, en les embellissant, naturellement, ce qu'elle se gardait de faire remarquer, même si elle se souvenait parfaitement que certains des actes « héroïques » qu'il s'attribuait en termes de record de vitesse à la nage ou à cheval… lui revenaient à elle ! Elle était bien plus forte que lui et ses amis, à l'époque, et c'était sans doute pour cette raison qu'ils l'avaient exclue de leur fameux club.

Elle sourit et regarda autour d'elle.

De toute évidence, Donovan et Elias n'étaient pas les seuls à batailler, nota-t-elle en voyant une autre famille, un peu plus loin, dont la tente venait de s'écrouler. Les ranchers passaient si souvent du temps à l'extérieur qu'ils allaient rarement camper. Pour sa part, elle adorait dormir à la belle étoile. Soudain, elle entendit rire, du côté de leur tente, et se retourna. Bravo ! Ils y étaient enfin arrivés et leur abri en toile prenait une forme plus rassurante ! Elle se retint de les applaudir en leur faisant remarquer leur *exploit*.

— Fini ! annonça Elias avec fierté quelques instants après.

— Pas tout à fait, dit-elle. Il faut encore installer le double toit de protection contre la pluie.

— Pas la peine, il ne va pas pleuvoir, décréta Elias comme s'il était dans le secret des dieux de la météo.

— Mieux vaut prévenir que guérir, mon chéri.

D'ailleurs, n'était-ce pas sa devise en tout depuis la disparition de Donovan ? Sans doute était-ce pour cette raison qu'elle avait accepté d'épouser Carson. Comme elle ne l'aimait pas, son cœur aurait été à l'abri. Jamais Carson n'aurait pu la blesser.

En regardant Elias taper sur les piquets, elle se demanda si, malgré elle, elle n'avait pas transmis sa philosophie de vie à son fils. N'était-ce pas pour cette raison qu'il tentait d'écarter Donovan de son existence ? Par crainte qu'il disparaisse de nouveau ?

— Cette fois, on a fini ! s'écria Elias sur le ton du triomphe en se laissant tomber sur l'herbe, près d'elle.

— Mon héros, dit-elle en l'étreignant avant de l'embrasser sur la joue.

— Il avait de l'aide, précisa Donovan en s'asseyant de l'autre côté, la joue tendue.

Elle sentit son cœur s'affoler. *Allons, autant rester dans la légèreté*, pensa-t-elle en l'embrassant lui aussi sur la joue. Mais quand ses lèvres effleurèrent sa barbe de deux jours, elle sentit des étincelles courir sur sa peau…

— Bon, on installe nos sacs de couchage ? dit alors Elias. Les jeux vont bientôt commencer.

— Tu as raison, dit Donovan en se levant d'un bond.

Elle allait faire de même quand Donovan lui tendit la main pour l'aider. Ce qu'elle n'osa refuser. La chaleur de sa paume se propagea en elle en un clin d'œil, enveloppant son cœur comme une caresse.

Si ce week-end dissipait tout malentendu entre le père et le fils, elle s'en réjouirait profondément, et s'il pouvait faire d'une pierre deux coups en les rapprochant, Donovan et elle, elle serait alors une femme comblée. Seulement rien ne permettait de savoir ce qui était au juste resté de sa relation avec Donovan. Quoi que ce soit, elle s'y cramponnerait.

La tente n'était pas grande, constata-t-elle en y pénétrant, mais il y avait de la place pour deux adultes et un enfant. Alors qu'ils dépliaient leur sac de couchage, elle se rendit compte que Donovan était en train d'étendre le sien juste à côté d'elle. Elle n'allait pas s'en plaindre !

— Il faut qu'on retourne au ranch ! s'exclama soudain Elias. C'est l'heure du premier jeu !

Quand tout le monde fut rassemblé dans la cour du Double J, Joni prit la parole. Le premier jeu était une chasse au trésor, chaque famille formant une équipe. Ce n'était pas très équitable, précisa la jeune femme, car certaines familles étaient plus nombreuses que d'autres ou avaient des enfants en bas âge, mais l'important était de s'amuser. Il n'y aurait pas de prix, la seule récompense serait un resserrement des liens familiaux, souligna-t-elle en souriant, avant d'ajouter :

— Et maintenant, chaque famille doit nommer un responsable d'équipe à qui je vais remettre une enveloppe cachetée qui comporte la liste de tous les objets à trouver.

— S'il vous plaît, désignez-moi, leur dit alors Elias.

Donovan et Raven échangèrent un regard et hochèrent la tête.

— Merci ! Je serai à la hauteur, promit-il avant de s'élancer vers Joni.

La plupart des chefs d'équipe avaient le même âge que lui, constata Raven, amusée.

— C'était vraiment une bonne idée, ce camp, lui fit remarquer Donovan juste avant le retour d'Elias.

Tout essoufflé par sa course, ce dernier annonça :

— Nous avons dix minutes pour lire la liste et trouver une stratégie ! Quand Mlle Joni sifflera, la chasse au trésor commencera !

Il y avait en tout trente objets à rassembler. Certains, comme un peigne ou une brosse à dents, se trouvaient dans leur tente, mais de nombreux autres étaient disséminés sur le ranch. Raven sentit son esprit de compétition pointer le nez. Peu importait qu'il n'y ait pas de prix, c'était toujours exaltant de gagner.

— Voilà comment nous devrions opérer, dit-elle sur le ton de la conspiration.

— Nous avons élu Elias comme chef, c'est lui qui doit trouver une stratégie, intervint Donovan.

— Maman est meilleure que moi en stratégie. Je lui laisse ma place.

— Non, Donovan a raison, tu es le chef d'équipe, mon chéri. C'est toi qui vas diriger les opérations.

Elias lui offrit un sourire éclatant ; il savourait visiblement son bonheur.

Il réfléchit quelques secondes avant de déclarer, très sérieux :

— Bon, je crois qu'il vaut mieux chercher en premier les objets qui sont les plus éloignés de notre tente car, comme on cherche tous les mêmes, il se peut qu'il n'y en ait plus si on arrive trop tard. Puis on rassemblera ceux qui sont dans nos tentes.

— Excellente idée, dit Donovan.

— On se sépare ? demanda Raven. On irait plus vite.

— Non, Mlle Joni a dit que l'on devait rester groupés car c'est un jeu *familial*, répondit Elias.

De toute évidence, il n'avait pas trop de difficulté à inclure Donovan dans le cercle familial, se dit-elle, consciente toutefois que tous les problèmes n'étaient pas résolus pour autant. Mais cette camaraderie était néanmoins appréciable.

— 10, 9, 8…

Quelqu'un venait de lancer le compte à rebours auquel tous les enfants, y compris Elias, se joignirent, et un coup de sifflet donna bientôt le signal de départ.

— Par ici ! dit Donovan alors qu'Elias et elle s'apprêtaient à suivre le mouvement de la foule. À quelques centaines de mètres d'ici, il y a de nombreuses fleurs sauvages.

Quelques minutes plus tard, ils les découvrirent et Raven regretta de devoir les cueillir, tant elles étaient belles.

— Que devons-nous trouver à présent ? s'enquit-elle.

— Une biche et un lapin.

— Quoi ? Pas question que je capture des animaux ! décréta-t-elle.

— Mais maman, une photo suffira, lui expliqua Elias en levant les yeux au ciel.

— Il y a un point d'eau de l'autre côté de la colline, dit Donovan. On a des chances de voir des biches qui se désaltèrent.

Ils s'y rendirent et, au bout de quelques minutes, trois biches leur firent la grâce d'apparaître. Elias prit immédiatement une photo avec le téléphone de Donovan. Ils attendirent encore un peu, et ce fut cette fois un lapin que l'objectif captura.

Ils rassemblèrent encore quelques objets de la liste, mais le temps étant limité, ils revinrent dans leur tente pour rassembler ceux qui s'y trouvaient.

— Plus qu'une minute, fit remarquer Donovan.

Ramassant leur trésor, ils se précipitèrent vers la ligne d'arrivée, où d'autres familles rapportaient aussi le leur. Là encore, chacun se joignit au compte à rebours quand Joni prévint qu'il restait dix secondes. Après le coup de sifflet final, cette dernière et quelques adolescents volontaires comptèrent les objets trouvés par chaque famille. Raven était plutôt fière de leur score, à savoir vingt-quatre objets sur trente, ce qui semblait être au-dessus de la moyenne.

Quand Joni annonça les résultats, deux familles seulement en avaient trouvé vingt-six, mais une seule avait la photo des biches…

— La famille Reynolds-Cordero ! s'écria-t-elle. Félicitations à tous et rendez-vous dans deux petites heures pour le dîner. D'ici là, amusez-vous bien !

Elias, qui avait rejoint un groupe de garçons de son âge, revint en courant.

— Maman, est-ce que je peux aller pêcher avec mes copains, près du lac ? demanda-t-il.

— Oui, mais soyez bien prudents.

— Le père de Kenny et celui de Bobby nous accompagnent, dit-il. Et en plus, le père de Bobby est médecin.

Sur ces mots, il fila rejoindre ses amis.

— Je suis désolée, murmura-t-elle en se tournant vers Donovan.

À l'évidence, le fait d'être exclu de cette activité avec les autres pères le peinait.

— Ne t'inquiète pas pour moi, dit-il. Je n'ai pas fait partie de sa vie jusque-là, il n'y a aucune raison pour qu'il me considère comme son père du jour au lendemain. Et si on faisait une petite balade ?

Il lui tendit la main et elle la saisit.

Ils avaient deux heures devant eux, alors autant les mettre à profit. Ils prirent la direction opposée au lac, afin de ne pas rencontrer Elias qui aurait eu l'impression qu'ils le surveillaient.

— Je ne savais pas que le Double J était si beau. C'est presque aussi pittoresque que chez mes parents, fit remarquer Raven.

— Si Jericho n'était pas un ami très cher, je serais jaloux.

— Votre ranch a aussi son charme.

— Il m'a manqué.

Arrivant dans un coin isolé, ils s'assirent sur un tronc d'arbre abattu et se mirent à contempler l'horizon, main dans la main.

Soudain, incapable de résister, Raven releva la tête et regarda Donovan droit dans les yeux. Ses prunelles étaient noires de désir. L'espace de quelques secondes il parut hésiter, avant d'effleurer finalement sa bouche de la sienne…

De délicieux picotements la parcoururent, et elle soupira d'aise. Alors il lui sourit et captura cette fois ses lèvres dans un baiser ardent, tout en la serrant dans ses bras.

Le désir la balaya par vagues si intenses qu'il emporta tout bon sens et toute logique en elle.

Elle se pressa contre lui, murmura son nom tandis

que le rêve qu'elle avait nourri pendant des années se réalisait enfin : se retrouver dans ses bras.

Quand il fit courir ses doigts sur sa nuque, mille frissons la traversèrent… En proie à d'enivrants vertiges, elle ferma les yeux et ne montra aucune résistance quand Donovan la transporta sur l'herbe et s'allongea sur elle. Elle entendit alors le cœur de ce dernier battre contre le sien, tout aussi fort, et en une seconde ils se retrouvèrent au temps magique de leurs dix-neuf ans, comme si une décennie ne s'était pas écoulée…

Hélas, ce n'était là qu'une illusion ! Elle avait beau le souhaiter de toutes ses forces, ils ne pourraient jamais reprendre leur relation là où ils l'avaient laissée. Trop d'événements s'étaient produits entre-temps.

À regret elle se redressa et Donovan en fit autant, respirant bruyamment.

Ils demeurèrent un moment silencieux, à présent assis l'un à côté de l'autre, adossés au tronc d'arbre. Puis elle passa une main dans ses cheveux pour se recoiffer un peu tout en essayant de remettre de l'ordre dans ses idées. En vain. Tout s'embrouillait en elle.

— Que sommes-nous en train de faire, Donovan ?

— Je ne sais pas, répondit-il en lui adressant un magnifique sourire. Peut-être de rattraper le temps perdu ?

Elle se mit à rire, puis posa la tête sur son épaule, mue par le désir impérieux de garder le contact physique avec lui.

— Le problème, c'est que nous ne pouvons courir le risque d'être à nouveau pris en flagrant délit par Elias, fit-elle remarquer. Tout est trop compliqué en ce moment.

À ces mots, il s'assombrit et acquiesça.

— Je sais, dit-il. Il faut que toi et moi refassions connaissance, redevenions amis et peut-être plus encore…

— Tu crois que ça pourrait marcher, aujourd'hui, entre nous ? Nous sommes si différents de ceux que nous étions à dix-neuf ans.

— Non, c'est aussi ce que je pensais en revenant, mais au fond, je crois que l'on se trompe. Nous sommes restés les mêmes, nous avons juste grandi, connu chacun nos expériences de notre côté. Il faut simplement que nous nous donnions le temps de nous redécouvrir. Et après seulement, nous aviserons.

Elle hocha la tête. Il avait raison. Il fallait laisser du temps au temps, même s'il en avait assez perdu comme ça. L'enjeu, cette fois, était de taille : Elias.

En tout cas, une évidence s'imposait : l'attirance physique entre eux était intacte. Et même si elle était consciente que cela n'allait pas contribuer à éclaircir la situation, elle y céda de nouveau et embrassa Donovan. Ce fut un baiser bref, mais qui la consuma entièrement.

Il lui caressa la joue, songeur, puis lui tendit la main pour l'aider à se relever. Ils ne parlèrent quasiment pas sur le chemin du retour, chacun restant absorbé dans ses pensées.

Le dîner, constitué de grillades, salade de pommes de terre et glaces, fut placé sous le signe de la gaieté.

Tout le monde se rassembla ensuite autour d'un feu de camp et l'on entonna les chants traditionnels de mise lors d'une telle circonstance. Puis les jeunes enfants finirent par s'endormir dans les bras de leurs parents. Même Elias se mit à bâiller, alors, après une dernière chanson, ils regagnèrent leur tente.

— C'était vraiment génial, fit remarquer ce dernier en enlevant son T-shirt. J'ai hâte d'être à demain.

— Moi aussi, renchérit Donovan en ôtant lui aussi son T-shirt.

Raven en profita pour admirer une nouvelle fois son torse musclé et parfait, comme lors de l'après-midi où la pluie les avait surpris, après le pique-nique. Croisant son regard, il contracta ses pectoraux, l'air malicieux, mais elle détourna bien vite les yeux. Il allait être difficile de lutter contre ses sentiments s'il n'y mettait pas du sien !

— Sortez, s'il vous plaît, pendant que je me mets en pyjama, ordonna-t-elle.

Donovan laissa échapper un rire amusé.

— Cela va être problématique puisque l'un de nous est déjà parti au pays des rêves.

Raven regarda alors du côté de son fils. Il dormait déjà !

— Très bien. Alors toi tout seul.

— Je ne me suis pas plaint, moi, quand tu m'as regardé.

Elle se mit à rire et le poussa gentiment hors de la tente pour enfiler son pyjama.

Après quoi, elle rouvrit la tente.

— C'est bon, murmura-t-elle. Tu peux revenir.

— Waouh !

— Arrête !

Elle portait un short en guise de bas, mais ce n'était pas comme s'il ne l'avait jamais vue dans une telle tenue ! Puis chacun se glissa dans son sac de couchage et se tourna sur le côté, pour regarder l'autre.

— Jamais je n'aurais cru me retrouver ici, murmura Donovan.

— Où ? Au Double J ?

— Avec toi, répondit-il en lui caressant la joue.

— Tu m'as manqué tous les jours pendant dix ans, Donovan.

— Toi aussi, répondit-il dans un souffle.

Lui enserrant le visage, il lui donna un doux baiser et

soudain, elle en eut la certitude : ils ne pourraient jamais être juste des amis, et elle s'en réjouissait.

Donovan s'allongea sur le dos, et l'attira contre lui. Elle posa sa tête sur son torse, tout contre son cœur, et pendant un long moment, il lui sembla que son monde tournait enfin rond…

— Je le savais !

La voix furieuse d'Elias l'arracha à ses douces sensations.

— Je le savais que tu essaierais encore d'embrasser maman !

— Mais enfin, Elias, je…, commença-t-elle en tentant de recouvrer ses esprits.

— Il fait semblant d'être mon ami pour redevenir ton petit ami !

— Ce n'est pas vrai, décréta calmement Donovan. Tu es mon fils, et je t'aime. Tu es ce que j'ai de plus cher au monde et je ferai tout ce qui est en mon pouvoir pour faire partie de ta vie.

- 16 -

— C'est faux ! s'écria Elias.

Donovan le saisit par le bras avant qu'il ait le temps de sortir de la tente.

— Maintenant, tu vas m'écouter, mon fils !

— Ne m'appelle pas comme ça ! Je ne suis pas ton fils !

— Si, tu es mon fils. Et tu es la personne qui compte le plus au monde pour moi.

— Pourquoi tu es parti, alors ? demanda Elias d'une voix chevrotante.

Donovan comprit alors que c'était le moment ou jamais de dire enfin la vérité.

— Parce que j'y ai été contraint.

Il jeta un coup d'œil à Raven qui, assise dans son sac de couchage, avait l'air peinée. Il s'assit lui aussi et incita Elias à faire de même.

— Pourquoi ? On t'y a forcé peut-être ? demanda Elias.

— Oui.

— Quoi ? C'est vrai, maman ? Quelqu'un l'a obligé à partir ?

— Oui, mon chéri.

— Alors pourquoi tu m'as rien dit ? Pourquoi on est restés ici ? On aurait dû s'en aller avec lui !

Cette fois, il dirigeait sa colère contre sa mère, ce que Donovan ne pouvait accepter.

— Doucement, Elias. Ta mère n'est pas en cause. Je

ne savais pas qu'elle t'attendait et je ne lui ai pas dit que je partais, ni pour quelle raison.

— Pourquoi ?

— Parce que je n'en ai pas eu le temps.

Elias ouvrit la bouche, sans doute pour redemander pourquoi, mais Donovan le devança.

— Elias, tu veux bien écouter ce que j'ai à te dire ?

Elias resta silencieux un instant, sans doute aux prises avec des désirs contradictoires, puis hocha la tête sans un mot.

— J'étais avec ta maman, ce soir-là, puis je l'ai quittée pour me rendre à Sweet Briar. Et sur le trajet, j'ai été témoin d'un crime. Le criminel m'a vu. Il savait qui j'étais. Il m'a ordonné de quitter la ville sur-le-champ et de ne jamais revenir, sinon il me tuerait, ainsi que mes parents et ta maman. Alors j'ai obéi, je n'avais pas le choix.

— Et si tu avais su pour moi, tu serais resté ?

— Non. Je serais parti quand même, car en restant je t'aurais mis toi aussi en danger. Cela m'aurait au contraire renforcé dans la nécessité de partir.

— Donc, tu serais parti parce que tu m'aimais ?

— Oui, pour te protéger de ce criminel.

— J'aurais tant aimé que tu sois là. Je rêvais tant d'avoir un père.

— Moi aussi, tu sais, j'aurais vraiment préféré rester, mais je suis ici maintenant, et je voudrais être ton père.

Elias se frotta les yeux avec le bras.

— Pour combien de temps ? demanda-t-il. Et si tu décides brusquement que tu ne veux plus être mon père et que tu pars une deuxième fois ?

— C'est impossible. Je voudrai toujours être ton père.

— Et si ce méchant homme revient ?

— Cela n'arrivera pas.

— Qu'est-ce que tu en sais ?

— Parce qu'il est mort.

Elias hocha alors la tête.

— OK, murmura-t-il.

Donovan l'attira dans ses bras pour l'y serrer très fort.

— Je t'aime, mon fils.

— Moi aussi, je t'aime… papa.

Donovan savoura pleinement cet instant, et pour la première fois depuis dix ans, sa vie lui parut à nouveau sur ses rails.

Puis il regarda Raven dont les yeux brillaient de larmes.

Non, tout n'était pas encore réglé, pensa-t-il. Même s'ils s'étaient rapprochés, Raven et lui, ils n'avaient pas encore mis de mots sur leurs sentiments, ni parlé de leurs intentions quant à l'avenir. Il était pourtant persuadé qu'elle était la seule femme qui pourrait combler le vide dans son cœur, alors, fort de cette pensée, il ouvrit les bras.

Quand elle vint s'y blottir, il comprit soudain ce que signifiait le bonheur familial. Bien sûr, son fils comptait plus que tout, mais ce qu'il désirait surtout, c'était reconquérir Raven, l'épouser et passer toutes les années à venir avec elle. Il espérait qu'elle nourrissait les mêmes objectifs, sans en être pour autant certain à cent pour cent…

— Dommage qu'on ne reste pas plus longtemps, hein, papa ?

— On pourra peut-être aller camper, cet été. Qu'en penses-tu, Raven ?

— Bien sûr !

Que pouvait-elle répondre d'autre ?

Ils venaient de passer une autre journée aussi enthousiasmante que la précédente, à faire des jeux des plus amusants, mais être si près de Donovan avait été à la fois un bonheur et une souffrance.

Cet événement, destiné à rapprocher les familles, avait largement atteint son but. Elle se sentait plus proche de Donovan que jamais, et il était si bon de voir le lien qui unissait désormais ce dernier à Elias. Cependant, il lui semblait que Donovan n'avait pas été autant affecté qu'elle par les contacts physiques que les jeux impliquaient. Il ne lui avait pas reparlé de leur baiser.

Il est vrai que le week-end n'avait pas été propice aux conversations privées, pensa-t-elle en roulant son sac de couchage. Quand auraient-ils pu parler ? Pendant qu'ils brisaient des blocs de glace, jeu hautement symbolique du week-end et fort hilarant, ou lors de la partie de bowling dans le noir ?

Et puis brusquement, Elias avait décidé que Donovan était la personne qu'il aimait le plus au monde et il s'était mis à le coller comme de la glu, et tous les deux avaient semblé flotter sur un petit nuage.

Ce week-end avait tenu ses promesses, donc. Il les avait même dépassées. Elle n'aurait jamais cru qu'Elias et Donovan deviendraient aussi complices.

— Toi aussi, maman, le week-end t'a plu, non ? demanda Elias, comme s'il avait perçu une hésitation dans sa réponse.

— Oui, on s'est vraiment bien amusés ! répondit-elle avec sincérité.

— Et euh… papa, tu dînes avec nous, ce soir ?

Elle parvint à sourire en dépit du tumulte des sentiments que cette simple question déclencha en elle. Elle retint son souffle, suspendue à la réponse de Donovan.

— Cela me ferait très plaisir, répondit-il.

— Super ! Maman est la meilleure cuisinière du monde !

— Elle est la meilleure dans beaucoup de domaines, précisa Donovan.

Elle se sentit rougir.

— Oh ! ça va. Assez de flatteries !

— Et si nous allions tous les trois au restaurant ? suggéra Donovan. Ainsi, tu n'aurais rien à faire, Raven.

— Oui ! Génial ! s'écria Elias. On va au Mabel's Diner ? Ils servent les meilleurs burgers et milk-shakes de Sweet Briar.

— Bon, on dirait que l'affaire est entendue, déclara-t-elle.

— Parfait. Je vous dépose chez vous, et je reviens vous chercher une heure après ? C'est bon ?

— Parfait.

Après avoir salué et remercié Joni, Jericho et Camille, tous trois reprirent le chemin du retour. Un trajet bien moins tendu qu'à l'aller !

Une fois à la maison, Raven se demanda comment s'habiller pour le dîner. Donovan avait déposé un baiser léger sur son front, tout à l'heure en partant, et murmuré qu'il avait hâte de la revoir pour dîner. Que signifiaient au juste ces paroles ?

Ne voulant pas avoir l'air trop apprêtée, ni trop décontractée, elle opta finalement pour une robe à bretelles fleurie avec des sandales, se fit une natte, et compléta le tout avec le bracelet que Donovan lui avait offert pour son anniversaire, ainsi que des boucles d'oreilles.

— Waouh ! s'exclama Elias quand elle descendit l'escalier. Tu veux que papa redevienne ton petit ami, c'est ça ?

Elle s'en étrangla presque. Elle qui croyait avoir trouvé un bon compromis avait visiblement manqué son objectif. Si un petit garçon de neuf ans voyait clair dans son jeu, qu'en serait-il de l'intéressé ? Elle voulut remonter se changer, mettre un jean, mais à cet instant, la sonnette retentit.

— C'est papa ! annonça Elias en allant ouvrir.

— Waouh ! s'exclama à son tour Donovan en la découvrant.

— Tu n'es pas mal du tout non plus, répliqua-t-elle.

Lui aussi avait fait un effort vestimentaire en mettant un pantalon kaki et un polo gris assorti à ses yeux. Elle se détendit un peu.

— Papa, tu voudrais bien me reprêter tes BD ? Pardon d'avoir été si méchant avec toi. Je ne recommencerai plus jamais.

— C'est oublié, mon grand. On pourra passer chez moi en sortant du restaurant pour que tu les reprennes.

— On peut passer avant ? Sinon, après, vous direz qu'il est trop tard.

— Pas de problème.

— Merci, papa !

Et il courut s'installer dans le pick-up.

Apparemment, tout le camp du Double J avait eu la même idée qu'eux car Elias retrouva de nombreux amis au Diner. Dès qu'il aperçut Kenny, il se précipita vers lui pour lui montrer les anciens illustrés de Donovan. Quelques instants plus tard, les deux garçons étaient serrés l'un contre l'autre, dévorant le même album.

— Désolée, dit Raven aux parents de Kenny. Je ne voulais pas vous voler votre fils.

— Pas de problème. Nous avons passé assez de temps ensemble ce week-end ! répondit en riant sa mère. Elias peut dîner à notre table, si vous voulez. Sauf si vous préférez prolonger le week-end en famille.

Raven regarda Donovan qui haussa les épaules.

— Entendu, répondit-elle. Merci, alors.

— C'est très gentil, renchérit Donovan.

Puis, la prenant par la taille, il l'entraîna vers le box le plus proche.

Une fois assis, il couvrit sa main de la sienne.

— Aurai-je l'air d'un mauvais père si je t'avoue que je suis heureux que notre fils dîne à la table voisine ?

Elle se mit à rire.

— Ne me dis pas que la paternité te pèse déjà, quand même !

— Absolument pas. C'est juste que j'avais envie d'un tête-à-tête avec une très belle femme.

Son cœur manqua un battement.

— Inutile de déployer tous tes charmes pour me séduire, lui fit-elle remarquer. Je ne vais pas entraver ta relation avec Elias, tu sais.

— Cela ne m'a jamais traversé l'esprit.

— Alors pourquoi me fais-tu tous ces compliments ?

— Ils sont sincères. Je t'ai toujours trouvée superbe. Tu le sais, non ? Et si Carson ne te l'a jamais dit, c'est qu'il était aveugle.

Elle ne sut que répondre, mais elle était en revanche certaine de ne pas vouloir parler de Carson.

— Très bien, merci pour le compliment.

— Donc, maintenant que tu es une femme libre, j'aimerais savoir si tu es prête à ouvrir de nouveau ton cœur à un homme ?

Elle ne s'attendait pas à une question si directe !

— Pourquoi ? demanda-t-elle pour se laisser le temps de se ressaisir.

— Parce que tu m'as follement manqué. Et que sans Karl Rivers, il est fort probable que nous serions toujours ensemble. D'ailleurs, je sens bien qu'il y a encore quelque chose entre nous. Je ne sais pas en revanche la part qui appartient au souvenir et celle qui est bien réelle.

— Tu ne tournes pas autour du pot, au moins !

— Oh non ! J'ai perdu bien trop de temps, Raven. Tu ne crois pas que nous devrions jouer franc-jeu ?

— Tu as raison. Moi non plus je ne veux plus perdre de temps.

Il lui sourit et lui étreignit la main.

— Ce qui veut dire que l'on est à nouveau ensemble ? demanda-t-il.

— J'imagine.

— Alors c'est oui.

Ils passèrent le reste du dîner à rire et parler de tout et de rien. D'ailleurs, elle ne se souvenait même pas de leur conversation quand ils arrivèrent à la maison ! Elle se rappelait juste le bonheur qu'elle avait ressenti à se sentir aimée…

Elias monta directement se coucher, épuisé.

Elle proposa alors à Donovan de prendre un café sur la terrasse.

Tandis qu'elle le préparait dans la cuisine, ses parents, qui revenaient d'une visite chez des amis, rentrèrent par la porte de derrière.

— Alors, vous avez passé un bon week-end au ranch ? s'enquit son père en entrant.

— Excellent !

— Ravi pour vous. Je vais dire bonne nuit à Elias.

Contrairement à son père, sa mère ne fit aucun commentaire. Ce qui était peut-être préférable, d'ailleurs. Il était évident qu'elle n'appréciait pas le retour de Donovan dans sa vie, ce que Raven ne comprenait pas. Autrefois, pourtant, elle l'avait adoré et elle avait été si heureuse d'apprendre qu'il était encore en vie et qu'il allait bien. Et puis n'aurait-elle pas dû se réjouir, au moins pour son petit-fils qui connaissait enfin son père ? Elle espérait qu'elle changerait d'attitude quand elle se rendrait compte de la sincérité de Donovan.

Dès qu'elle sortit avec le plateau et rejoignit Donovan sur la terrasse, elle oublia sa mère mais se blottit contre Donovan sur la banquette, savourant cette sensation de bonheur pur qui l'envahissait. C'était comme si elle possédait la faculté de voler tout en écoutant la plus belle musique au monde !

Quand Raven se blottit contre lui, Donovan fut enveloppé par son parfum, ce qui mit tous ses sens en émoi.

Cela leur avait coûté quelques efforts, mais désormais il la tenait dans ses bras, et la sensation était aussi merveilleuse que dans ses souvenirs. Non, en réalité, elle était bien supérieure !

Il croisa alors son regard et y lut le même désir que celui qu'il nourrissait pour elle. Sur une impulsion, il se pencha vers elle, captura sa bouche et l'embrassa. Ses lèvres étaient si douces… Elle gémit doucement quand il approfondit son baiser. Toutes ses années de solitude s'envolèrent, et le vide de son cœur fut comblé.

Il aurait pu l'embrasser des heures mais il finit par s'écarter d'elle, certain que quelque part, Marilyn les observait et pouvait débarquer d'un instant à l'autre. Il s'entendait pourtant bien avec elle, autrefois. Il espérait vivement qu'elle reviendrait à de meilleurs sentiments envers lui.

Il posa sa tête contre le front de Raven dont la respiration était aussi haletante que la sienne.

— Je crois qu'il est temps que je parte, murmura-t-il. On se lève de bonne heure, toi et moi, demain.

— Je sais, mais je n'ai pas envie de te dire au revoir.

— Moi non plus, ce qui est bon signe.

Enserrant son visage, elle l'embrassa à nouveau avant de se lever d'un bond et de poser une main sur sa hanche.

— Je crois malgré tout que l'heure des adieux est venue, dit-elle, petit clin d'œil à l'appui.

Il se leva à son tour à regret.

— Puisque tu me chasses…

Tous deux éclatèrent de rire et il regagna sa voiture.

Une fois rentré chez lui il constata, satisfait, que ses parents ne l'avaient pas attendu. Ils faisaient des progrès et avaient finalement compris qu'il n'allait pas disparaître à nouveau.

Il monta dans sa chambre, se coucha, puis appela Raven. Elle répondit à la première sonnerie.

— Je me demandais si tu allais m'appeler, dit-elle.

— Vraiment ?

— Non, je plaisante.

Il s'adossa à son oreiller, un sourire aux lèvres. Le lendemain il devait se lever aux aurores, et pourtant il n'avait pas envie que cette incroyable soirée se termine, il préférait que la voix de Raven l'enchante et imaginer avec elle leur avenir.

- 17 -

— Tu commets une erreur !

Raven attacha son bracelet avant de se tourner vers sa mère.

Encore la même rengaine. Elle avait pourtant cru que ce sujet était clos.

— Alors je l'assumerai, répondit-elle.

Sa mère fronça les sourcils.

— Hélas, tu ne seras pas la seule perdante.

— Elias est heureux d'avoir un père, et tu le sais.

— Bien sûr, ce n'est pas le problème. Ce qui me chagrine, c'est cette subite histoire entre Donovan et toi.

— Maman, nous sommes sortis ensemble pendant des années. Je te rappelle que notre fils a neuf ans.

— Oui, et selon moi, l'attention que Donovan te porte est plus liée à Elias qu'à toi.

— Tu te trompes, rétorqua-t-elle en s'efforçant d'être convaincante.

Car le doute en elle avait refait surface. Donovan n'avait-il pas affirmé qu'il était prêt à tout pour qu'Elias fasse partie de sa vie ? Pourtant, elle lui avait assuré qu'elle ne serait jamais un obstacle entre lui et son fils.

— Vraiment ? Peux-tu me dire si Donovan t'avait fait part de son envie de renouer avec toi *avant* de savoir qu'Elias était son fils ?

Raven ferma les yeux. Elle aurait tant aimé pouvoir se

boucher aussi les oreilles ! Et pourtant, elle se rappelait nettement les paroles de Donovan, le premier jour : il avait en effet souhaité qu'ils puissent être à nouveau *amis*. De fait, c'était après avoir vu Elias qu'il avait parlé d'une relation amoureuse.

— Cela ne prouve rien, dit-elle.

— Tu sais bien que si, Raven ! Bon sang, ne le laisse pas te faire souffrir une seconde fois !

— Pourquoi es-tu tellement certaine que je n'intéresse pas Donovan ? Tu penses qu'il n'est pas possible qu'un homme m'aime pour moi ?

— Ne me prête pas des propos que je n'ai jamais tenus, s'il te plaît !

— Dans ce cas, pourquoi es-tu contre notre relation ?

— Les gens ne changent pas. Il t'a déjà brisé le cœur, tu en as été dévastée. Il recommencera.

Raven fut alors tentée de dévoiler toute l'affaire à sa mère, jusqu'au dernier rebondissement, Carson étant actuellement dans le Tennessee, sur les traces de la famille de l'homme abattu par son père. Mais elle avait promis de tenir sa langue. En outre, elle voulait que sa mère voie en Donovan celui qu'il était aujourd'hui.

— Maman, je n'ai pas dix-neuf ans et je ne suis pas enceinte. Je ne suis pas désespérée. Si cela ne marche pas entre nous, je m'en remettrai.

— Je ne lui fais pas confiance, c'est tout.

— Essaie ! C'est un homme bien intentionné.

— On dirait ton père !

— Et alors, s'est-il souvent trompé ?

— Rarement, je le reconnais, mais je te prie de ne pas le lui répéter.

— Ce sera notre secret, maman, promit-elle avec un sourire.

— Écoute, je te demande juste d'être prudente, c'est tout. Prends ton temps avant de tomber amoureuse.

— Mais je le suis déjà, murmura Raven en s'éloignant.

Elle avait tenté de contenir ses sentiments, seulement Donovan avait déployé tout son charme, et elle avait fini par lâcher prise. Il était si gentil, si ouvert, si honnête... Ils avaient passé du temps avec Elias, comme une vraie famille – ils étaient finalement allés voir le dernier film de super-héros –, mais aussi tous les deux.

Chaque fois qu'il l'embrassait, il se montrait toujours plus passionné et elle se consumait de désir quand il la relâchait et s'en allait ; bien vite, elle montait dans sa chambre et attendait son appel. Il lui téléphonait aussi le matin, et ces rituels lui permettaient de passer une bonne journée – et une bonne nuit.

Le seul problème était qu'il ne lui parlait jamais d'amour, et elle avait le ventre serré à l'idée qu'elle puisse être la seule à être amoureuse. Cette idée la rendait folle. Cependant, elle non plus ne lui avait pas dit qu'elle l'aimait, aussi se pouvait-il que, tout comme elle, il manque un peu de confiance.

Sauf qu'il avait été direct dans tous les autres domaines, donc s'il avait encore été amoureux d'elle, il le lui aurait forcément dit, non ? Le fait qu'il ne lui avoue pas ses sentiments signifiait donc qu'il n'était pas retombé amoureux d'elle...

Elle secoua la tête, agacée. Si sa mère n'avait pas semé le doute en elle, elle n'aurait pas actuellement nourri de si sombres pensées !

Dans le salon, étendu par terre, Elias était plongé dans une BD de super-héros. Du bout du pied, elle toucha le sien.

— À quelle heure vient te chercher la mère de Kenny ? demanda-t-elle.

Il regarda son téléphone.

— Dans trente-sept minutes.

— Tu ne crois pas que tu devrais te préparer ? Il est impoli de faire attendre les gens, tu sais.

— C'est pour ça que tu es toujours prête des heures avant que papa vienne te chercher ? répliqua-t-il en se levant.

Quand il la regarda enfin, il écarquilla les yeux.

— Waouh ! Ce que tu es belle !

— Merci, mon chéri.

— Ce serait génial si papa et toi vous vous mariiez ! Alors on pourrait tous vivre ensemble dans la même maison. Tu sais qu'il va en construire une ?

— Ah bon ? Quand te l'a-t-il dit ?

Elias haussa les épaules.

— Un jour qu'on était à la pêche et que ça ne mordait pas. Tu ne savais pas ?

Au temps de sa jeunesse, il avait effectivement ce projet, se souvint-elle.

— Qu'a-t-il dit d'autre ? demanda-t-elle sans répondre.

— Moi, je lui ai dit que j'aimerais qu'on vive tous dans la même maison, et il a répondu que lui aussi voulait vivre avec moi. Je lui manque, tu sais. Je crois qu'il va te demander en mariage pour pouvoir être tout le temps avec moi. Donc s'il te fait sa demande, tu lui dis oui, comme ça j'aurai un père et une mère. Comme Kenny.

Raven sentit un grand froid en elle.

Au fond, si Donovan ne lui avait pas dit qu'il l'aimait, c'était bel et bien parce qu'il ne l'aimait plus et qu'il ne souhaitait pas lui mentir. Ce qu'il voulait, c'était son fils.

Elle soupira. Après tout, ne voulait-elle pas elle aussi vivre avec lui ?

Maudits soient ses doutes, ils allaient la rendre folle !

— Bon, je monte me préparer, déclara Elias, l'arrachant à ses pensées. Et n'oublie pas, hein, si papa te demande ce soir de l'épouser, tu lui dis oui !

Ah, si seulement c'était aussi facile, pensa-t-elle en le regardant quitter la pièce en courant.

Elle devait absolument savoir si Donovan l'aimait ou non, ce qui ne constituait pas non plus un mystère insurmontable.

Et d'ici là, c'était décidé, elle allait se protéger : elle ne pouvait tomber folle amoureuse de lui sans connaître ses sentiments. En tout état de cause, une nouvelle stratégie s'imposait !

— Maman ne vient pas, lui annonça Elias en sortant de la maison alors que Donovan coupait le moteur.

Mince alors. Il était ravi de passer du temps avec son fils, mais il aurait préféré que Raven soit de la partie.

— Elle est malade ?

— Non, elle a dit qu'elle avait des choses à faire. Je crois qu'elle a peur de perdre. Elle n'aime pas trop le bowling, en fait.

Impossible, se dit-il, Raven avait certes un esprit compétitif, mais cela lui était égal de perdre au bowling car elle trouvait ce jeu ridicule. Elle y jouait uniquement pour stimuler Elias qui était, pour sa part, très doué.

Curieux. C'était la troisième fois en une semaine qu'elle refusait de sortir avec eux, donnant à chaque fois des excuses bien légères. D'ailleurs, il la trouvait plus distante au téléphone, et elle avait même cessé de l'appeler le matin. Quand il lui avait demandé pourquoi, elle avait répondu faire désormais la grasse matinée, ce dont il doutait fortement. À quoi jouait-elle, au juste ? Elle ne cherchait tout de même pas à ralentir le cours des choses entre eux pour mettre un terme à leur relation ?

Non, elle l'aimait, il en était certain. Tout comme il était amoureux d'elle. Alors pourquoi se trouvaient-ils dans une sorte d'impasse ?

— Bon, on y va ? demanda Elias.

Il hocha la tête et démarra. Il était hors de question de fragiliser sa relation avec son fils en changeant de programme. Il trouverait sous peu une occasion de discuter avec Raven pour savoir s'il avait fait un faux pas.

Pendant le trajet, son fils lui parla de ses activités au centre de loisirs où Raven et lui avaient finalement décidé de l'inscrire. Et comme il était distrait, il lui sembla soudain qu'Elias venait de dire quelque chose d'important qui lui avait échappé.

— Qu'est-ce que tu as dit ? Tu peux répéter ?

Elias lui lança un regard étrange.

— J'ai dit à maman que tu voulais qu'on vive ensemble pour rattraper le temps perdu avec moi. Et que lorsque tu la demanderais en mariage, elle devrait dire oui.

— Ah bon ? Et qu'a-t-elle répondu ?

— Rien.

— Tu es sûr ?

— Oui, mais elle sera d'accord pour t'épouser, j'en suis certain. Comme ça, on pourra être une vraie famille.

— Finalement, tu joues les marieurs, lui fit-il remarquer en lui jetant un regard en coin.

— Mais tu as bien dit que tu ferais tout pour que je sois dans ta vie, non ? Ce qui veut dire « épouser maman », on est d'accord ?

Donovan retint un juron.

— S'il te plaît, Elias, dis-moi que tu n'as pas raconté ça à ta mère.

— Je lui ai juste rappelé. Après tout, elle était présente quand tu l'as dit.

Donovan soupira.

— Et quand lui as-tu « rappelé » cela ?

Elias fronça les sourcils.

— Avant ma soirée pyjama chez Kenny.

En d'autres mots, au moment où Raven avait commencé à le tenir à distance, songea Donovan. Ce soir-là, elle n'avait pas été très bavarde et, sous prétexte d'une migraine, lui avait demandé de la ramener de bonne heure chez elle. Alors qu'il s'efforçait de faire tout ce qui était en son pouvoir pour lui montrer ses sentiments, il avait oublié le plus important : lui avouer son amour. Car il l'aimait de tout son cœur, et il avait cru que ses actes seraient des preuves d'amour plus efficaces que les mots. Ce en quoi il s'était trompé. Mais il allait redresser la barre au plus vite !

— Elias, ça t'ennuie si on ne va pas au bowling, finalement ?

— Pourquoi ?

— Parce que nous avons une chose urgente à faire à la place : convaincre ta maman que je l'aime. Et pour cela, j'ai besoin de ton aide.

Aussitôt, Elias acquiesça, visiblement prêt à coopérer, et Donovan croisa les doigts pour qu'il ne soit pas trop tard.

— Maman !

Pourquoi Elias était-il rentré si tôt ? se demanda Raven. En général, il revenait de ses sorties avec Donovan à l'heure du coucher. Après avoir placé son plateau de cookies dans le four, elle se tourna vers lui.

— Quoi ?

— Viens avec moi, s'il te plaît.

Et, lui prenant la main, il l'entraîna vers la porte. Soudain, il traversa la cuisine pour éteindre le four. Eh bien, ce devait être important s'il reportait la cuisson des cookies…

À l'extérieur, elle se figea en découvrant Evening Dream, sellé, qui patientait aux côtés de Zeus sur lequel était juché Donovan. Ce dernier descendit aussitôt de cheval et lui tendit une main qu'elle prit sans réfléchir.

— Que se passe-t-il ? s'enquit-elle.

— On va faire une promenade à cheval.

— Je suis occupée.

Là-dessus, elle voulut se libérer, mais il ne la lâcha pas.

— Raven, viens. Cela ne prendra pas longtemps.

— S'il te plaît, maman, vas-y, c'est important ! intervint Elias d'une voix suppliante.

Songeant que rien ne pourrait meurtrir son cœur plus qu'il ne l'était déjà, elle céda et monta à cheval.

— Fais-moi ton show, lança-t-elle à Donovan.

Un éclair de déception traversa le regard de Donovan et elle se sentit coupable. Pourquoi adoptait-elle ce ton railleur avec lui ? Il ne l'aimait pas, autant l'accepter. Sans doute parce qu'elle avait la sensation que, malgré tout, il allait la demander en mariage. Quelle autre raison aurait pu expliquer cette mise en scène ? Et pourquoi Elias aurait-il été si excité ? Tous deux espéraient qu'elle dirait oui, et qu'ils formeraient une grande famille unie.

Malheureusement, elle allait les décevoir. Elle aimait trop Donovan pour accepter de l'épouser. Un amour à sens unique ne pourrait conduire qu'à la colère et au ressentiment, ce qui détruirait tout espoir pour eux de demeurer amis.

Ils traversèrent son ranch pour se diriger vers le sien. L'emmenait-il à *leur* endroit ? Non, il venait de prendre une direction différente. Il ne la conduisait quand même pas là où il comptait construire sa maison ? Cela aurait été trop cruel.

Assez ! Elle devait rester calme.

Elle regarda le ciel d'un bleu si pur, sans un nuage à l'horizon, respira à pleins poumons, ce qui lui permit de se détendre un peu.

Au bout de vingt minutes, Donovan ralentit et arrêta son cheval. Elle l'imita, puis ils descendirent. Il la conduisit alors près d'un arbre.

— Où sommes-nous ? s'enquit-elle.

— Tu ne reconnais pas cet endroit ?

— Non. Je devrais ?

Il lui sourit.

— Non, nous ne sommes jamais venus ici, répondit-il.

— Dans ce cas, pourquoi me poses-tu la question ?

— Pour souligner le fait que ce lieu n'a aucun lien avec notre passé. Ici, nous pouvons repartir de zéro. Toi et moi. Notre avenir est devant nous, Raven, et sera merveilleux si tu le partages avec moi.

— Mais…

— Chut !

Sur ces mots, il mit un genou à terre et sortit une petite boîte. Elle savait ce qui allait suivre et se crispa.

— Je t'aime, Raven. Veux-tu m'épouser ?

Son cœur se serra, des larmes roulèrent malgré elle sur ses joues, mais elle répondit :

— Je ne peux pas, Donovan.

— Bien sûr que si, enfin !

— Je sais que tu souhaites qu'Elias fasse partie de ta vie. Je ne serai pas un obstacle pour votre relation, elle existera sans ce mariage.

— Mais il ne s'agit pas juste d'Elias, je veux que toi aussi tu fasses partie de ma vie.

— Donovan, arrête.

— Tu as l'impression que je ne t'aime pas, mais tu te trompes.

— J'aimerais tant te croire, Donovan…

— Qu'est-ce qui t'en empêche ?

— La peur. Le doute. Tu serais prêt à tout pour qu'Elias fasse partie de ta vie, c'est toi qui l'as dit. S'il faut en passer par le mariage, tu consentiras au sacrifice.

— T'épouser serait un *sacrifice* ? Donc si je comprends bien, je dois t'apporter la preuve que je m'intéressais à toi *avant* que j'apprenne qu'Elias était mon fils.

— Tout à fait.

— Mais enfin, je ne peux pas ! Comment veux-tu…

Il s'interrompit et une lueur s'alluma dans ses yeux.

— Viens, ordonna-t-il.

Et il remonta prestement en selle.

Le cœur animé d'un regain d'espoir et d'une pointe de curiosité, elle le suivit. Tandis qu'ils galopaient à vive allure, elle ne cessait de se demander quelle preuve il allait bien pouvoir lui fournir, et espérait vraiment que ce serait une preuve convaincante. Mais au fond, pourquoi se serait-il donné toute cette peine uniquement pour Elias qui lui était déjà acquis ?

Il retourna chez elle et, une fois arrivé, demanda à un employé du ranch de s'occuper des chevaux. Puis, lui prenant la main, il l'entraîna vers la terrasse.

— Alors, elle a dit oui ? s'enquit Elias en sortant comme une fusée de la maison.

— Pas encore.

— Maman…, grogna Elias.

— Elias, tu veux bien retourner à l'intérieur ? dit Donovan. Juste quelques instants.

— D'accord, marmonna le petit garçon à contrecœur.

Il obéit cependant et rentra dans la maison en traînant les pieds.

Donovan attendit qu'il ait disparu et se tourna vers Raven.

— Assieds-toi, lui ordonna-t-il.

— Très bien, répondit-elle, le cœur battant.

Elle avait finalement décidé de coopérer, intriguée.

— J'espère juste qu'elles y sont encore, murmura Donovan.

— De quoi parles-tu ?

Il ouvrit le coffre qui se trouvait devant le canapé en osier.

— Oui ! s'exclama-t-il.

— Qu'est-ce que c'est ?

— Tu te rappelles le premier soir où tu m'as invité à dîner ?

Elle hocha la tête, se souvenant parfaitement de son attitude étrange au moment où elle lui avait ouvert. Comme s'il s'apprêtait à s'enfuir.

— À cette époque, j'envisageais ce dîner comme un rendez-vous, même si tu m'en voulais car tu ne connaissais pas la raison de ma disparition, expliqua-t-il.

— Oui, et ?

Il sortit alors un bouquet de marguerites séchées du coffre.

— Je comptais te les offrir, ce soir-là, mais je me suis dit que tu ne serais pas prête à accepter quoi que ce soit de moi, et encore moins mon amour.

— Tu es en train de dire que… que tu m'aimais ?

— Oui. Je me demande depuis mon retour si ce que je ressens pour toi appartient au passé ou au présent, et j'ai finalement compris que cela appartient aux deux. Je t'aimais autrefois, je t'aime aujourd'hui, et je t'aimerai toujours.

Et sur ces mots, il sortit de nouveau la bague de sa poche.

Cette fois, elle la prit.

— Je n'ai jamais cessé de t'aimer, Donovan…

Sans attendre, il la serra dans ses bras et l'embrassa avec passion. Elle sentit ses jambes se dérober sous elle et son cœur se gonfler d'amour. Elle était en train de vivre le plus beau jour de sa vie !

Soudain, la petite voix d'Elias s'éleva, tout près.

— Alors ?

— Elle a dit oui ! s'écria Donovan.

Elias les rejoignit pour une étreinte chaleureuse. La première d'une longue série, espérait Raven qui sentit ses yeux se brouiller de larmes de joie.

Elle était enfin comblée. L'homme qu'elle aimait lui était revenu. Oui, aussi incroyable que cela puisse paraître, son rancher était rentré.

Retrouvez prochainement,
dans votre collection

PASSIONS

La mariée de papier, d'Yvonne Lindsay - N°1007

Après une incroyable nuit dans les bras de Gabriel Carrington, Rosalind découvre avec stupéfaction qu'elle est enceinte ! Si le riche rancher lui propose sans attendre une union de convenance, elle hésite à accepter cet arrangement insensé. En effet, alors que Rosalind a toujours rêvé d'un mariage heureux, peut-elle seulement renoncer à l'espoir d'être aimée ?

Un papa pour ses jumeaux, de Melissa Senate

Brooke est débordée : maman célibataire, elle se démène pour maintenir à flot sa société d'organisation de mariages. Alors quand Nick Garroway arrive dans sa vie, elle accepte volontiers son aide ! Ce dernier s'occupe si bien de ses jumeaux que sa présence lui devient vite indispensable. Troublée par les doux sentiments que Nick éveille en elle, Brooke se prend même à rêver d'un avenir avec lui…

Une héritière si secrète, de Barbara Dunlop - N°1008

Qui est Sophie Crush ? se demande Nathaniel Stone. Est-elle réellement la fille biologique de son patron, comme elle le prétend, ou ne cherche-t-elle qu'à intégrer la riche famille d'Alaska pour mieux l'escroquer ? Alors qu'il se rapproche d'elle pour faire la lumière sur cette affaire, Nathaniel finit par baisser sa garde, un peu trop dangereusement. Car bientôt, il fait de Sophie sa maîtresse…

Enceinte de son rival, de Teri Wilson

Si Avery est de retour à Rust Creek Falls, c'est pour annoncer à Finn Crawford que leur brève liaison a eu des conséquences imprévues… Elle attend un bébé ! Parce que leurs familles sont rivales depuis toujours, Avery redoute la réaction de Finn. Mais elle tombe des nues quand il lui propose de l'épouser !

Indéniable attirance, de Maureen Child - N°1009

Série : Intrigues à Orange County 3/4

Quand Bennett Carey lui demande de rénover son restaurant, Hannah Yates, directrice d'une entreprise de bâtiment, n'hésite pas une seconde. Elle fera tout pour satisfaire ce client exigeant et respecter ses délais impossibles. Or si elle veut pouvoir remplir sa part du contrat, Hannah devra faire preuve de professionnalisme, et ignorer l'attirance indéniable qu'elle ressent pour Bennett…

Idylle avec un play-boy, de Maureen Child

Série : Intrigues à Orange County 4/4

Un an plus tôt, Sadie a vécu une idylle passionnée avec Justin Carey, avant qu'il la quitte sans un au revoir. C'est donc une épreuve pour elle que de devoir aujourd'hui vendre son hôtel familial à ce play-boy qu'elle n'a pas réussi à oublier. Furieuse et amère, elle sait en outre qu'il est temps pour elle de révéler à Justin son secret : elle a eu un enfant de lui…

Ce ténébreux patron, de Shannon McKenna - N°1010

Série : Liaisons à Seattle 2/3

Embauchée chez Maddox Hill, Sophie doit se montrer discrète si elle veut prouver que le fondateur du cabinet est son père biologique… Or elle a toutes les peines du monde à garder le secret face à Vann Acosta, son patron aussi sexy que perspicace. Et lorsqu'il exige qu'elle parte en voyage d'affaires seule avec lui, Sophie redoute plus que jamais d'être découverte…

Le jeu de la passion, de Reese Ryan

De retour dans sa ville natale, Renee découvre avec stupeur que son nouveau voisin est Cole Abbott, son amour de jeunesse qui l'a éconduite autrefois. Pire, il lui fait toujours autant d'effet ! Résolue à prouver qu'elle n'est plus la jeune fille naïve de l'époque, Renee propose à Cole une liaison sans attache. Mais prise au jeu de la passion, elle se rend compte qu'elle a mis son cœur en danger…

Son amant du désert, de Kristi Gold - N°1011

En allant au Bajul, Sunny ne s'attendait pas à ce que tous ses repères volent en éclats. Elle était venue se reposer et oublier ses malheurs récents. Au lieu de cela, sa rencontre avec le cheikh Rayad Rostam la bouleverse totalement. Cet homme ténébreux n'a de cesse de déployer toutes ses armes de séducteur ! Malgré elle, Sunny est envoûtée, et c'est contre toute raison qu'elle accepte de passer avec lui une journée dans le désert…

Quelques semaines pour te résister, de Kristi Gold

Tarek Azmar. En passant une nuit torride avec ce séduisant homme d'affaires, Kira ne s'attendait pas à ce que sa vie soit définitivement chamboulée. Leurs étreintes ont été intenses, et surtout… Kira est enceinte. Elle rêve de garder cet enfant qu'elle aime déjà. Mais Tarek est-il capable de devenir père ? Pour le savoir, le plus sage est d'accepter le poste d'assistante qu'il lui propose et de vivre à ses côtés pendant quelques semaines… tout en lui résistant !

Un refuge près de l'océan, de Charlene Sands - N°1012

Moonlight Beach : l'endroit idéal pour soigner une peine de cœur. Spontanément, Jessica n'aurait pas choisi de se réfugier dans la villa de Zane pour retrouver des forces. Mais celui-ci prend très au sérieux sa convalescence et la comble d'attentions qui adoucissent peu à peu sa peine. Trop, peut-être. Très vite, elle ne peut plus se passer de la présence de Zane à ses côtés, ni des caresses de cet homme qui lui est interdit…

Leur enfant, son secret, de Sheri WhiteFeather

Elle est enceinte ! Carol est bouleversée. La nuit passionnée qu'elle a passée avec Jake Wate, son patron, ne devait être qu'une simple parenthèse de plaisir. Bien sûr, elle est secrètement amoureuse de Jake depuis qu'elle a intégré son agence immobilière, mais envisager une relation avec ce don Juan invétéré ne pourrait que la faire souffrir. Elle prend alors une grave décision : elle démissionnera, en emportant son secret…